Константин Георгиевич Паустовский

Повесть о жизни

第二部

动荡的青春

生活的故事

［俄］康·帕乌斯托夫斯基 著
任明丽 译 王志耕 校译

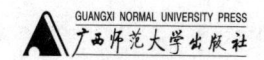

广西师范大学出版社
GUANGXI NORMAL UNIVERSITY PRESS

·桂林·

生活的故事
SHENGHUO DE GUSHI

出 品 人：刘春荣
责任编辑：王辰旭
助理编辑：田　晨
特约编辑：罗敏月　郑夏蕾
装帧设计：王　烁
责任技编：郭　鹏

Повесть о жизни © Константин Георгиевич Паустовский
本作品中文专有出版权由中华版权代理总公司代理取得，由广西师范大学出版社独家出版。
著作权合同登记号桂图登字：20-2014-292 号

图书在版编目（CIP）数据

生活的故事：全 6 册 /（俄罗斯）康·帕乌斯托夫斯基著；王丽丹等译. —桂林：广西师范大学出版社，2019.6
ISBN 978-7-5598-1654-2

Ⅰ. ①生… Ⅱ. ①康…②王… Ⅲ. ①自传体小说－俄罗斯－现代　Ⅳ. ①I512.45

中国版本图书馆 CIP 数据核字（2019）第 038732 号

广西师范大学出版社出版发行
（广西桂林市五里店路 9 号　邮政编码：541004）
　网址：www.bbtpress.com
出版人：张艺兵
全国新华书店经销
广西广大印务有限责任公司印刷
（桂林市临桂区秧塘工业园西城大道北侧广西师范大学出版社集团有限公司创意产业园内　邮政编码：541199）
开本：880 mm × 1 230 mm　1/32
印张：57.625　　　　　字数：1 429 千字
2019 年 6 月第 1 版　　2019 年 6 月第 1 次印刷
定价：318.00 元　（全 6 册）

如发现印装质量问题，影响阅读，请与出版社发行部门联系调换。

第二部

动荡的青春

目　录

"此处凡人居" / 1

前所未有的秋天 / 8

铜线 / 19

战争之外 / 32

百元大钞老头 / 41

列福尔托沃之夜 / 50

卫生员 / 55

雪中的俄罗斯 / 63

司号兵和碎纸片 / 71

喀尔巴阡山麓的雨 / 79

浑浊的桑河对岸 / 91

维普日河上的春天 / 98

大骗子 / 106

"葡萄牙"号海轮 / 118

沿着被轧坏的道路 / 140

小骑士 / 146

两千卷书 / 161

科布林镇 / 168

背叛 / 174

179 / 沼泽林中

188 / 在幸运星的庇护下

206 / 斗犬

214 / 潮湿泥泞的冬天

226 / 悲伤的忙碌

237 / 切切列夫卡郊区

248 / 可惜仅仅一天……

261 / "大不列颠"旅馆

277 / 关于笔记和记忆

297 / 粉刷农舍的艺术

310 / 潮湿的二月

"此处凡人居"

吉利亚罗夫教授家门口钉着一块小铜牌，上书一行字：此处凡人居。

吉利亚罗夫给基辅大学的学生讲授哲学史。他头发花白、胡子拉碴，经常穿一件肥大的落满烟灰的薄呢外套。他匆匆登上讲台，用青筋暴露的双手紧紧握住讲台边沿，就开始讲起课来——他声音低沉，说话含糊不清，好像很不乐意开讲似的。

教室窗外，基辅的座座花园都被镀上了一层金色，花园里闪耀的金光无论如何也不会暗淡下去。

基辅的秋天总是很漫长。南方的夏天在花园里积累了如此多太阳的热量、绿意和花香，以至于它舍不得撇下这些财富，让位给秋天。夏天几乎每年都会打乱季节更替的时间表，拖延着不肯离去。

只要吉利亚罗夫一开口讲课，我们这些大学生对周围的一切便视而不见了。我们全神贯注地聆听着教授含混的低语，迷醉于人类思想中的奇迹。吉利亚罗夫不慌不忙，几乎是用愤世嫉俗的语调为我们揭示这些思想。伟大的时代彼此呼应。我们有一种感觉：人类思想的洪流是无法分割的，人们也几乎无从分辨哪里是哲学的终点，哪里是诗歌的起点，诗歌又是在哪里转化为平凡生活的。

有时，吉利亚罗夫会从鼓鼓囊囊的外套口袋里掏出一本封皮上印着雕鸮——智慧之鸟——的诗集，时不时地读上几行，以此来印证自己那哲学家般的言论：

> ……如果今天我们的太阳
> 忘记了自己的行程——
> 那么明天某个狂人的思想
> 便会将整个世界照亮。[1]

有时，教授脸上的短髭会竖起来，微眯的眼睛也会充满笑意。只有当他为我们讲解如何认识自我时，才会出现这种情况。听完他的这个演讲之后，我对人类认知的无限力量产生了信心。

吉利亚罗夫简直是在冲着我们喊叫。他命令我们不要埋没自己的才华，应当努力鞭策自我，发掘自己所有的潜能。一个有经验的乐队指挥就是这样去开发出乐队里所有的音响，并迫使最倔强的乐手把手中的乐器发挥到极致。

"人，"吉利亚罗夫说，"应当去理解、丰富和美化生活。"

当时的理想主义渐趋没落，吉利亚罗夫的理想主义则充满着为此苦

---

[1] 引自法国诗人皮·让·贝朗瑞的诗《狂人》。

恼并常感遗憾的色彩。在吉利亚罗夫的众多表述中,我记住了他"关于理想主义最后的晚霞及其垂死的信念"的一些话语。

这位外表酷似埃米尔·左拉的老教授表现出对当时那些春风得意的庸人和一些自由派知识分子的不屑。

这与他家门口挂着的那块显示人的卑微的小铜牌正相符合。我们当然明白,这块牌子是他故意挂上去的,意在讽刺他那些体面的邻居。

吉利亚罗夫常说,人要使生活变得充实起来。但我们却不知道怎样做才能实现这一目标。很快我就得出结论,为此就要在自己与人民的血脉联系中最充分地表达自我。但怎样表达呢?在哪些方面表达呢?我认为,最正确的方式就是写作。将写作作为我唯一的人生道路的念头由此产生。

从那时起,我的成年生活就开始了——常是苦多于乐,始终动荡不安,而且是如此丰富多彩,以至于回忆起来,很容易理不清头绪。

我的青年时代始于中学的最后几年,伴随着第一次世界大战而结束。它也许结束得过早了。但我们这一代人经历了太多的战争、变革和考验,在希望、艰辛与欢乐中浮沉,这一切足可以抵得上祖辈几代人的经历。

在相当于木星绕太阳一圈的时间段[1]里,我们经历了太多的东西,仅仅回忆起这一点心都会揪紧。我们的后代当然会羡慕我们,因为我们曾是人类命运中诸多伟大转变的参与者与见证者。

大学是城市里进步思想的中心。一开始我也像大多数新生一样,在

---

1 即将近十二年。

大学里很腼腆，和老生交往时往往不知所措，尤其是遇到那些"老留级生"时。这些胡子拉碴、穿着敞怀的旧制服上衣的人，把我们这些大一新生仿佛看成是无知的黄口小儿一般。

此外，中学毕业后我很久都无法适应大学生活：听课完全不是非去不可，上课时间待在家里看书或者去城里闲逛，却可以不受惩罚。

渐渐地，我适应了大学生活，并且喜欢上了它。但我喜欢的不是课程和教授（才华横溢的教授并不多），我喜欢的是大学生活的这种特点。

教室里在正常上课，大学生们激情澎湃而又喧闹无比的生活也在昏暗的、长长的走廊里按照自己的方式进行着，丝毫不受课程的影响。

在这些走廊里，整天都有各种争论在鼓噪、各种聚会在喧闹，还有同乡会和各类党派也在搞活动。走廊里总是烟雾弥漫。

在这里我第一次听说布尔什维克、社会革命党和孟什维克之间尖锐激烈的矛盾冲突，第一次了解什么是崩得分子[1]、达什纳克党人[2]、"正宗的"乌克兰人[3]和"锡安工人党"[4]。不过有时所有这些党派的代表们也会联合起来反对一个共同的敌人——"阔少派"大学生，即学院派联盟中的黑帮分子[5]。和"阔少派"的争吵常常会演变成斗殴，尤其是当"高加索

---

[1] 崩得是成立于1897年的"立陶宛、波兰和俄罗斯犹太工人总联盟"的简称，是一个资产阶级民族主义组织。
[2] 亚美尼亚革命联合会，也称"达什纳克楚琼"党。该党成立于1890年，是资产阶级民族主义政党。
[3] 当时的乌克兰民族主义者的自称。
[4] 即犹太社会民主工党。
[5] 这里指十月革命前打着"学院派联盟"（当时由高校教师组成的政治组织）的旗号反对民主运动的一些贵族学生。

同乡会"[1]参与进来的时候。

在这些激情沸腾的时刻,我们已经能感觉到新时代的临近。但让人觉得有些奇怪的是,就在这里,在几步远的教室里,那些白发苍苍的可敬的教授依然在乏味的寂静中授课,讲述着汉萨同盟中的贸易惯例或者比较语言学。

一战前的那几年,很多人都预感到暴风雨的临近,但却无法预知这场暴风雨将会以怎样的威力席卷大地。就像暴风雨来临之前,俄国和世界都感到非常憋闷。但雷声尚未滚滚而至,这让一些目光短浅的人暂时安下了心。

工厂罢工时基辅郊区朦胧晨曦中的那些警报声,逮捕,流放,无数的传单——这一切都只是尚在远处的暴风雨来临前的闪电。只有听觉敏锐的人才能捕捉到这闪电背后低沉的雷声。因此,一九一四年夏天一战爆发时的第一声巨响震惊了所有人。

我们这些中学生走出校园之后,彼此就立刻失去了联系,虽然也曾信誓旦旦地约定,决不让这样的事情发生。战争突如其来,再加上随之而来的革命,从那时起我几乎再也没见过一个中学同窗。那个乐天派斯坦尼舍夫斯基不知去了哪里,同样不知去向的还有并不高明的哲学家菲佐夫斯基、冷静持重的施穆克勒、慢吞吞的马图谢维奇和动作疾如飞鸟的布尔加科夫。

我独自一人待在基辅。妈妈带着姐姐加莉娅和哥哥季玛——工学院的学生——住在莫斯科。大哥鲍利亚虽然也住在基辅,但我和他很少见面。

---

[1] 自19世纪后期出现的由高加索人组成的带有军事性质的组织,主要目的是为高加索人争取各种权利。

鲍利亚娶了一个身材矮小、体形丰满的女人。她常穿一件绣着仙鹤的紫色日本和服。鲍利亚整天坐在屋里画混凝土桥的图纸。他那间昏暗的房间的墙壁上糊着仿橡木的墙纸,屋里经常散发着一股发蜡的味道。漆过的地板很黏脚。墙上用生锈的图钉钉着几张世界闻名的美人丽娜·卡瓦里艾莉[1]的照片。

鲍利亚不赞成我迷恋哲学和文学。"应该在生活中给自己开辟出一条路来,"他说,"你是个幻想家。和爸爸一样。给人们消愁解闷——可不算什么正经事儿。"

他认为文学的存在就是为了供人消遣。我不想和他争辩。我也不愿让别人对我爱好文学这件事说三道四。于是我就再也不去找鲍利亚了。

我住在外祖母那儿,在绿树成荫的基辅郊区卢基扬诺夫卡,我的住处是花园深处的一间厢房。我的房间摆满了一盆盆倒挂金钟花。我每天埋头于阅读各种书籍,直到自己疲惫不堪。为了缓解疲劳,每天晚上我都去花园里转转。外面已颇有秋天的寒意了,树叶凋零的枝丫上空星光闪烁。

起初外祖母很生气,硬要叫我回屋去,但后来她也习惯了,就不再搭理我。她只是说,我这么打发时间毫无"森斯"[2],也就是说毫无意义,最后的结果必然是要害一场百日痨。

但外祖母又能拿我那些新朋友怎么办呢?难道她能反对普希金或海涅、费特或勒孔特·德·李勒、狄更斯或莱蒙托夫吗?

最后外祖母只好对我置之不理。她在自己的房间里点亮灯,灯上罩

---

[1] 丽娜·卡瓦里艾莉(1874—1944),意大利女高音歌唱家。
[2] 乌克兰语"意义"。

着一朵大郁金香形状的粉红色玻璃灯罩,随后就沉浸在阅读克拉舍夫斯基那些没完没了的波兰长篇小说中去了。而我则想起了这样的诗句:"天空中,仿佛亲切的召唤,星星的金色睫毛在不停眨动。"[1]在我看来,大地就像一座宝藏,保存着许多犹如星星的金色睫毛一般的珍宝。我相信,生活中有无数美好的诱惑在等待着我,有各种相会、爱和忧伤,还有欢乐和波折,我青春时代的巨大幸福恰恰就包含在这预感之中。这种幸福能否实现,只等将来作答。

而现在,我想说的话就像老式剧院里演员在每次开场前到台前对观众说的一样:"我们将为大家表演各种生活场景,努力让大家对这些事件产生思考,并为此流泪和欢笑。"

---

[1] 引自费特的无题诗(1864)。

前所未有的秋天

我从基辅坐火车去莫斯科,挤在一个狭窄的车厢供暖室里。小斗室里一共有三位乘客:一个是中年的土地丈量员,一个是裹着白色奥伦堡披肩的年轻妇女,还有一个就是我。

那个女人坐在冰冷的铸铁炉子上,而我和土地丈量员则轮流坐在地板上——因为地上无法同时坐下两个人。

碎煤块在我们脚下发出咯吱咯吱的声响。煤灰使那个女人的白色披肩很快变成了灰色。车窗被严严实实地钉死了,窗外什么都看不清,因为玻璃也是灰色的,上面还残留着雨水流淌过的痕迹。只有在苏希尼奇附近,我才看到了一片落霞,漫天的如血残阳让我至今都难以忘怀。

土地丈量员看着落日说,在那边,边境线附近,应该已经跟德国人打起来了。而那个女人则用披肩捂着脸哭了起来:她是去特维尔找丈夫的,但她也不知道能否在那里遇到他,也许他已经被派往前沿阵地了。

我此行是去莫斯科跟哥哥季玛道别的,他也被征召入伍了。由于高度近视,我没有被征兵。另外,我是家里的小儿子,还是大学生,按照当时的法律,家里最小的儿子和大学生都是免服兵役的。

要想从供暖室走到车厢门口的平台上几乎是不可能的。应征入伍的人一个个横七竖八地躺在车厢顶上,吊在车厢间的缓冲器上,或者挂在梯子上。各个车站迎接我们的都是妇女们拖长声调的哭号声、手风琴的奏鸣声、口哨声和歌声。火车一停下来,就好像立刻黏在了铁轨上。只有用两台蒸汽机车才能使它动起来,而且还得铆足劲猛拉一下才行。

俄国被整个拽动了。战争就像一股来自地下的推动力,推着俄国离开了原来的根基。成千上万个村庄都敲响了警钟,号召大家行动起来。成千上万匹农民的马把全国最偏僻角落的应征者驮到了各个火车站。敌人从西方侵入了国土,而汹涌的人流如浪涛一般,迎着他们从东方滚滚而去。

整个国家变成了一座军营。生活全乱套了。一切习以为常和固定不变的东西瞬间都销声匿迹了。

在去往莫斯科的漫长旅途中,我们三个人就啃了一块带葡萄干的像石头一样硬的白面包,喝了一瓶浑浊的水。

因此,当我早晨走出车厢,站在布良斯克火车站潮湿的站台上时,感觉莫斯科的空气真是清新怡人。一九一四年的夏天结束了——这是一个可怕的夏天,战争让人们心惊胆战。莫斯科的空气中已经透出秋天甜丝丝的凉爽气息——这是枯萎的树叶和池塘的死水散发出的气息。

妈妈当时住在莫斯科的大普列斯尼亚街上,住处正好挨着这样一个死水池塘。房间的窗户是朝向动物园的。窗外看得见普列斯尼亚住宅区的红砖防火墙,在一九〇五年的十二月起义中这些墙就已经被炮弹打坏了。此外还能看到动物园里那些无人的小径,还有一汪黑水沉沉的大池塘。在阳光下，池塘里的水闪烁着微绿的水苔色。

我还从未见过一所像妈妈在普列斯尼亚的家一样的房子，它与主人的性格和生活有着惊人的相似性。她的房子空空落落，几乎没有什么家具，如果不算厨房里那张桌子和几把咯吱作响的维也纳椅子的话。窗外长着几棵发黑的老树，它们的阴影笼罩着房间，所以屋子里总是又暗又冷，就连桌上铺着的发黏的灰色漆布也是冰冷的。

不知从什么时候起妈妈迷上了漆布。漆布代替了原来的桌布，它们在执拗地提示着贫穷的存在，诉说着妈妈是如何在贫困中苦苦挣扎，竭力保持干净和整洁。不这样的话，她就无法好好生活下去。

到家的时候我只看到了妈妈和加莉娅。季玛到格拉沃尔诺沃的打靶场教预备役新兵射击去了。

我跟妈妈有两年没见面了，这两年她脸上的皱纹明显增多，脸色也有些发黄，但薄薄的嘴唇还是像从前一样紧抿着，好像是想告诉周围的人，她永远也不会在生活面前、在那些不怀好意的宵小之辈面前认输，她一定会摆脱所有的麻烦而成为胜利者。

加莉娅还和从前一样，在各个屋子里瞎转悠，由于近视不时会撞到椅子上，而且喜欢喋喋不休地向我打听各种小事——现在从基辅到莫斯科的车票要多少钱，火车站是否还有很多搬运工，搬运工是否都被赶到前线作战去了。

这一次，我发现妈妈变得比以前更加淡定。这是我没有预料到的。我不明白这份淡定从何而来，现在可是战争时期，而且季玛随时都会被派往前线。妈妈却主动说出了自己的想法。

"这会儿咱们的日子，科斯季克，"她说，"要好过多了。季玛当了准尉，是个军官。他的薪水可不少。现在我不用再担心明天付不起房租的问题了。"

她不安地看着我，又补充道：

"战争不会要了所有人的命。我相信，季玛会被留在后方。长官们都很赏识他。"

我表示赞同，战争的确不会要了所有人的命。我不能再夺去她最后这点其实根本靠不住的安慰了。

看着妈妈，我明白了每日朝不保夕的生活是多么辛苦，也明白了人是多么需要有一个安稳的栖身之所和一块面包。但是一想到家里这点微不足道的安定就让她感到幸福，而且这点安定生活还是儿子冒着生命危险换来的，我就感到很不舒服。她不可能意识不到儿子所面临的危险。她只是竭力避免去想这个问题而已。

季玛回来了——他晒得黑黑的，充满自信。他在前厅解下带着镀金刀柄的新军刀，把它挂起来。晚上，当前厅亮起灯时，这把军刀熠熠闪光，成了妈妈的陋室里唯一一件华美的物品。

妈妈还告诉我，季玛和玛尔加丽塔的婚事泡汤了，因为玛尔加丽塔——按照妈妈的说法——原来是个"非常讨厌的女人"。我只能沉默不语。

过了几天，季玛收到了去纳瓦金步兵团报到的通知。他匆忙收拾好行装就出发了，他离开得如此迅速，以至于妈妈都没有缓过神来。他走后第二天，妈妈才第一次哭了出来。

季玛的梯队在布列斯特火车站的备用线上整装上车。那天是一个普通的日子，刮着风，让人觉得有点烦闷，低低的天空中弥漫着黄色的灰尘。我总觉得，这样的日子是不可能发生什么特别的事情的。

和季玛的告别也像这种天气一样乏味，他在忙着指挥上车。他只是得空才和我们说上几句话，最后也就匆匆告了个别，因为专列已经启动了。他追上自己的那节车厢，在行进中跳上了火车踏板，但迎面开来的火车瞬间就把他给挡住了。两辆火车错开之后，季玛也已经远去了。

季玛走后，我从基辅大学转到了莫斯科大学。妈妈把季玛的房间租给了莫斯科电车工程师扎哈罗夫。我至今也想不明白，我们的房子里有什么能让扎哈罗夫看上眼的。

扎哈罗夫曾在比利时求学，多年住在布鲁塞尔，一战前不久才回到俄国。他是个快乐的单身汉，留着剃得很短的银色胡子，经常穿着外国式样的宽大衣服，戴一副闪着锐光的眼镜。他房间的桌子上堆满了各种书籍。但是在这些书中我却没有发现一本与技术相关的书。桌上更多的是各类回忆录、小说和《知识》丛刊。

在扎哈罗夫的桌上，我第一次看到了维尔哈伦、梅特林克[1]和罗登巴赫[2]的法文版著作。

那个夏天，所有的人都很钦佩比利时这个经受了德军第一轮攻击的小国。到处都在传唱那首歌颂被围的列日要塞保卫者的歌曲。

两三天之内比利时就被彻底击垮了。殉难的光环笼罩在它的头顶上。市政大厦和教堂上的哥特雕饰坍塌了，随后又被德国士兵的靴子和包着铁皮的大炮轮子碾成齑粉。

我在阅读维尔哈伦、梅特林克和罗登巴赫的作品，力图从这些比利时人的书中找到对他们同胞身上那种英勇精神的解释。我读了维尔哈伦那些复杂的诗歌，它们否定旧世界，如同反对巨大的邪恶；我也

---

[1] 莫里斯·梅特林克（1862—1949），比利时法语剧作家、诗人。
[2] 乔治·罗登巴赫（1855—1898），比利时法语作家。

读了罗登巴赫的小说，它们如同冰下的花朵一般僵死而脆弱；而梅特林克的戏剧就像是在梦中写成的一般。在他们的作品中没有我想要的答案。

有一天，我在特维尔大街上碰到了扎哈罗夫。他挽着我的胳膊开始对我谈起了战争，谈起了受到震荡的文化和比利时。他说话时还带着点法语腔。

那些日子里莫斯科的秋天真是美景无限。从树上不断飘下金黄色的树叶，洒落在炮筒上。大炮和弹药箱整齐地排列在一条条林荫道边上，等待着被运往前线。

在渐渐暗淡的阳光映衬下，城市上空湛蓝通透的天空一望无垠，时不时有候鸟飞过的身影——这片天空是它们迁徙的必经之路。树叶不停地飘落下来，落满了屋顶、人行道和马路，它们在扫街人的扫帚下、在行人的脚下簌簌作响，好像在刻意提醒人们，他们身边还有一片被遗忘的土地。也许，就是为了这片大地，为了九月里蜘蛛网上那一抹微弱的亮光，为了干燥凉爽的地平线上的那片晴空，为了那由于偶尔掉落的树皮而颤动不已的幽静水塘，为了那发黄的爆竹柳的清香，为了这个在落叶的簌簌声响中变得异常美好的俄国，为了俄国的乡村，为了那缭绕着因秸秆燃烧而产生的乳白色烟雾的小木屋，为了河上泛起的淡蓝色轻雾，为了俄国的过去和未来，——正是为了这一切，全世界所有正直的人都会倾尽全力去制止这场战争。

我当然明白，这一切都是痴心妄想，所有这些想法，按照鲍利亚喜欢的说法，叫作"彻头彻尾的堂吉诃德作风"。我明白，一把利剑已经高悬在俄国人民和它的文化之上，或许持剑者也会因此毙命，但他绝不会主动归剑入鞘。

战争的车轮时刻不停，越碾越近。战火的硝烟似乎已经遮蔽了莫斯科的天空。后来我们才明白，那是真正的烟雾，是因火灾而起的烟雾——特维尔附近的森林和干涸的沼泽地着火了。

早晨我在自己的房间里醒来，望着窗外——我当时睡在地板上。天空中落叶纷飞，摇摇晃晃的叶子慢慢飘向地面。可窗框却挡住了我的视线，我无法追踪它们的轨迹，无法看着它们怎样飘落下去。

一个念头在我的脑子里不断盘旋：这些叶片在日复一日地缓缓飘落，也许，这是我人生中最后的一段落叶时光了。我总觉得，叶片飘落的轨迹都是自西向东的，它们也在逃避战争。

我现在并不羞于承认当时的想法——当时我还太年轻。在我眼里，周围的一切都充满了抒情色彩，而这份抒情也许就源于我本人。我当时觉得，这就是生活的本质。

"这么说吧，我的朋友，"扎哈罗夫对我说，"您整天在莫斯科四郊闲逛，一副没睡醒的样子，也该是换种活法的时候了。您母亲玛丽亚·格里高利耶夫娜对我说，这个星期您又溜到阿尔汉格尔斯科耶和奥斯坦基诺[1]去了。"

"溜"这个字从扎哈罗夫嘴里说出来带有一种特别的味道。所有那些他还没有用惯的俄语词都带有这种味道。

"没错，我是去了这两个庄园，"我承认道，"但您所说的没睡醒是什么意思？"

扎哈罗夫微微一笑，说：

---

[1] 均为莫斯科近郊的庄园博物馆。

"您的行为举止表明,似乎这个世界的存在就是为了用各种有趣的思想来丰富咱们的心灵。"

"那又怎样?"我尖锐地反问道。我有点儿恼火。为什么所有人,好像商量好了似的,都来指责我对待生活的态度不严肃、充满孩子气?

"您可能就是读现代诗人的东西读得过头了,"扎哈罗夫用和解的语调说,随后又满意地重复了一遍,"的确读过头了。"

"看看您那些书,关于电车的有几本?您也是更偏爱文艺作品呀。"

"这是因为,"扎哈罗夫解释道,"比利时这个国家电车业很发达,但也是个盛产神秘主义诗歌的地方。我还是中学生的时候就被派出国了。我融入了比利时,习惯了它的生活,还在列日市的工学院读完了书。但现在这些都无关紧要。主要的问题是战争。瞧,您听那边!"

从受难广场[1]的方向传来了行军进行曲的乐声,还有不太清晰的雷鸣般拖长声调的"乌拉"声。那里的预备役营队正整装待发,准备开赴前线。

"我刚去过广场那边,"扎哈罗夫补充道,"我都快忘记俄国的样子了。但这可不能怪我。我挤到人群的最前边,想看看那些士兵。他们身上散发着面包的味道。多么令人惊奇的味道呀!听到他们的声音,不知为什么就会相信,俄国人民是谁也打不垮的。"

"那比利时呢?"我问。

"关比利时什么事?我不明白您指什么。"

我冷笑了一下,脱口而出:

---

[1] 受难广场位于莫斯科市中心,因受难修道院而得名。1937年,为纪念普希金逝世一百周年,改名为普希金广场,沿用至今。

"为什么比利时人要那么拼命地跟德国人斗?"

"哎呀呀!"扎哈罗夫拖长调子说,"弱小的民族都活在自己过去的荣光中。为此我很尊重比利时。就说梅特林克吧。一个神秘主义诗人,眼神梦幻,思想朦胧。天主教的上帝让他觉得愤怒。对于一个像梅特林克这么雅致的人来说,这个上帝简直太粗鲁了。所以他用彼岸世界替换了这个上帝,这种做法当然更具现代气息,而且也更加诗意。但这也是比宗教更有害的东西。他就这么做了。不过除此之外,梅特林克还是一位公民。这就是他们的教育。这也是他们的传统精神。作为一位公民,他用自己那双神秘主义者的手拿起了来复枪,而且像任何一个皇家射手一样百发百中。谁也不会去理会诗人梅特林克那些模棱两可的思想,但所有人都赞赏作为公民的梅特林克,所以谁也不会去干涉他的诗歌创作。这就是比利时。有什么好说的!不错的国家。海风能吹遍它的全境,那里住着的都是快活的人。顺便说一句,他们还很心灵手巧。关于比利时您还想知道些什么?暂时到此为止。那好吧,现在让我们告别比利时,来谈点对您来说更实际的事吧。"

对我来说更实际的事原来是扎哈罗夫想安排我进他们单位当电车司机。他解释说,因为几乎所有的电车司机和售票员都被征召了。战争期间这么大的城市没有电车可不行。现在正好在招聘新司机和售票员。

我有点愣住了。从梅特林克一下跳到电车司机,让我有点接受不了。

从中学时代起我就始终不渝地抱着当作家的念头。生活中所有的转变对我而言都是在为写作做准备。应该参与生活,接受各种锤炼——只有这样才能积累生活经验,创建自己的素材库,以后才能从中不断汲取各种思想、情节、形象和语言。

而且我知道，我现在不能离开妈妈，应该和她在一起，帮助她渡过难关。而现在挣钱的机会就在眼前。于是我答应了。

当我告诉妈妈和加莉娅，说我要去当电车司机时，妈妈只是叹了口气，随后便说，她从来不觉得任何工作是下贱的，并且也一直是这么教育我们的。不过加莉娅却开始焦虑起来——担心我可能会被电死。

"我不知在哪儿读到过一篇东西，"她惊恐地说，"是关于马戏团里的大象的。它就是被电车的电给烧死的。这是真的吗？"

我回答说，那都是胡诌。

我在家里也坐不住，于是就跑到库德林斯卡雅街上的小酒馆去了。酒馆里弥漫着茶炊的热气。

伴着定音鼓和铃铛的阵阵响声，酒馆里那架机械式管风琴在无拘无束地演奏着：

瞧，三套车在勇敢地飞驰，
沿着伏尔加母亲冬日的堤岸……

隔壁桌坐着一个老年人。他穿一件竖着领子的短外套，用鹅毛笔蘸着墨水，不停地在写着什么，偶尔扯一扯笔尖上黏着的细绒毛。

我也很想给亲近的朋友写封信，讲讲自己，谈谈生活的变幻莫测，报告一下我要当电车司机这件事，但我突然想到，我无人可以倾诉。

赶车的沉默不语，皮鞭子

悬在他那低垂的手中——

管风琴继续演奏着,空玻璃杯被震得叮当作响,应和着它。

铜线

我被录用为米乌斯电车场的司机。但我当司机的时间并不长。很快我又被调去当售票员了。

米乌斯电车场设在列斯纳雅街上几栋被烟熏黑的红砖房里。从开始当售票员那天起,我就不喜欢这条街。直到现在我仍然觉得它是莫斯科尘土最多、最混乱的一条街。

每每回忆起这条街,我就想起了黎明时分电车从电车场的铁门中缓慢驶出时发出的嘎吱嘎吱的响声,想起了把肩膀磨得生疼的沉甸甸的售票员挎包,想起了铜币的酸臭味。由于经常接触铜币,我们这些售票员的手都被染绿了。尤其当我们在"铜线"上工作时更是如此。

"铜线"是指沿花园环线行驶的"Б"线。尽管莫斯科人亲切地称它为"小甲虫"[1]，但售票员们并不喜欢这条线。我们更喜欢在被称作"银线"的"А"线，即林荫环线上工作。这条线被莫斯科人温柔地叫作"安努什卡"[2]。对于这样的昵称我们无话可说，不过把"Б"线叫作"小甲虫"的确很荒谬。

"Б"线从几个人流稠密的火车站广场附近经过，沿着莫斯科尘土滚滚的路边行驶。"Б"线的电车都是带拖车的。拖车上的乘客被允许携带大件行李。该线路的乘客大部分来自郊区——手艺人、种菜的、卖牛奶的女人。这类乘客都用铜币买票，银币一般都藏着，迫不得已时才会把银币从钱包和口袋里掏出来。所以这条线就被叫作"铜线"。

"А"线非常漂亮，沿路都是剧院和商店。在这条线上行驶的都是不带拖车的电车，乘客也与"Б"线大不相同，都是些知识分子和官员。这类乘客一般都用银币和纸币买票。

林荫道的树叶在"А"线电车敞开的车窗外沙沙作响。电车缓缓行驶在莫斯科城中，途经的都是好景致：面容疲倦的果戈理雕像、表情沉静的普希金雕像、永远鸟鸣啁啾的特鲁布内市场、克里姆林宫塔楼、雄伟的金顶救主大教堂，还有横跨莫斯科河浅滩的拱桥。

我们通常一大早发车，半夜一点才能回到电车场，有时甚至更晚，到电车场后还要把一天的进款都交给主管。在这之后，我才能回家，肩上背着个空挎包，慢慢走在夜幕中的莫斯科，走在格鲁吉亚街上。在煤气路灯的绿光下，我外衣上镀镍的售票员号牌微微泛着光。当时只有几条主干道上的路灯是电灯。

---

1 小甲虫（букашка）在俄文中的首字母为"Б"，昵称由此而来。
2 安努什卡（Аннушка）在俄文中的首字母为"А"，是安娜的爱称。

起初，每天晚上我都要花很长时间清点零钱，但后来老售票员巴巴耶夫，也就是带我的师傅，教会了我如何摆脱这件麻烦事。从那以后，我带回电车场的就都是一些大票子和少量的银币了。

方法其实很简单。在返回电车场前的两个小时，我们就开始想方设法把零钱都找出去——付一卢布的，找头全是铜币，付三卢布[1]的，找头全是银币。有时乘客也会因此吵嚷起来。在这种情况下，为了避免不必要的纠纷，我们会立刻做出让步。这就是巴巴耶夫的生活智慧。

"如今的乘客，"巴巴耶夫说，"都不太冷静。有时候不得不纵容他们一下。应该善待乘客，有些人还得让他们免费乘车。我，譬如说吧，只要看到乘客上车时的样子，就知道他想不想买票。根据他脸上的表情就能判断出来。当你看到一个人需要乘车，但他却在车厢里躲着你的时候，那就意味着，他口袋里一个子儿也没有。对待这种乘客你就不必过分纠缠。你要假装好像已经给他打过票了，而且扯票的证据都在。无论干哪一行，都应该表现出对人的宽容，我们售票员的工作——尤其应当如此。我们是在跟整个莫斯科打交道。而莫斯科城里人们的痛苦，那就跟海里的沙子一样多。"

巴巴耶夫把售票工作中的所有简单的技巧都教给了我：怎么给票撕口，一周的每一天对应的都是什么颜色的票（防止乘客用前一天的票冒充当日的），如何向电车场管理员交车，城里哪些路段的乘客最爱在电车行驶中跳上车——因此要格外小心，以备在发生事故时及时停车。

巴巴耶夫教了我十天。随后我就去参加售票员考试了。最难的一门

---

1 指三卢布面值的钞票。

是关于莫斯科知识的测试。需要知道城里所有的广场、街道和小巷，还有所有的剧院、火车站、教堂和市场。不仅要知道它们的名称，还要知道怎么去这些地方。在这方面能和售票员一较高下的也只有莫斯科的马车夫了。

电车上的这份工作让我有机会好好地研究了一下莫斯科城，让我深入了解了这个杂乱无章而又包罗万象的城市，了解了扎采巴街、斯特罗门街和各色小酒馆，还有诺热瓦亚线路、博热多姆卡街和各大医院，以及列尼夫卡街、安年戈夫小树林、亚乌扎河、寡妇之家、城中村和克列斯托夫塔楼。

考我们莫斯科知识的是一个穿着长襟上衣的严厉老头。他一边小口呷着杯子里的凉茶，一边亲切地问我们：

"我的老兄，请问从马里纳小树林到哈莫夫尼基[1]怎么走更近一点呢？啊？您不知道？那顺便再问一句，哈莫夫尼基这个讨厌的名字是怎么来的？莫斯科可不是靠蛮横无理出名的。那为什么作为首都要用一个这么难听的名字作为区名呢？"

老头使劲给我们找茬。有一半售票员都栽在他的考试上了。

没通过考试的人都去找电车总工程师波利瓦诺夫诉苦。总工脸刮得干干净净，有着银白的头发，总是梳着分头，对人彬彬有礼。他低着头回答说，关于莫斯科的知识是售票员的必备知识之一。

"售票员，"他说，"不只是活的售票机器，他还是莫斯科城的向导。这座城市非常大。没有哪一个老住户能对它了如指掌。想想看，如果没

---

[1] 哈莫夫尼基（Хамовники）是莫斯科的区名和街道名，源于曾经的织布业。蛮横无理（Хамством）一词与该词形似。

有人能帮乘客,尤其是那些外省来的乘客,在众多死胡同、城门和教堂组成的复杂迷宫中指明道路,那将会造成多大的混乱。"

很快我就确信,波利瓦诺夫是正确的。

我被安排到八号线上班,这是一条该死的火车站线路,甚至比"Б"线还要糟糕。这条线连接着布列斯特火车站和卡兰切夫斯克广场,广场上还有三个火车站——尼古拉耶夫火车站、雅罗斯拉夫尔火车站和喀山火车站。这条线还会经过苏哈列夫广场和新、老博热多姆卡街。

在雅罗斯拉夫尔火车站,常会发生售票员戏称的"撞火车"事件——从谢尔盖圣三一大修道院涌来的一大批香客瞬间便会挤满电车。她们是一群衣衫褴褛的好拜神的女人。她们要去莫斯科各个教堂朝拜,但又完全不熟悉这座城市,而且还像母鸡一样呆头呆脑,胆小怕事。

每天都会重复几乎相同的麻烦事:一个破衣烂衫的女香客要去朝拜"鸡脚尼古拉",另一个则要去卡佩尔基圣三一教堂,第三个要去看弗斯波里耶的格奥尔吉。需要耐心地向她们解释,怎样才能到达这些教堂,随后这些老太婆才会从贴身的裙子口袋里掏出扎得紧紧的、包着钱的手帕来。手帕的一个角里裹着一戈比的硬币,另一个角里裹着两戈比的硬币,第三个角里则放着五戈比的硬币。

这些衣衫褴褛的女香客总是要花很长时间才能用牙解开打死的结,随后十分吝惜地数出几枚硬币。匆忙之中她们往往会解错结。于是就用牙齿再打好结,之后才去解另一个。

对于我们售票员来说这简直就是灾难。到红门之前我们必须让所有乘客都买好票。但老太婆们耽误了时间,我们来不及把票都发出去,而专门找茬的稽查员就在红门附近等着我们呢,往往因为她们的这种拖沓我们会被罚款。

有一天，巴巴耶夫非要拉我去他家看看。他和女儿住在巴维列茨火车站附近一座歪斜的小房子里。他女儿是一名内衣裁缝。

"快来瞧瞧，萨尼娅，"巴巴耶夫在门口便大声喊道，"我给你带了个未婚夫来。"

萨尼娅在挂着白棉布的隔帘后面弄出了一阵很大的声响，人却没有走出来。

低矮的屋子里挂着几个蒙着报纸的笼子。巴巴耶夫拿掉报纸。笼子里的金丝雀立刻活跃起来，发出悦耳的叫声。

"我和人打交道累了，就和金丝雀待在一起休息休息，"巴巴耶夫解释道，"乘客在咱们这些售票员面前从来不会觉得难为情，总是表现出自己最坏的一面，因此，弄得咱们看人的眼光也是多疑的。"

巴巴耶夫是对的。不知为什么，人在哪儿都不像在电车上那么蛮横无理。哪怕是一个彬彬有礼的人，只要一上电车，也会传染上好吵架的毛病。

起初我很惊讶，随后又觉得气恼，最后则感到异常压抑，只等一有机会就立刻放弃这份工作，以恢复我以前对人的好感。

萨尼娅这时走了进来，她是个清瘦的姑娘，对我默默地点点头，把一台红喇叭留声机放在桌上，打开后就离开了，没有再露面。留声机里播放着《弄臣》中的咏叹调："如果美人儿信誓旦旦，把爱情表白，谁要是信以为真，必将铸成大错。"金丝雀立刻安静下来，侧耳倾听起来。

"留声机是我为金丝雀准备的，"巴巴耶夫解释道，"为了教它们唱歌。它们是非常善于模仿的鸟儿。"

巴巴耶夫说，金丝雀玩家们在莫斯科有自己专属的小酒馆，每逢周日大家都会把鸟儿带去，在那儿举行比赛。痴迷者们都到那里去听金丝雀的音乐会。有一天，甚至连夏里亚宾[1]和百万富翁马蒙托夫都去了。他们当然很有名，而且很显赫，但对于金丝雀的歌唱，他们却不会鉴赏，甚至可以说，一窍不通，完全不懂金丝雀的价值。他们想花大价钱买两只鸟。但金丝雀玩家们，尽管不好意思，还是拒绝了他们的要求——把鸟卖给没有经验的生手毫无意义。毁掉一只鸟很容易，但训练它却要花费大量心血。况且，金丝雀也不是玩具，它需要被认真对待。所以夏里亚宾和马蒙托夫只好空手而归。可没曾想到，大概是想发泄心里的不爽，夏里亚宾最后要走的时候突然唱起了男低音："就像国王开赴战场。"吓得养鸟人赶紧带着自己的鸟儿离开了小酒馆。金丝雀可是个脆弱的东西，要是吓到它，它就再也不唱歌了，那也就一文不值了。

    干燥的秋天过后是阴雨连绵的日子。这可是售票员最难熬的一段时光。车厢里是冷飕飕的穿堂风，地板上是黏糊糊的烂泥，到处扔着撕下的票面，淋湿的衣服散发着一股霉味，窗玻璃上挂着泪珠似的雨滴，窗外，一排排发黑的小木屋和批发行一个个被淋湿的招牌仿佛在慢慢向后爬行。

    在这样的天气里售票员很容易发火，尤其是看到乘客的愚蠢习惯时：他们常把潮湿变软的旧票粘在车窗上，或者用手在蒙着水汽的窗玻璃上画个大鼻子的丑八怪。

    车厢像一间脏乱的公共宿舍，作为临时住户的乘客们互相骂骂咧咧。莫斯科好像蜷起了身子，藏在黑伞和竖起的大衣领子下。街道上

---

[1] 费·伊·夏里亚宾 (1873—1933)，俄国著名歌唱家。

空荡荡的。只有苏哈列夫广场还像大海一样喧嚣不断，涌动着灰色的人潮。

电车艰难而缓慢地在一群群吵吵嚷嚷的顾客、二道贩子和卖家中穿行。一台台留声机就在车轮旁发出令人不安的嘶嘶尖叫，维亚利采娃[1]仿佛招揽顾客般在唱着："走吧，三套车，白雪多么蓬松，四周寒夜寂静！"旁边各种汽炉子的响声又盖过了她的歌声。它们那蓝色的火焰急不可耐地呼啸着喷向天空。它们胜利的怒吼压倒了所有其他的声音。

受潮的曼陀林琴铮铮作响。脸蛋儿涂着鲜红染料的橡胶娃娃拼命地尖叫着："走开，走开！"油饼在大煎锅里刺啦响个不停。牲口粪、羊肉、干草、木质小商品的味道弥漫在空中。喊哑了嗓子的人们故作激烈的姿态，互相击掌成交。

大板车隆隆作响。汗淋淋的马脸常会伸进电车门里，从鼻孔喷出沉重的热气。

变戏法的中国人蹲在马路上，用假声不时吆喝着："瞧一瞧看一看，咄咄怪事在眼前！"教堂的钟声不断回荡，苏哈列夫塔楼黑色的大门下传来一个女人号啕的哭喊声："把你苍白的手放到我干瘪的胸上。"

扒手们把裤子搭在手上，假装在找买家，到处寻找着空子。他们眼神游移，目光躲躲闪闪。警察的哨声像夜莺一样婉转鸣叫。小男孩们从怀里放出脱了毛的鸽子，它们吃力地扇动着翅膀，向暗沉的天空飞去。

很难详尽描述这个从萨莫焦卡一直延伸到红门的莫斯科大市场。市场上可谓应有尽有：从三轮自行车、圣像到暹罗公鸡，从坦波夫的火腿

---

[1] 阿·德·维亚利采娃（1871—1913），俄国女歌唱家。

到糖渍云莓果。但所有商品都有瑕疵：不是有蛀孔，就是残次品，有的生了锈，有的则腐烂了。

市场上聚集着一群来自俄国各地的乞丐、流浪汉、骗子、小偷、旧货贩子——他们生活贫穷，为谋生使尽手段。苏哈列夫广场的空气中似乎只弥漫着一种气息——梦想发一笔横财，梦想弄到一块牛腿肉冻。

不同时代、不同地位的人们不可思议地混杂在一起——有眼窝塌陷、身上锈铁链叮当作响、钻空子想免费乘车的圣愚[1]，有留着山羊胡、戴着绿绒面礼帽的诗人，有打着通红赤脚、气冲冲地踩着烂泥走过苏哈列夫广场的托尔斯泰主义者，还有穿着束腰紧身胸衣、提着厚重裙摆、吃力地走过这片泥泞的太太们。

在一个阴雨天，从叶卡捷琳娜广场上来了一位乘客，他戴一顶黑色的礼帽，大衣扣子扣得严严实实，手上是一副咖啡色的细软皮手套。在他那张精心保养的长脸上透着一种铁石般的冷漠，既无视莫斯科的泥泞和电车里的吵骂，也无视我和整个世界。但他又非常彬彬有礼，拿到票的时候，甚至还对我微微抬起礼帽表示感谢。车厢里的乘客立刻鸦雀无声了，大家都带着充满敌意的好奇仔细打量着这个怪人。当他在红门下车后，整个车厢的人都开始极尽所能地嘲笑起他来。他们揶揄他是"倒闭剧院的蹩脚演员"和"自以为了不起的大人物"。这位乘客也引起了我的兴趣，他的眼神是傲慢的，但同时又带着腼腆，他身上既有过分的雅致，也掺杂着外省人明显的高傲。

几天后的一个傍晚，我下班后去综合技术陈列馆听伊戈尔·谢维里

---

[1] 圣愚本来指把故作疯癫作为一种苦修方式的修道士，但很多人都是借此招摇撞骗，也有些是真的精神失常者，被教会指为圣愚，或被民众理解为圣愚而受到敬畏。

亚宁[1]的诗歌音乐会。

当我的那位乘客穿着一身黑色常礼服走上舞台，靠在墙边上，垂下眼睛等着观众热烈的欢呼声和掌声平息下来的时候，我的心情，正如老派文学家所描述的那样，"惊讶得不可名状"。

人们往他脚下扔了很多鲜花——都是暗红色的玫瑰。但他还是一动不动地站着，没有拾起一朵来。随后他向前迈了一步，整个大厅安静下来，于是我听到了他有点发不清卷舌音的演唱，唱的是适合沙龙氛围的乐诗：

> 百合洒上香槟，香槟浸入百合！
> 花的童贞净化了酒的灵魂！
> 迷娘和埃斯卡米略，迷娘和埃斯卡米略！
> 神圣的琼浆就是百合中的香槟——！[2]

这首诗歌的旋律由一些毫无实质性意义的词语构成，但也自有它的魅力。在这里语言只是一种音乐，不需要其他的意义。人类的思想幻化为玻璃珠上的微光、洒上香水的绸缎的沙沙声响、扇子上的鸵鸟羽毛和香槟的泡沫。

在这样的日子里听到这些诗句令人觉得既荒唐又奇怪，因为成千上万的俄国人正趴在灌满雨水的战壕里，不断集中火力阻挡着德国军队的

---

[1] 伊·谢维里亚宁（1887—1941），原名伊·瓦·洛塔廖夫，俄国诗人，自我未来主义的代表人物，1917年后侨居国外。
[2] 引自谢维里亚宁的诗《香槟波洛涅兹舞》(1912)。

进攻。可就在此时，来自切列波韦茨的曾经的现实主义者洛塔廖夫，也就是"天才"伊戈尔·谢维里亚宁，却用略带法语腔的发音浅吟低唱，用诗情描述着多愁善感的贵妇内莉的会客厅。

随后他仿佛突然醒悟，于是唱起了一首关于战争的拿腔拿调的诗歌，诗中说如果俄国最后一位统帅也牺牲了，那就该轮到他，谢维里亚宁上战场了，到那时，"你们温柔的、你们唯一的我，将带领你们冲向柏林"。

这就是生活的力量，它能让最虚假的人转变性情，只要他们心中还存有一丝诗情。而谢维里亚宁就是一个心中充满诗情的人。岁月蹉跎中他逐渐抛弃了自己身上的浮华气质，他的诗歌变得更富有人情味了。原野上纯净的空气进入了他的诗行，"风吹拂在辽阔的田野上"，抒情的质朴代替了过度的雅致："多么难以言传的温柔，多么真挚的热情，让你的容颜熠熠生辉，让天空呈现一片蔚蓝。"[1]

我晚上很少有空闲。整个白天，还有晚上的一部分时间，都耗在了繁重的工作中，我一直站着，在电车的嘎吱声中忙个不停，所以我也和所有的售票员一样，累得要命。当我们实在撑不下去的时候，就会请求领导把我们调到"小火车"——即蒸汽电车上，去缓冲几天。它走的是一条从萨维洛夫火车站到彼得罗夫-拉祖莫夫农科院的路线。这是一条最轻松的路线，用售票员的话来说，是莫斯科最具"度假感"的一条电车线。

---

[1] 引自谢维里亚宁的诗《线条连着线条》(1914)。

电车的小机车头像个茶炊似的，和排气管一起被铁盒子包着。只有在它发出孩童般的呼哨声和冒出缕缕热气的时候才会被人发现。机车头拉着四节车厢开往郊外的别墅区。晚上车厢里用蜡烛照明，"小火车"上没有电灯。

我在这条线上班的时候正值秋天。票很快就卖完了，之后我便坐在敞开的车厢门口，脑子里什么也不想，让两侧飞驰而过的簌簌秋声淹没自己。白桦林和山杨林尚未凋落的叶子的潮气不断扑面而来。

随后树林消失了，眼前突然跃出景色壮丽的科学院公园那五彩缤纷的秋色。园中一片静美的金秋。椴树和槭树高耸入云，山杨树淡黄色的身影交织其间，这景象铺陈在眼前，仿佛在邀请你进入一个华丽而静谧的国度。那里千姿百态、色彩缤纷的景致都源于人类的意志和才华。这个公园是由我们著名的植物学家和园艺大师栽培和布置出来的。

从童年时代起，我就有一种难以抑制的倾向——亲近自然。有时这种倾向表现得非常强烈，以至于吓坏了周围亲近的人。每年秋天，当我从布良斯克的森林或克里米亚半岛返回中学的时候，总是会十分怀念刚刚度过的那个夏天。我日渐消瘦，双眼凹陷，夜不成寐。我对周围人隐瞒着自己的这种心情感受。我早就确信，除了困惑不解，他们是无法理解我的。他们认为，这就是我身上那种顽固的"不严肃态度"，它妨碍了我的正常生活。

我无法向他们解释，我对自然的感受不仅仅在于惊叹造化的完美，也不仅是漫无目的的欣赏，而是一种对环境的认知，认识到没有良好的环境人是无法全身心投入工作的。人们亲近自然通常都是为了休憩。而我则认为，亲近自然的生活才应该是人的生活常态。

如今回忆起这些，是因为一九一四年秋天我特别敏锐地感觉到了人与自然的这种友谊。大自然也遭受了战火的蹂躏，但不是在莫斯科，而是在西方，在波兰，想到这一点，我对自然的爱就更加强烈了，这也引发了我更多的愁闷。

我注视着"小火车"烟囱中冒出的烟，看着它遮蔽了金黄的小树林。每到傍晚，树林后都可以隐约看到莫斯科灯火的淡蓝色反光。这些郊外树林的幻影总让人浮想联翩，想到俄国、契诃夫、列维坦，想到俄国精神的那些特性、蕴含在民众中的动人活力，也想到这个民族的过去与未来——当然，它的未来一定是会让人耳目一新的。

战争之外

如今，当一战已经过去近半个世纪，每当我回忆起那段并不遥远的时光，却像在回忆尘封已久的悠悠往事一般。

仿佛有一个炮火连天、暴风骤雨的百年把生活分割成了两部分。一切都变动了位置。似乎是突如其来的撞击让一切都移位了。如今我们会嘲笑那些曾经被我们看重的东西。我们会原谅自己从前的轻浮，原谅自己在面对复杂多变的生活、社会关系和自我时的那种幼稚和笨拙。如今我们觉得一九一七年之前发生的所有事情都宛如童年的故事，虽然当时我们这一代人都已经二十多岁了。

一九一四年的战争并没有像其后发生的所有事件一样完全占据人们的思想。当时在俄国生活仍照常运转，并未受到战争多大的影响。每当未来主义者们或伊戈尔·谢维里亚宁登台表演的时候，综合技术陈列馆的讲堂里总是挤满观众。拉宾德拉纳特·泰戈尔照样俘获大家的心灵。艺术剧院在强烈的痛苦中寻找着新的哈姆雷特。莫斯科的"星期三"文学小组继续在作家捷列绍夫[1]家聚会，但在这些聚会中作家们很少谈及战争。宗教哲学、寻神论、象征主义、复兴古希腊哲学的号召——这一切都与进步的革命思想并存，试图控制人们的头脑。

我出身于一个中等知识分子家庭。我的父亲是一名统计员。像当时大多数统计员一样，他是个自由主义者。

从小我就常听父亲和他的朋友们高谈阔论，谈自由，谈革命的必然性，谈备受压迫的劳苦大众。

这些谈话一般都是在饭厅喝茶时进行的，每次母亲都会用眼神提示父亲——我们这些孩子还在场，她总是对父亲说：

"格奥尔吉，你又谈得忘乎所以了。"

他们提到的数百万受苦受难、一贫如洗的民众，在我看来指的就是农民。关于工人的事我听到的不多。在我们的圈子里很少有人提到"无产阶级"这个词。有时大家会谈到"手艺人""工厂工人"，这些名词总能使我联想到基辅的郊区、拥挤的工棚和罢工。

每次当我听到"无产阶级"和"工人阶级"这两个词时，不知为什么我总认为，我们俄国所有的无产阶级都集中在烟囱林立的彼得格勒，在一些像普季洛夫和奥布霍夫一样的大工厂里。

由于这些孩子般幼稚的认识和对文学的狂热痴迷，二月革命前我对革命运动一无所知。

那时我认为"革命者"一词代表的就是一种异常勇敢、不屈不挠、奋不顾身的精神。

---

[1] 尼·德·捷列绍夫（1867—1957），俄苏作家。1899年成立"星期三"文学小组，该小组在20世纪初的俄国文学发展中起过重要作用。

但也不能说我的青年时代就与革命运动毫不相干。我是一九〇五年那些事件的目击者，知晓莫斯科十二月武装起义的全过程，也了解喀山铁路事件、"波将金"号战舰和"奥恰科夫"号巡洋舰的起义，还崇拜过施密特中尉。但首先占据我的头脑的却是革命事件中充满浪漫主义色彩的一面——暗中破坏、地下印刷所、炸药、定时炸弹、流放地的逃亡、激情四溢的演讲。

很长时间我都无法认清这些事件的实质，只能模糊地把它们定义为"为自由而战"。

一九一四年战争爆发之前，我一直活在这样的模糊认识中。战争爆发之后，我才开始醒悟，认识到发生在俄国的这些社会事件意味着什么。

一九一四年的莫斯科是战争的大后方。只有看到大批在城中走动的穿褐色病号服的伤员和那些穿丧服的女人时，人们才会联想到战争。

有一天，我设法参加了一场"星期三"文学小组的活动。作家们在格鲁吉亚街附近胡同的一座老宅子里聚会。

我坐在后排，一动不动地一直坐到了活动结束。我很害怕让人发现后被赶出去，感觉自己就像一个无票乘车的乘客一样，尽管我周围也坐着几个跟我一样的年轻人。但他们毫不拘束，这就让我觉得更加难为情了。

我的脸很烫——我是第一次如此近距离地看到这些作家。我始终认为，尽管他们穿着普通的外套，说着跟我们这些凡人一样的语言，但他们对我们而言，仍然是遥不可及的。这种遥不可及就是天分，就是自由支配思想、形象和语言的能力，而这种天分当年对我来说不啻一种魔法。我注视着每一位作家，就像看到了屠格涅夫、契诃夫和托尔斯泰的真正传人，就像看到了俄国诗歌和小说传统的守护者。

当时我无论如何也不能同意普希金的说法，他认为有时作家和诗人比"卑微世界的渺渺众生"更加微不足道[1]。我无法把作家及其创作分割开来。

因此，当我看到出现在这里的每一位作家时，我都会心潮澎湃：剪着马车夫头型的阿列克谢·托尔斯泰，头发蓬乱、酷似土地丈量员的伊万·什梅廖夫[2]，异常平和的扎伊采夫，用低沉的声音朗读短篇小说《赞美诗》、神情淡漠的布宁[3]。

我期望能在"星期三"聚会中看到马克西姆·高尔基。但是他没有来。

我身旁坐着一个中年人，浑身上下的衣服皱巴巴的，应该是个肺痨病人。他老是用一块深色的手帕捂着嘴咳嗽，眼睛却闪闪发亮——很显然，他异常激动。他认真地听着台上作家所说的每一个字，随后转身对我说：

"啊呀，俄国多美好啊！啊呀，多美好呀！"

我是和这个人一起离开的。他住在普列斯尼亚城门外，我们正好顺路。

银白色的月亮挂在光秃秃的枝条上方。微微冻上的落叶在脚下窸窣作响。从住户窗户透出的灯光落在我这位同伴的圆顶羔皮帽上。原来他是瑟京[4]印刷厂的一名排字工人。他叫叶利塞·斯韦尔奇科夫。

"我是在外省长大的，"他对我说，在路上他不得不时常停下，咳嗽

---

[1] 引自普希金的诗《诗人》(1827)。
[2] 伊·谢·什梅廖夫 (1873—1950)，俄国作家。1922年侨居国外。
[3] 伊·阿·布宁 (1870—1953)，俄国作家，1920年侨居西方，1933年获诺贝尔文学奖。
[4] 伊·德·瑟京 (1851—1934)，俄国启蒙派出版家。

几声,"在卡申市。从年轻时起我就一心迷恋文字,但总是感觉眼高手低。我没有运用语言的天赋。我能正确理解词语,可以这样说,我能触摸它,品咂它,了解它的各种性质,但我不善于遣词造句。年轻人,每个词都包含了很多意思,作家的工作就是把这个词和同类词放在一起,以便使它在读者心中引发必要的共鸣。这里就需要天赋了。要有灵光闪现!作家从不去东拼西凑——需要的词语都是信手拈来,就像排字工人一样,不用看就能从活字分隔盘里取出需要的铅字。一旦他把词语放到正确的位置,那就绝对不能、无论如何也不能再动它了。否则他那奇妙的建筑就会轰然倒塌。"

"那您尝试过写作吗?"我问排字工人。

"尝试嘛我倒是尝试过,如今还在尝试之中。没什么成效!我有这么个习惯——每逢节日就去特列季亚科夫画廊,或者去鲁缅采夫卡[1],然后选一幅最让我心旷神怡的画,望着它,想象自己身临画境。比如说,萨夫拉索夫[2]的《白嘴鸦飞来了》,或者是列维坦的《三月》。萨夫拉索夫的画中有我的整个童年。俄罗斯泥泞的春天,水洼遍地,刮着冷风,天空低垂,还有潮湿的篱笆和乌云。而列维坦的《三月》呢,完全是另外一种样子,但也非常亲切,也是典型的俄罗斯春天——冰雪融化时的水滴,树林上空的蔚蓝天空。知道吗?当冰锥上融化的水往下滴答作响时,阳光会随同每一颗滴答的水珠滚落屋檐。这一切我都真切地看到了。我就是这样看画的,回到家之后,努力用文字在练习本上把画作描

---

[1] 鲁缅采夫卡,即鲁缅采夫博物馆,创建者是俄国国务活动家、外交家尼·鲁缅采夫伯爵,里面收藏着他所收集的书籍和手稿。
[2] 阿·孔·萨夫拉索夫(1830—1897),俄国画家、巡回展览画派艺术家。

绘出来,我的用意是,我要像画家用赭石、浓黄和钴蓝作画一样,用文字来表现画作。我要使那些平生从未见过这幅画的人,通过文字就能想象出画上的一切妙处。让他,对不起,能闻到春天里畜粪的味道,能听到白嘴鸦的欢叫。这种描写我写了上百篇。不久前我把它们拿给一位作家看——他的名字恕我不提。当时我紧张得浑身哆嗦,连我都可怜起自己来了。他读完之后说:'这些,当然了,都写得很文学化,而且非常通顺,但是却毫无意义。''我吧,'他说,'宁愿去看真画,也不想透过您的描写去了解这幅画。''您这是怎么了?'他说,'老兄,怎么想起要和萨夫拉索夫、列维坦或者科罗温[1]一较高下呢?他们显然都不是草包呀。'我反驳了他。'因为我,'我说,'有一个想法,要让词语发挥出视觉效果来,就像画家画布上的颜料一样。''那这就是,'他说,'彻底的四不像。'于是我就带着这些'四不像'离开了他。我想明白了一点:我没有驾驭语言的天赋!太可惜了!不然我本可以成就一番事业的,这点我能感觉得到。"

我把排字工人送到了家。他住在一所狭窄庭院的最里头,院子里放满了生锈的破铁床:这栋房子里有一家制床厂。

斯韦尔奇科夫邀请我常来他家,最后还说:

"我住的地方到处都是床,可自己睡的却是个简易木床。这些床都是旧床,是捐赠的。它们修一修就会被送去士兵医院。都是战争的缘故。我真是不理解,为什么要打仗。缺乏友爱就会有战争。要是我们这些普通人都能同心同德,我们就会对战争说'不'!到时所有这些嗜血

---

[1] 康·阿·科罗温(1861—1939),俄国画家。

的胡闹也就自然消失了。我就是这样梦想的——要是有人能教会我们相互友爱就好了。难道世界上连这样的人都找不出来吗？"

斯韦尔奇科夫敲了敲一扇低矮的小窗。窗子里没有回应，但随后却听到一个女人号啕的哭声。

"她不理解我！"斯韦尔奇科夫叹了口气说，"脆弱的女人。我也许只能活一年了。即使这样，她也不理解。请您见谅，年轻人。"

我道了个别就走了。大普列斯尼亚街上一片寂静，甚至听得到夜间守卫打哈欠的声音。路灯下乞乞金和布兰多夫两家乳制品商店外墙上白、蓝两色的瓷砖泛着毫无生气的微光。如果在一个街角有一家贴着白瓷砖的乞乞金乳制品店，那么对面街角一定会开一家蓝瓷砖装饰的布兰多夫乳制品店，目的就是要与邻居抢生意。

家里人都已经睡下了，甚至连扎哈罗夫的房间也熄了灯。我在自己房间的地板上躺下。昏暗的路灯光线透进屋子。

我躺在那里，想着那个卡申市来的抱病的排字工人。这些思绪并没有让我感到痛苦，相反，我却觉得内心平静。祖国处处有人才啊！在俄国的城市和乡村，谁知道还有多少才华横溢的人！几万，几十万？这些人把多少聪明才智、奇思妙想和一双"金手"都献给了自己的国家，用来赞美它、讴歌它，使它变得更加美丽富饶。

排字工人的观点当然是正确的。用俄语能创造出杰作。生活中和我们的思想中没有任何东西是无法用俄语表达的：音乐的动人旋律，光谱的缤纷色彩，光的变幻莫测，花园的声响和光影，朦胧的梦境，雷暴沉闷的轰鸣，孩童的低声絮语和海滩沙砾的喃喃细语。没有一种声响、色彩、形象和思想——无论复杂还是简单，不能在我们的语言中找到准确的表达方式。

从货运站、备用铁路线和火车站的方向传来了蒸汽机车的汽笛声，偶尔还能听到马车驶过卵石路面的轰隆声，在这样的城市夜色中人很容易陷入遐想。

我站起来走到窗前，久久凝视着窗外的动物园。园子里一片寂静萧条，在莫斯科灯火昏暗的街区群中它就像一座巨大的黑色孤岛。

我转过身，发现桌上有一个白色的东西。应该是妈妈留的便条。我拿起它，随手划亮一根火柴，我看到了一封从基辅来的电报，上面的斜体字写着：

> 分到工兵部队，即赴西线，待有机会写信时另行通知前线地址，勿念，吻你，加莉娅、科斯季克。鲍利亚。

原来如此！也就是说，鲍利亚要上前线了！我突然觉得无地自容。我在他面前有什么可自大的呢？就因为我有一点对艺术的朦胧向往吗？还没有写出一行像样的文字，我就已经把自己列入了未来作家的行列。我嘲笑他的房间、他的混凝土桥、他的生活哲学。但这种哲学又有什么可笑之处呢？不管怎样，他都是一个正直的人。他像犍牛一样勤劳肯干，从不撒谎，也从不逃避自己的义务。即使他更喜欢亨里希·显克微支，而不是契诃夫，那又算什么大不了的罪过呢？我与偏见势不两立，却又被无足轻重的偏见左右了自己。

我划着第二根火柴，又读了一遍电报，暗自思忖：为什么妈妈不等我回来，而是把电报放在桌上呢？为什么？也许她知道我对鲍利亚的态度，在现在这种艰难时刻，如果从我脸上看到证实这一点的表情，她应该会很难过。

我穿上衣服，去了妈妈的房间。她还没有睡。我们并排坐下，我抚摸着她花白干枯的头发，不知该怎样安慰她。她轻声地哭着，害怕吵醒加莉娅。

这时我才明白，青春有时是多么残酷和不公正啊，尽管它充满了崇高的理想。

天亮前妈妈才睡下。我回到自己的房间，换上售票员的制服，拿着空挎包，蹑手蹑脚走出了家门。

灰蒙蒙的光线从脏兮兮的窗子透进楼梯。几只发胖的老猫在台阶上打着呼噜。

两轮卫生车不时发出隆隆的响声，沿格鲁吉亚街向布列斯特铁路货运站的方向驶去，它们绿色的防水车棚上印着红十字的标记。动物园里丁香树上枯萎卷曲的叶片不断飘落到马路上。清晨的大雨打在落满尘土的淡紫色枯叶上，打在卫生车的防水车棚上，发出噼噼啪啪的响声。

百元大钞老头

我早就发现,那些经常在路上跑的人,包括火车司机、水手、飞行员、汽车司机,都有一点迷信。我们这些莫斯科电车的售票员也不例外。

我们最怕遇到一个拿着百元大钞的老头。所谓百元大钞就是被称作"叶卡捷琳娜票子"的一百卢布纸币,上面印着叶卡捷琳娜二世雍容华贵的半身像,她那紧绷的胸部如缎子一般光洁。

如果不带任何偏见去评价的话,这个老头还是挺招人喜欢的:外表干干净净,态度和蔼,挺有修养。他的大衣口袋里总是插着一份叠得整整齐齐的教授们钟爱的自由派报纸——《俄罗斯新闻》。

老头总是一大早,在我们刚刚离开电车场的时候上车,那时候售票包里也就只有找零用的六十戈比在咣当作响。公司只给我们这么多零钱。

老头上车后客气地微笑着,递给售票员一张一百卢布的大钞。这显然是找不开的。老头也不要求找零。他知趣地在下一站主动下车,等待下一辆电车。

在下一辆车上这一幕又会重演。

就这样，老头从一辆车换到另一辆车，天天如此、月月如此地免费乘车上班。要想数落他都找不到充足的理由。

百元大钞永远都是同一张。我们八号线的售票员早就记住了这张票面的号码：123715。我们有时也会报复老头，刻薄地挖苦他说：

"请把您那张123715号的'叶卡捷琳娜票子'出示一下，然后就下车吧。"

老头从不生气，他总是很主动地向我们出示那张臭名昭著的票子，然后又同样主动地匆匆下车，一副与人为善的样子。

这种不屈不挠的逃票者真是闻所未闻。哪怕最强悍的售票员都拿他毫无办法。

我们不喜欢这个老头并不是因为那张票号为123715的票子，而是另有原因。认识他好几年的老售票员都言之凿凿地说，这个人总是会带来霉运。

我的电车生涯中一共发生过四次不愉快的事件。

起初我当的是电车司机。我开车走的是"Б"线的内环。这条线路非常难开。车厢都挂着拖车。挂钩处是活动的，所以几乎每次启动电车时，车厢都会猛地咣当拽一下拖车，随即响起的是乘客们刺耳的叫骂声。

有一天在斯摩棱斯克林荫道附近，一辆白色的乞乞金公司运牛奶的汽车驶进了电车轨道。那个司机开得慢吞吞的。显然是害怕把牛奶溅出来。我也不得不跟在他后面慢慢地开，结果晚点了。每一站都有一大群愤怒的乘客在等着我的电车。

很快，我们后面的那辆"Б"线电车赶上来了，随后第二辆也来了，然后是第三辆、第四辆。所有电车都不耐烦地发出震耳欲聋的敲击声。那时候电车上都没有装铃,只装着电动响板。

这条线于是发生了严重的塞车现象。而那个汽车司机依然霸占着轨道,在我们面前缓慢地爬行,根本不打算拐弯。

我们就这样跟着他开过了整条库德林花园大街,又开过了特维尔街、小德米特罗夫卡街、马车街。我疯狂地按动着响板,不断把身子探出车厢外,嘴里咒骂着,但那个司机却不为所动,他抽着烟,不时从驾驶室喷出一段烟雾作为对我的回答。

往后看,目光所及之处,有好几辆满载乘客的"小甲虫"在慢慢爬行,震耳欲聋的响板声在几条花园街上响成一片。司机们的咒骂声飘荡在空中,这巨浪般的骂声从最后一辆车传到我这里,又从我这里翻滚回去。

我忍无可忍,于是决定采取行动。在通往萨莫焦卡的下坡路上我关掉了发动机,装作刹车失灵的样子,故意弄出震耳欲聋的轰隆声,从后面撞上了那个无赖司机驾驶的乞乞金公司的汽车。

砰的一声,好像炮响一样。那辆汽车侧翻到了一边。从车里冒出了滚滚白烟。留着小胡子的司机跳到马路上,从口袋里掏出一个警笛,响亮地吹了起来。这完全出乎我的意料。之后他便看到警察分局长和一个警察扶着腰间的军刀,从萨莫焦卡广场方向朝电车跑过来。

总之,第二天我就从司机被贬为售票员了。

但我的厄运并未就此结束。很快我又被罚了次款,这是因为电车驶过剧院广场时我坐在后门那儿了。按规定,在剧院广场售票员应当站着,因为这是莫斯科最热闹的地方,在这里乘客总是不等电车停稳就上下车。

后来我们这些年轻的售票员头脑一热，想出了一个自认为可行的办法，好让自己在忙碌的一天中稍稍喘口气，我们事先和司机说好，比规定的时间提前两三分钟从终点站出发，或者像电车员工常说的那样，"不遵守时间间隔"。

司机开着车全速前进，我们很快就赶上了同一线路的前一辆车，这时就可以轻松悠闲了。前一辆车把所有的乘客都拉走了，而我们则可以跑空车了。车厢里空空如也，很安静，闲得都能读报纸。

我们觉得这个方法是不会被人捉住把柄的。但我们，当然了，正如常有的情况，"橙子皮也会滑倒人"，有时在莫斯科城里一连跑三四趟空车。这样一来，我们的进款就比其他售票员少多了。领导立刻开始怀疑这里有问题。最终我们被当场捉了个现行，被狠狠罚了一笔钱。

这些倒霉事都跟那个百元大钞老头无关。但是有一天，老头上了我的车，他的样子让我觉得比平时更可疑，带着更明显的不祥的预兆，可他却浑身上下都散发着对我这个售票员的善意。也许是因为我检票时漏掉了他，所以老头免费坐了不是一站，而是两站。老头下车之后，司机——一个阴郁沉默的人——哗啦一声拉开前面的门，隔着整个车厢对我喊道：

"现在要小心点了，售票员！可别出什么倒霉事！"

随后他又哗啦一声关上了门。

我一整天都在提防着倒霉事，但什么也没有发生。于是我安下心来。半夜时分，我们驶离了雅罗斯拉夫尔火车站，这是今天的最后一班了。

车厢里没有几个乘客，也没有任何不好的预兆。我甚至怡然自得地小声哼起了一首当时十分流行的歌曲：

你们呀,我的机灵鬼儿小鸟!

请帮我兑开这些钞票……

在奥尔里科夫胡同附近上来一位身材敦实的先生,他穿一件翻领大衣,戴一顶雅致的圆顶礼帽。他浑身上下都散发着一副老爷派头——微微浮肿的眼皮,身上的雪茄味,外国样式的白围巾,还有一根银镶头的手杖。

他拄着手杖,迈着足痛风病人才有的步态穿过整个车厢,一屁股坐在出口的位子上。我走到了他面前。

"免票的!"那位先生有点磕巴地说,根本不看我一眼,而是望着窗外,车窗上映照出不断闪过的夜间灯火。

"请出示免票证!"我也同样带点磕巴地说。

那位先生抬起浮肿的眼皮,极端鄙夷地看了我一眼。

"应该认得我是谁,亲爱的,"他恼怒地说,"我是市长布良斯基[1]。"

"可惜,您的额头上并没有贴着市长的标签,"我不客气地回答,"请出示免票证!"

市长大发雷霆。他断然拒绝出示自己的免票证。于是我叫停了电车,请他下车。市长坚持不肯下去。这时乘客们也像往常一样都干涉进来了。

"他才不是什么市长呢!"车厢里头一个声音讥讽道,"市长应该坐他自己的马车。别的不敢说,这点我们可清楚得很。这样的市长我们见多了!"

---

[1] 维·吉·布良斯基,1912年至1914年曾任莫斯科市长。

"少管闲事!"戴圆顶礼帽的先生大声喊道。

"我的爷呀!"一个提着一篮子苹果的老太太吓坏了,"好大的嗓门!有钱人总是小气得很。买票花五个戈比他们都心疼。他们的钱就是像这样——一个子儿一个子儿、一戈比一戈比积攒起来的。"

"兴许他口袋里连个屁都没有,"一个戴便帽的青年讥笑着说,"我替他买张票吧。拿着,售票员!找零留给他当伙食费吧。"

最后,这位盛怒的市长只得下了车,呼的一声摔上了车门,力道震得窗玻璃嗡嗡直响。为此他受到了司机的责骂,司机冲着他的脊背骂他无赖,连他的圆顶礼帽和那张养尊处优的脸都成了挨骂的理由。

过了两天,米乌斯电车场的领导把我叫了去。他留着一脸火红色的大胡子,很爱嘲笑人。他厉声对我说:

"217号售票员听好了! 现在给你第二次警告处分。在这里签个字!就这样! 到伊维尔圣母像[1]前点根蜡烛吧,谢谢她保佑你,此事就此了结。哪见过这样的事? 居然把市长撵下车,还是在半夜,还是在第三小市民街,那条街上就是大白天都会有人粗鲁地骂你、推撞你。"

电车场领导要求我把市长事件的细枝末节都讲给他听。我给他讲了一遍,顺便还提到了那个百元大钞老头,并告诉他说,售票员们都认为这个老头会带来霉运。

"我听说过这个可恶的老家伙,"电车场领导说,"怎么才能教训一下这个逃票高手呢?"

八号线的售票员们早就想整一整这个老头了。每个人都有自己的计

---

[1] 希腊阿索斯山伊维尔修道院中的圣母子像,据考证创作于11—12世纪,作者不详。仿作在整个东正教地区流行。

划。我也想出了一个法子。我把它告诉了电车场领导。他只是冷笑了一下，未置可否。

第二天早晨，我签字领取了一百卢布的零钱。

我一连等了那个老头三天。到第四天他终于出现了。

他毫无防备，还是那么亲切平和，上车就把那张"叶卡捷琳娜票子"递给了我。我收了钱，翻来覆去地看了看，又对着光瞧了瞧，随后便塞进了包里。老头惊讶得连下巴都掉下来了。

我不慌不忙地数出九十九卢布九十五戈比，随后又重新点了两遍，便递给了老头。他的表情很狰狞。整个脸都变黑了。他眼睛里的凶光让我绝不想以后跟他狭路相逢。

老头默不作声地收下钱，默不作声地塞进口袋，数都没数，随后便向出口走去。

"您去哪儿？"我礼貌地问，"您终于有票了。您想坐几站都行。"

"瘟神！"老头用沙哑的声音骂道，随后打开前面的门，在第一站就下车了。他这么做显然是习惯使然。

当电车启动时，老头用粗手杖使劲敲打着车厢侧壁，又一次喊道："瘟神！骗子！你等着瞧吧！"

从那以后我再也没有见到过他。据说，有个售票员在这件事之后还看到过他。

老头精神饱满地步行去上班。他的大衣口袋里仍旧插着一份叠得整整齐齐的《俄罗斯新闻》。

票号123715的百元大钞被当作战利品公开展览，挂在米乌斯电车场罩着铁丝网的公告栏里，那里通常都是张贴各种命令文件的。它在那里挂了好几天。售票员们拥挤在纸币前，"当面"辨认着它，笑成了一片。而我则得了个并不光彩的"机灵鬼"称号。不过后来这件功勋却帮我躲过了被开除的命运。那次我主动搭乘了二十个全副武装的人,而且全部免票,结果却撞上了稽查员。

事情发生在一天夜里。从雅罗斯拉夫尔火车站上来一群士兵,他们都是行军装束,背着子弹袋和步枪,新大衣上紧束着皮带。这是一群预备役士兵——留着大胡子,风尘仆仆,在陌生而复杂的莫斯科有些胆怯。他们要从雅罗斯拉夫尔火车站坐车到布列斯特站,然后从那儿再去作战部队。三名战士有妻子送行,她们围着保暖披肩,只露出一双眼睛。她们紧紧拉着丈夫的大衣袖子,默不作声地陪着他们。战士们也同样默不作声。

我同时犯了两项渎职罪:让这些战士和他们的家属免费乘车,另外,还搭载了全副武装的人员——而这是被严令禁止的。

在叶卡捷琳娜广场上来一个稽查员。

"别费劲了,"我对他说,"反正战士们都没买票。"

"丹麦国王为他们付钱吗?"稽查员平静地问。

"对。丹麦国王付钱。"

"有意思!"稽查员说,随后他记下我的工号,便跳下了行驶中的电车。

很快,我又被那个火红胡子的电车场领导叫去了。他盯着我看了很久,不时扬扬眉毛,似乎在斟酌着什么,随后用"您"称呼我说:

"您不能再和乘客打交道了。这毫无疑问!您已经有,老天爷呀,三次警告处分了。"

"毫无办法!开除我吧。"

"开除很容易。但为什么要开除呢?我调您去医疗救护车那里上夜班。您将负责把伤员从火车站运送到各个军医院。您还是个大学生吧?"

我同意了。我觉得这份工作要比跟乘客、车票、零钱打交道的疲惫繁琐的差事好得多。

我满心轻松地把自己的挎包交给负责人，就回家去了。

我沿着格鲁吉亚街走着。风不断吹动着煤气路灯的火苗。弥漫着轻微瓦斯味的夜晚的空气似乎向我预示着未来生活中可能发生的转变，我也许会去远行，会有新的际遇。

列福尔托沃之夜

布列斯特火车站是当时莫斯科的主要军用车站,弧光灯把它照得一片通明,车站看起来仿佛熔化在咝咝作响的白光中。一辆辆军用专列从这里开往前线。每到夜里,昏暗的站台上都会悄悄驶进来几列散发着碘仿味的长长的救护列车,随后卸载伤员的工作便开始了。

每天半夜将近两点,当城市的喧嚣已经安静下来的时候,我们这些电车工作人员会把白色的救护电车开到布列斯特火车站。车厢里已经安好了悬挂式的弹簧床。

通常都要等待很长时间。我们站在车厢旁抽着烟。每次都会有围着保暖披肩的妇女走到我们跟前来,胆怯地询问,是否很快就要装载伤员了。"装载伤员"——这个词组本身就是战争催生出来的荒诞事之一,它是指像装载无生命的货物一样,把那些虽然活着但肢体已经残损的人搬进电车。

"等着吧!"我们回答。

妇女们叹着气，走到旁边的人行道上，站在阴影处默默注视着沉重的火车站大门。

这些妇女都是抱着以防万一的心态来火车站的：也许，伤员中有自己的丈夫、兄弟、儿子，或者是他们的同团战友——这样也能打听一下亲人的消息。

我们这些售票员虽然年龄各异，性格和生活观也各不相同，但大家都害怕同一件事——亲眼看到这些妇女找到自己伤残的亲人。

当火车站门口出现抬担架的卫生员时，妇女们便一拥而上，发狂似的仔细辨认着伤员们发黑的面孔，把一串串面包圈、苹果、成包的散装廉价香烟塞到他们手里。还有些妇女同情地哭泣着。伤员们忍住呻吟，用善意的话安慰着她们。这些话都是普通俄国人留待最艰难的时日才会说的，而且也只会对和自己一样的普通人说。

伤员们被抬进了车厢，随后便开始了一段穿越夜晚的莫斯科的艰难行程。司机们开得很慢，很小心。

我们常常会把伤员运送到位于列福尔托沃的总军医院去。从那时起，我的关于列福尔托沃的记忆就与秋日的寒夜联系在一起。许多年过去了，但我仿佛觉得列福尔托沃的夜晚依然如故，夜色中军医院那一排排窗户依旧透着单调的灯光。这种印象萦绕不去，因为后来我就再也没有去过列福尔托沃，也未曾见过白天的军医院和医院前面那片宽阔的练兵场。

在列福尔托沃，我们会帮助卫生员把重伤员抬到普通病房和隔离病房里去，隔离病房分散在花园里，离主楼都比较远。花园的渠沟里有一条涓涓细流在哗哗作响，散发着氯气的味道。搬运伤员的工作进行得很慢，所以我们常常在列福尔托沃滞留到黎明时分。

有时我们运送的是奥地利伤员。当时奥地利被戏称为"碎布头帝国",而奥地利的军队则被戏称为"茨冈人集市"。这支由不同民族组成的军队给人的第一印象就是一群黑头发、黑皮肤的瘦子,他们穿着蓝色大衣,戴着褪了色的军帽,锡质的帽徽上有两个镂空的字母:"Ф"和"И"。这是年老昏聩的奥地利皇帝弗朗茨-约瑟夫姓名的首字母。

我们向俘虏详细打听着各种情况,吃惊地发现:这真是一支杂牌军!军队里有捷克人、德意志人、意大利人、蒂罗尔人、波兰人、波斯尼亚人、塞尔维亚人、克罗地亚人、黑山人、匈牙利人、茨冈人、黑塞哥维那人、古楚尔人、斯洛伐克人……尽管中学毕业时我的地理得了五分,但这些民族中还是有一些我从未听说过。

有一天卫生员往我的车厢里搬运伤员时,抬进来一个打着灰绑腿、瘦得像麻杆儿一样的奥地利士兵。他喉部受了伤,躺在那儿发出呼哧呼哧的嘶哑声,不时转动着黄色的眼珠。当我从他身边经过时,他用黝黑的手摇晃了一下。我以为他是要水喝,就俯身贴近他那张胡子拉碴、皮肤干绷的脸,于是听到了他断断续续的低语。我觉得这个奥地利士兵似乎在说俄语,便吃惊得往后闪了一下。他又吃力地重复了一遍:

"我是斯拉夫人!在一次很大很大的会战中被俘……我的兄弟。"

他闭上了眼睛。显然,他的话中包含着某种重要的、我无法参透的意义。显然,他一直想找机会说出这些话来。后来我反复思索,这个喉部缠着凝血绷带的人在垂死的时刻究竟想要说些什么。为什么他不抱怨,不要水喝,不像其他受伤的奥地利士兵一样,从怀里掏出挂在细钢链上的刻着亲人地址的团徽呢?显然,他想说的是,暴力席卷了一切,他不得已向自己的兄弟举起了枪,但这不是他的过错。在他因发烧而变得混乱的意识里,这种想法和关于那场血战的记忆交织在一起,而他则是在"施瓦本人"[1]的胁迫下离开村庄、直接投入战斗的。他的村庄里长着很多百年老核桃树,树荫连绵成片,每逢节日,集市上的熊都会在手摇风琴的伴奏下跳舞。

我们一到列福尔托沃便开始往下抬伤员,当我们走到一个栗色头发的沃罗格达民兵床前时,他却对我们说:

"抬那个奥地利佬吧。你们看,他可遭了大罪了。我们等会儿吧。"

我们抬起了那个奥地利士兵。他身体很沉,一路上轻轻呻吟着。"哎哟——哎哟——哎哟,"他拖着调子呻吟道,"我的圣母玛利亚!哎哟——哎哟——哎哟,我的圣母玛利亚!"

当我们沿着被踩踏得不成样子的花园,把他抬到园子深处的隔离病房时,他已经咽气了。

于是军医就命令我们把这个奥地利士兵抬到停尸房去。停尸房是一间棚屋,像大门一样宽的棚门敞开着。我们把奥地利士兵抬进棚子,从担架上卸下来,放到已经被很多尸体压瘪的干草屑上。周围一个人也没有。顶棚下挂着一盏发黄的电灯。

我竭力不看四周,从奥地利士兵解开的外衣领口处掏出了他的团徽——这是由两张氧化了的金属薄片做成的小证件。金属片上刻着士兵的姓名、他的编号和亲人的地址。

我读了一遍上面的信息,随后把它们抄了下来:"约万·彼得里奇,38719,快乐柞树林村(波斯尼亚)。"

回家之后我写了一张明信片(不知为什么用了印刷体),写明了约

---

[1] 指德国人。

万·彼得里奇的死讯，寄往波斯尼亚的快乐柞树林村，收信人是彼得里奇的家人。

当我写这张明信片时，想象中仿佛看到了一座白色的低矮房屋——它非常矮，窗户离地面也就一肘高。我看到了窗下干枯的牛蒡丛，看到了屋顶上炎热天空中盘旋的老鹰。我还看到了一个妇女，她把吃奶的孩子从黝黑的胸前移开，用忧郁的眼睛望着村口，那里风正卷起阵阵尘埃。也许，这风就是从约万葬身的原野吹来的，但风无法言语，因而也无法告诉她任何消息。他依旧音信全无。

"在一次很大很大的会战中被俘……我的兄弟"，我想起来他这句痛苦的低语。穿着绿色紧身制服的"施瓦本人"迫使他，约万，远离了故园，这该归罪于谁呢？他，约万，是个温顺善良的人，——这从他那双灰色的圆眼睛就能看得出来，在这个中年男人的脸上长着一双孩童般的眼睛。

列福尔托沃之夜啊！这是战争之夜，苦难之夜，是对坎坷生活中人生道路的沉思之夜。这是我的心智走向成熟之夜。以往对现实的那些浮华认识渐渐枯萎，离我远去。生活变得严酷起来，我需要不断努力才能清除其中的污垢、脓血和欺诈，才能发现它的壮美和淳朴。

卫生员

一九一四年十月，我辞去了莫斯科电车公司的工作，在城市联合会[1]后方军用救护列车上当了一名卫生员。

待在莫斯科实在让人无法忍受。我的全部心思都在西边，在波兰潮湿的原野上，那儿正在进行着决定俄国命运的战争。我一直寻找着接近战争的机会，也想尽快摆脱早已离散的家庭的苦闷氛围。

后方救护列车上的卫生员几乎都是大学生志愿者。我们穿着统一的士兵制服，只被允许保留大学生的制帽。这身打扮多次让我们免遭铁路运输军代表的蛮横对待和"粗野嘲弄"。

我们每个卫生员负责一节有四十个伤员的车厢。大家都争相把自己的车厢"刷洗"得像轮船甲板一样锃亮，干净得让主任医生、国家杜马

---

[1] 全俄城市联合会是城市资产阶级为帮助沙皇政府进行战争，于1914年成立的一个组织。

成员波克罗夫斯基在每次发车前进行例行检查时也无话可说,只能翘着自己淡褐色的山羊胡子微微讥笑一下。波克罗夫斯基通常都是非常严格的,而且很喜欢嘲笑人。

第一次出车时我很忐忑。我不知道自己是否能胜任这份工作,因为一下子要照顾四十个卧病在床的伤员。列车上护士很少。所以我们这些普通的卫生员不仅要给伤员们擦洗、喂水、喂饭,而且还要留意他们的体温变化,关注他们的伤口包扎情况,并及时给他们发药。

第一次出车时我发现,最难的事情是给伤员弄吃的。餐车离我的车厢很远。我必须拖着两桶满满的热汤或者开水穿过四十八道门。那些离餐车较近的卫生员只需要开关十到十五扇门就可以了。我们认为他们是幸运儿,很嫉妒他们,只有一件事让我们感到幸灾乐祸:每天我们都会拖着自己的几桶食物多次穿过他们的车厢,在这个过程中难免会溅出一些。而"幸运儿"们只好拿着抹布骂骂咧咧地趴在地板上,跟在我们后面擦来擦去,好清理掉我们留下的痕迹。

最初这四十八道门让我很抓狂。这些门里有普通的往里开的门,也有推拉门——车厢连廊处的门。每一扇门都需要打开并关上,为此我们就要先把盛得满满的桶放到地板上,并尽量避免洒出来。火车开得很快。经过道岔时,车厢会摇摇晃晃,并向一侧倾斜,也许正因为如此,直到现在我也不喜欢火车经过道岔时倾向一侧的感觉。

另外,动作还要快,否则汤或茶就会变凉,尤其是在冬天,车厢之间的露天通道结了一层冰,刺骨的寒风不断呼啸,似乎在嘲笑我们,在那里很容易滑倒,一不小心就会跌到车轮下面去。

况且,我们每天至少要往返餐车十二次(拿面包和餐具,拿茶,拿菜汤,拿粥,随后还要把用过的餐具和桶送回去,等等)。所以不难理解，为什么我们会诅咒那位早已作古的发明家，他给每节车厢设计了至少六扇，有时甚至是八扇门。

如果进餐时间正好赶上中途停车，我们就会大喜过望。我们会提着自己的桶赶紧从车厢里跳出来，踏着坚实的地面迅速顺着火车飞奔，此时我们脚下可不是摇摇晃晃的车厢了。

很多伤员无法自己进食。我们不得不给他们喂水、喂饭。每天早晨我们都要帮伤员进行擦洗，随后再用石碳酸溶液清洗地板。

只有到晚上，在吃过晚饭之后，我们才能稍微歇一会儿，即便如此也不能闲着，因为又要为白铁皮车灯里的蜡烛操心了。蜡烛要么熄灭了，要么燃歪了，有时又会突然蹿出很大的火苗。车厢过道平台上的蜡烛经常会被火车机组的一个挂钩工偷走，就是那个大鼻子、短腿的万尼亚大叔，他因此得了一个绰号——"蜡烛拱嘴"。

如果不是每节车厢里都有一些轻伤员主动帮忙的话，估计我们当中的每一个人都无法完全胜任自己的工作。

但这些归根结底都是小事。第一次出车时，我担心的不是这些寻常的困难。还有一个更加难以克服的困难——所有的卫生员都暗暗想过这个问题。单独面对四十个肢体伤残的士兵是很难受的，对于我们这些免于服兵役的大学生来说更是如此。我们害怕他们的嘲笑和公正的指责，因为他们冒着危险扛起了战争的全部重负，承担了全部苦痛，而我们这些大部分都很健康的年轻人却待在安全的地方，没有遭受过任何伤害。

第一次出车的时候，一开始我根本没有时间跟伤员们交谈，也没有时间留心听他们讲话。夜里一切总算消停下来，我可以在自己的小隔间里坐一会儿，抽支烟，望望窗外。列车经过了一个车站，车站上的灯光从我的车厢依次闪过。随后伴着车轮的行进声，窗外又是无尽的漫漫长夜和一座座孤村的零落灯火。

"卫生员!"车厢里一个有些嘶哑的声音急切地喊道,"卫生员快来!"

我赶紧跳起来,顺着车厢走过去。叫我的是一个深褐色皮肤、脸部浮肿的伤员。

"你在睡觉吗,小卫生员?"他心平气和地问,没有一点挖苦的意思,"按你的职责来说,你可不应该睡觉。给我点水喝。要不整夜喉咙都会干得难受。"

"每个人都是应该睡觉的,"邻床的一个伤员带着调解的语气说,他的脸很枯瘦,胡子稀稀拉拉的,说话带着高亢的童音,"只是有些人永远长眠,有些人也就短暂睡睡。"

"你怎么,是个修道士吗?"浮肿脸讥讽地问。

"唉,老乡,"枯瘦脸笑了笑说,"我出家做修士的修道院还没建好呢。我要的修道院很特别,得合乎我对生活的理解才行。"

"哎哟,呸吧你,好一朵神气的郁金香!"第三个伤员生气地说,他脸上缠着绷带,绷带下闪烁着一双黄鼠狼似的机敏的小眼睛。

"看看,咱们在这里互相嘲笑对方,"枯瘦脸说,"生活的根本我们却没有领悟到。我们不知道生活的根本在哪里。"

"那你就讲讲吧,可别舍不得,"浮肿脸粗鲁地要求道,"讲讲根,再讲讲本。"

"这没问题,"枯瘦脸乐意地应允道,随后沉默了片刻,便接着说,"在俄国大地上曾经有个非常出名的老头。他就是托尔斯泰伯爵。他写了多少书啊,据说,他的右手累得都萎缩了。就是说,他的手经常疼,所以他总是把它插在宽腰带里。这样他似乎好受些,手也好像恢复过来了。"

"这是真的,"绷带脸说,"我在他的画像上看到过。"

"要是哪个地方变麻木了,不管是手还是脚,没有比这更糟糕的了,"浮肿脸赞同道,他吃力地在床上挪动了一下,对我说,"卫生员,你也坐吧。我刚才把你吵醒了,那你就跟我们一块儿坐坐,听一听吧。"

"不断把人吵醒也是不应该的,"车厢最里头一个困倦的声音说,"这样人的血就会变酸。"

"你闭嘴!"浮肿脸呵斥道,"让人说说话都不行。"

"是啊,"枯瘦脸舔了舔薄嘴唇说,"这个老头干瘪枯瘦,而他的名字却叫列夫[1]。想必这个名字起得好。据说他的力量真的像狮子一样大。当然,这是指他的思想,他的头脑。他身上的力气没有多大,连个子也不怎么高。瞧,话说我们镇上有一个粉刷匠,外号叫科列尔[2]。他和这个托尔斯泰伯爵还发生过一场偶然的争论。也不能算是争论,只是一场普通的谈话。有一次,科列尔在一个换乘站等火车,具体地点不知道,反正就在莫斯科往下一点的地方,他在那儿坐了整整一宿,一直在等火车,当时是夏天,到处尘土飞扬,车站里没什么人,毫无生气。这时托尔斯泰伯爵也来到这个车站,也在等火车。于是他们两个就攀谈起来,互相问对方去哪儿。科列尔说:'我要去南方的敖德萨,因为我不想再在这里干粉刷匠的活儿了。''这是为什么呢?'托尔斯泰问。'因为,'科列尔回答,'这里的房子刷的都是深色,而南方用的都是亮色。就颜料来说,南方要让人高兴得多。比如说,南方的房子都是用普通的白灰浆粉刷的,当地叫它白垩土,这种涂料很纯,而且磨得很细。这样的房子立

---

[1] 列夫,俄文意为狮子。
[2] 科列尔,俄文意为颜色。

在海天之间，就像起泡沫的白色石头一样。它是那么轻盈，就像天堂的居民用自己轻灵的手指建造的一样。''没有什么天堂。'托尔斯泰对科列尔说，虽然他笑着，但却有点生气。'我知道没有，'科列尔说，'我也是谈话中随口说说。请问您这是要去哪儿啊，如果不是秘密的话？''如果这是秘密呢？'托尔斯泰反问道。'如果是秘密的话，那就请您原谅。我就是个粗人。'老头搂着他的肩膀，亲切地拍了拍说：'当然看得出你是个粗人。瞧瞧，还挺骄傲啊！不过你是生活的艺术家，这点你自己很清楚。你就照过去那样生活吧，这样人们才会尊重你。这里面包含着真理。至于我，我要在俄国找一个最僻静的隐修院，一个隐居地，在那里住一住，不受干扰地把最后一本书写完。''那您这本书大概是关于什么内容的？'科列尔问，'请再次原谅我的冒昧。''我要写世界上一切美好的东西，写我在世上看到的一切。'老头回答。'这份工作困难重重，'科列尔说出了自己的看法，'因为您的范围太大了。单说好看的颜料，就有几十种。您怎么能把世界上一切美好的东西都写出来呢？''如果来得及，就都写出来。首先我要写一个住在河边小木屋里的老头，每天早晨他都会走到门口，看黄鹂怎样在露水中梳洗翎毛。老头想：今天我要去树林里采越橘，也许我能采满满一筐，也许采不满，而是躺到一棵松树下，在那儿长眠不起。因为已经到了风烛残年。反正都一样——这样也好，那样也罢，无论发生什么，无论怎么着，反正一切都很好，或者在这个世上多活几日，或者给年轻人腾个位置。我活过，也快乐过，如今就让其他人取代我去生活，去享乐吧。''不明白！'科列尔说，'我不太理解您的意思。当碎木片从刨床下飞出来时，或者，譬如说，当涂料抹得像水面一样光滑匀称时，都会让人很快乐。我吧，在工作中总能感受到很大的快乐。您的话，列夫·尼古拉耶维奇，对我没啥用。'"

"说得太对了！"绷带脸高兴地赞同道，"世界是靠劳动建立起来的。工作着的人才是这个世界的根本。你把自己的事干完，就可以悠闲自在了。可以欣赏露水，也可以观察黄鹂，想干吗就干吗。"

"托尔斯泰比所有人干得都多，"车厢最里头那个困倦的声音说，"我读过他不少书。"

"对！"浮肿脸突然高声喊道，"就拿我来说吧，种地前只要捡起一块泥土，碾碎了，闻一闻，就能知道这块地里的种子会长得怎么样，地里的湿度是多少，湿度够不够麦穗灌浆的。"

"嚷嚷什么，"那个困倦的声音又说，"你的那个科列尔兴许在胡扯。粉刷匠都是有名的吹牛大王。唯一可惜的是，列夫·托尔斯泰没有把那本关于世上一切美好事物的书写出来。不然我们就可以读一读了。"

"卫生员！"浮肿脸突然又用那种急切的声音喊道，"快打开窗帘！外面都是早晨了。哪怕看看窗外的黎明也好。快到咱们科斯特罗马的地界了。"

伤员们都不再作声。我打开粗亚麻布窗帘，看到窗外是一派北部俄罗斯的秋景。在雾蒙蒙的大地上，白桦树林、田园牧场、无名的蜿蜒河流全都披上了秋天的金色。火车飞驰，喷出的蒸汽遮蔽了一座座岗亭。

我从未见过这样的秋天：纯净的天空，清爽怡人的空气，银光闪闪的蛛网，长满红色酸模草的峡谷，清澈见底的池塘，闪着光晕的雾气缭绕的远方，湿润清晨的蔚蓝天空中朵朵凝然不动的温柔白云……

我简直看呆了，甚至没有感觉到背后的压力。浮肿脸把他那只像铸铁一样沉的手搭在了我的肩上，扳着我微微欠起身来，目不转睛地望着窗外。

"唉，你呀，我亲爱的小兄弟！"他像唱歌似的拉长声音说，"我多想光着脚走遍这块土地，到每家农舍里去喝上一杯茶。可就是太不走运了。我现在走不了了。"

我回头一看，发现浮肿脸长衫下面的一条腿已经被截掉，残肢上紧紧缠着绷带。

火车平稳地行驶在浸满露水的山丘之间。蒸汽机车突然快乐地鸣起了汽笛，好像它是一个宣告期盼已久的好消息的人似的。

"唉，"浮肿脸补充道，"前面等着我们的是妻子和母亲的眼泪。真不想回去啊！但不回又不行。真是进退两难啊，小兄弟！"

雪中的俄罗斯

与后方救护列车一起,我们从莫斯科出发,到过俄国中部的各个城市。我们到过雅罗斯拉夫尔、伊万诺沃-沃兹涅先斯克、萨马拉、阿尔扎马斯、喀山、辛比尔斯克、萨拉托夫、坦波夫和其他一些城市。

不知为什么这些城市都没有给我留下什么深刻的印象。但我倒是记住了很多小地方,比如像巴扎尔内·瑟兹甘这样的小站,还有些村庄,尤其是一个移民新村里一座被雪覆盖的农舍。我甚至都不清楚它是在哪个省——也许是喀山,也许是坦波夫,也许是奔萨。

至今我还记得这座农舍和一个肩上披着光面皮袄的、瘦削的高个子老头。他走出低矮的房门,一只手轻轻扶着门框,久久注视着车厢上印有红十字标记的长长的列车。暴风雪从屋檐上吹卷下来的雪花飘落在老头蓬乱的头发上。

当时是冬天。俄国一片白雪皑皑。

当我们运送伤员时,不会去注意周遭的一切——根本顾不上。但是在回程的路上，每个卫生员都单独待在擦洗得干干净净、空荡荡的车厢里，这时就有大把的时间可以凝视窗外，尽情读书，或者蒙头大睡了。

在回程的路上我留下了一些记忆：雪原一望无垠，雪光把车厢映照得十分亮堂，鸽灰色的天空压得很低。不知在哪儿读过的诗句从脑海中不断浮现出来："沉默的国家，浑身洁白，好像新娘，披着白纱。"[1] 每天早晨护士们来巡视车厢时，她们那雪白的头巾和白大褂总能奇怪地与这些白雪、诗歌吻合在一起。

巴扎尔内·瑟兹甘。一件微不足道的小事让我记住了这个车站。我们的火车在瑟兹甘的备用线上滞留了整整一个晚上。暴风雪肆虐。到早晨的时候，火车已经完全被雪覆盖了。我和邻车厢的尼古拉沙·鲁德涅夫一起去车站小吃部买面包圈，他是一名彼得罗夫农学院的大学生，人很和善，就是稍微有点笨拙。

暴风雪消歇之后的空气总是非常清新凛冽。小吃部里空荡荡的。一张蒙着漆布的长桌上放着一盆绣球花，由于天气寒冷，花朵已经枯黄了。门边挂着一幅广告画，画上是一只站在白雪皑皑的高加索山顶上的山羊。山羊下面写着一行字："请畅饮萨拉杰夫牌白兰地"。小吃部里散发着一股烧焦的洋葱味和咖啡的香味。

一个穿着棉袄、外罩围裙的翘鼻子姑娘闷闷不乐地坐在一张小桌旁，注视着一个面如土色的小男孩。小男孩的脖子很细长，几乎是透明的，厚呢上衣的领子磨得脖子都渗出了血。稀疏的亚麻色头发耷拉在他

---

1 引自巴尔蒙特的诗《沉默的国家》(1914)。

的前额上。

小男孩正在用一只陶杯喝茶,他的双脚蜷缩在桌下,脚上那双破鞋子上的冰雪正在融化。他从黑面包上掰下几大块,随后又把掉在桌上的面包屑收拢来,然后一把倒进嘴里。

我们买了面包圈,坐在小桌旁点了茶。木隔板后面,茶炊在咕噜咕噜地沸腾着。

翘鼻子姑娘给我们端来了茶,还拿了几片不太新鲜的柠檬,她向穿着厚呢上衣的小男孩的方向点了下头,说:

"我总是给他吃的。都是我自个儿掏的钱,可不是小吃部的。他就是靠施舍为生的。每当有火车经过,他就沿着车厢乞讨。"

小男孩喝完了茶,把茶杯倒扣过来,站起身,对着萨拉杰夫白兰地的广告牌画了个十字,随后不自然地挺直了身子,用凝滞的目光盯着宽大的窗户,唱起歌来。很显然,他是想唱歌答谢这位好心的姑娘。他的歌声高亢,充满悲伤,我觉得,这首歌就是对贫瘠的俄国乡村的最好诠释。我还记得一点歌词:

……把她埋在了
潮湿的针叶林,
潮湿的针叶林里
一根倒地的树干下,
倒地的树干下
一根倒地的柞树干下……

我不由自主地把目光投向了小男孩注视的方向。一条积雪覆盖的道路向一个周围长满挂霜榛树的峡谷延伸过去。峡谷后边，越过谷物晾干房的草屋顶，农家炉灶里的缕缕炊烟正缭绕着升向灰蒙蒙的羞怯的天空。小男孩的眼中充满忧伤——无家可归的他思念歪斜的农舍，思念墙根边的一溜宽长凳，思念纸糊的透缝的小窗户，思念底部烤焦的、热腾腾的黑面包的香味。

我在想：当一个人没有幸福的时候，一点点幸福就能满足他，而当幸福出现的时候，人们却又总是不满足。

从那以后，我曾多次在农村的小木屋里住过，我喜欢上了它，喜欢原木墙的暗淡光泽，喜欢草木灰的味道，甚至喜欢上了农村生活的粗朴。这种粗朴与那些熟悉的事物，如泉水、树皮筐，或不怎么好看的土豆花，在性质上是差不多的。

如果对自己的祖国没有感情，如果不爱她那独特、宝贵而又亲切的点点滴滴，就不可能拥有完整的人格。这种感情是无私的，它让我们对周围的一切都满怀极大的兴致。在已逝的艰难岁月中亚历山大·勃洛克曾写道：

> 俄罗斯呀，赤贫的俄罗斯，
> 我爱你灰色的小木屋，
> 我爱你如歌的风声——
> 它像初恋的泪水一样迷人！[1]

---

[1] 引自勃洛克的诗《俄罗斯》(1908)。

勃洛克当然是对的。这比喻尤其恰当。因为没有什么比爱情的泪水更满含情谊,更使人柔肠百结的了。如果一个人对自己的祖国很淡漠,对她的过去、现在和未来毫不关心,也不在意她的语言、她的生活方式、她的森林和草原、村落和居民——无论这些民众是天才还是农村的鞋匠,那就没有比这更令人厌恶的了。

在救护列车上工作的日子里,我第一次感觉到自己是一个真正的俄国人。我好像融入了人民的海洋,和士兵、工人、农民、手艺人融为一体。这让我的内心充满自信。甚至战争也没有给这份信心投下任何不安的阴影。"庇护俄国大地的神是伟大的,"尼古拉沙·鲁德涅夫常爱这么说,"俄国人民的天才是伟大的!任谁都不可能让我们屈服。未来属于我们!"

我同意鲁德涅夫的话。那些年,展现在我面前的俄国就是由士兵、农民、贫瘠而多难的乡村组成的。我第一次见到了那么多的俄国城市和工厂区,在我的意识中它们那些共同的特征已融成一片,我所爱的则是它们各自独特的韵味。

我记得阿尔扎马斯,记得那里有一筐筐红色的大苹果,还有像苹果一样多、一样红的圆屋顶,整座城市仿佛是巧手的女工在绣金作坊里绣出来的一般。

下诺夫哥罗德迎面吹来一阵伏尔加河上的风,散发着蒲包的气息。这是一座充满俄罗斯式进取精神的城市,这里的批发仓库、大圆桶和腌制品非常有名,它是俄国历史上一个繁荣的转运码头。

还有喀山,城内矗立着杰尔查文的雕像,上面落满雪花。在这里的歌剧院里,由于困倦,欣赏《雪姑娘》时我竟在顶层楼座睡着了,朦胧中只记得刚听到的一句台词:"难道对姑娘们关闭房门,禁止她们入内?"

半夜里我才醒过来。剧院看守揪住我,把我送进了派出所。派出所里散发着一股火漆的味道,胖所长写下了这样的笔录:关于在剧院大厅违规睡觉一事。

我向火车站走去。从伏尔加河方向吹来的雪不断糊在我的脸上,我同情起冻僵的杰尔查文来,而他则用一双坚定的青铜眼睛凝视着黑夜。

到辛比尔斯克的时候也是冬日的晚上。当时这座城市人烟稀少,到处都挂着霜。一个个荒芜的花园仿佛被锡质的树叶包围着。

我在旧韦涅茨注视着夜半的伏尔加河,但除了一团朦胧的、仿佛冻结的雾幕之外,一无所见。

当时我还不知道辛比尔斯克就是列宁的故乡。现在我当然觉得,当年我似乎看到了他曾经住过的那所木头房子。我之所以会有这样的感觉,也许因为那里有很多这样的温暖的房屋,每到夜晚它们的窗子都会投射出灯光,照亮窄窄的人行道。

当时我只知道,冈察洛夫曾在辛比尔斯克住过。他是个慢性子,对俄语的把握可谓出神入化。他书中的语言是那么怡人,那么诚挚,又不乏力度。

我觉得萨拉托夫建得太过规整了,甚至有点单调乏味。城市似乎给人一种衣食无忧、循规蹈矩的感觉。这是几条主要街道留下的印象。后来我走到偏街小巷,来到巴布什金山坡,那儿有几个小男孩,不顾大风席卷着干雪,正从坡上往下滑小雪橇玩。

我加入了他们滑雪的行列。我很喜欢脸朝下趴在雪橇上飞速下滑,从一栋栋窗玻璃闪耀着鲜艳天竺葵的小屋跟前飞驰而过。我承认,我有点嫉妒这些房子里的住户。因为我曾经到这样的一栋房子里去看过。

一个小男孩把我领进了其中一栋房子——索菲娅·吉洪诺夫娜的家,

去讨一杯热牛奶喝。

我看到了镶着玻璃的穿堂。微弱的阳光透过方形的窗户在干净的地板上勾勒出几个亮方块。第二个暖和的穿堂里放着一桶凉水。桶里漂着一只木舀子。门后就是窗户上挂着深红色天鹅绒帷幔的正房。挂钟的指针很大，报时的声音非常响，以至于在和腼腆的老太太索菲娅·吉洪诺夫娜交谈时必须提高嗓门才行。靠窗的小桌上铺着带花边的桌布，上面放着厚厚一摞浅蓝色封面的《田地》周刊，还有一束早已干枯的花。

在墙上挂着的照片和水彩画中间有一张微微泛黄的大海报——马克西姆·高尔基的戏剧《太阳的孩子》。

"我儿子是一名演员，"索菲娅·吉洪诺夫娜对我说，"在彼得堡的剧院里工作。每年夏天他都会顺路来我这里住上一两个星期——有时是去矿水城的路上，有时是从那里回来的时候。"

我努力想象着这种全部耗费在对儿子的等待中的生活。它应该是苦涩的，但老太太却轻松而顺从地接受了。这里的每一件东西都被反复清洗、擦拭过，都是精心挑选的，也许这漫长的一年里的短暂的七天中儿子会用到它，但他也可能只是随便看看它，或者突然问上一句："妈妈，那盏铜质小夜灯放到哪儿去了？"或者问："那块五年前我从锡梅伊兹给您带回来的克里米亚石头呢？"

那盏用牙粉擦拭干净的铜质小夜灯还挂在老地方，仍旧发着光。而扁平的克里米亚石头则躺在一小摞《田地》周刊上——这是半数俄国人都熟悉的那种海边鹅卵石，它上面通常都写着"来自克里米亚的问候"，还用劣质颜料粗糙地涂抹出一棵柏树和一片点缀着白帆的蓝色大海。

我到过很多城市。春天来临的时候，一些外省的荒野和污水沟也变得好看起来，紧贴树枝生长的一<u>丛丛芬芳</u>的新叶把它们点缀一新。

春天的时候，我们来到了地势较高的库尔斯克，整座城市直至屋顶仿佛都挂满了长着新叶的枝条。著名的库尔斯克夜莺在潮湿的小树林里婉转啼鸣，仿佛陶醉在自己美妙的歌声中。冰凉的图斯科尔小河沿着长满黄色驴蹄草的浅岸懒洋洋地流淌着。

库尔斯克是座奇怪的城市。很多人喜欢这座城市，包括那些从未到过这里的人。因为库尔斯克——是通往南方的入口。每次从莫斯科开往塞瓦斯托波尔的风尘仆仆的快车经过此地时，当窗外的山岗上出现库尔斯克的民居和钟楼时，乘客们就会知道，只要再过一夜，窗外海雾弥漫的清晨中就将迎来一片片扁桃树粉色的花海，而且从泛着亮光的地平线也可以猜到，"南方大地"已经不远了。

俄国大地春色遍野。我们运送伤员所到的城市——克利亚济马河上的弗拉基米尔、坦波夫、特维尔，都是一派春光灿烂。

每出一趟车我们就发现，伤员们变得越来越沉默、越来越阴郁了。整个国家也变得沉默不语了，似乎在思索着怎样回应遭受的打击。

不久，我们整个团队都从后方被调往战地，服务于战地救护列车。我们第一次出车前往西方，前往布列斯特-利托夫斯克，前往正在进行战斗的地方。

司号兵和碎纸片

战地救护列车是由取暖车厢[1]组成的。列车只有四节客车车厢,其中一节被改造成了手术室。

我被任命为手术车厢的卫生员。从此我就与孤独为伴。因为除了医生和护士,手术车厢不允许外人进入。

我整天都在不停地干活:用松节油擦拭白色的车厢壁,冲洗地板,用高压灭菌器给绷带和纱布消毒。干活时我还能听歌,因为隔板后面就是列车的药房,而我们的"药剂师"、莫斯科商学院的学生罗曼宁会在药房里自娱自乐,唱各种小调来排遣寂寞。

罗曼宁唱的歌可谓五花八门。当心情好、想逗乐的时候,他就会唱:

---

1 即闷罐车厢。

> 我想找个这样的小新郎,
> 让他穿着胸衣亮亮相,
> 让他穿着胸衣亮亮相,
> 手里还要拿根小手杖。

当心情忧郁的时候,他就会扯着嗓子,用哭腔唱道:

> 唉,你为什么要亲吻我,
> 似火的热情在胸中隐藏……

因为把药弄乱而与主任医生波克罗夫斯基发生争吵之后,罗曼宁的情绪就非常阴郁,在这种心境下他会经常唱一首无政府主义者偏爱的带有威胁色彩的歌:

> 听那警钟敲响,听那炮声隆隆,
> 奋起吧兄弟们,响应拉瓦绍尔的召唤!

罗曼宁有一个非常不好的习惯,他会一连几个小时坐在自己的药房里一声不吭,无论我在隔板那边怎么叫,他都不回应。有时他又突然在寂静的药房里绝望地哀号起来,每次都能把我吓一跳,让我不由得骂出声来。他会突然唱道:

> 他的肚子有点大,
> 有点大呀,有点大,

他还有一点小秃顶呀，

但是这都不算啥！……

伴着这些歌声，空空的列车从莫斯科开往布列斯特，缓慢行驶在已被春雨泡软的白俄罗斯的平原上。

每到晚上，我都会离开手术车厢回归"队伍"——到专门为卫生员准备的车厢里过夜。我的包厢里还住着罗曼宁、尼古拉沙·鲁德涅夫和一个沉默寡言的卫生员——波兰人古戈·利亚赫曼。这个波兰人有个习惯，每天要擦好几遍靴子，他的靴子都亮得让人无法忍受了。

前线暂时无战事，所以我们在布列斯特——一座忧伤平原上的乏味城市里，滞留了很长时间。平原上的春天也同样充满了忧伤的味道。只有蒲公英在田埂上静静地开放。太阳微弱地泛着白光，天空几乎总是被雾气笼罩着。

战争就在附近进行着，但只有看到布列斯特火车站上众多的列兵和准尉，看到一辆辆长长的士兵专列挤满肮脏的备用线时，我们才能感觉到它的存在。

当年还没有空军。仅凭炮轰还打不到布列斯特。战争发生在离这里较远的凯尔采附近。

我们焦急地等待着被派往前线。我们等得都不耐烦了。感觉车轮都生锈了，火车也好像长在了铁轨上。

由于年轻和急躁我们都没有想到，我们滞留在布列斯特就意味着没有伤员，也没有被打残的士兵。只有罗曼宁想到了这一点，他说：

"大家来到战场，就像到艺术剧院看戏。幕布迟迟不打开，观众急得直跺脚。一群傻子！"

听了这话,大家安静了片刻。但随即又开始了激烈的争论,典型的俄国大学生式的争论——吵吵嚷嚷,没完没了,争论的出发点都是好的,尽管各方的观点常常截然不同。

大家谈得最多的就是德国,还有普鲁士军阀的极端愚钝与蛮横无理。威廉二世那两撇拧紧的、尖翘的唇髭——所有武夫和吃软饭的男人都梦想拥有的两撇小胡子,仿佛成了当时德国的象征。这一切无论如何都与下面的事实极不相称:席勒和海涅、理查·瓦格纳、当时还很年轻的优秀作家亨利希·曼[1]也都生活在这个国家里。

但终于要出发了!火车慢慢启动。我迅速跳下卫生员车厢,在行进中跳上了手术车厢——因为火车运行期间两个车厢是不通的。

我用三角钥匙打开门,耷拉着腿坐在入口平台处,望着波兰的原野和稀疏的树林,努力寻找着不久前战争留下的痕迹,就这样一直坐了好几个小时。

但战争了无痕迹。我们路过的村庄都很宁静,旋花缠绕着篱笆,陶水罐,像我们在乌克兰看到的一样,也被倒扣着晾在篱笆上。农舍屋顶上的鹳鸟傲慢地站在自己的大巢中。空气是浅金色的,如同火车驶过时关切地朝它挥手的孩子们的头发一般。

我觉得那个用扁担挑水的波兰姑娘的脸蛋也泛着这样的浅金色。她把水桶放到地上,手搭凉棚,久久注视着缓慢驶过的、不时轰隆作响的火车,随后甩开一绺落在脸上的头发,又挑起了水桶。

各个十字路口都立着耶稣受难的黑色高大十字架。十字架附近坐着

---

[1] 亨利希·曼(1871—1950),德国作家和社会活动家。

几个拿针织活的老太太，拴在一边的山羊正在啃着地上的草。一个小礼拜堂里点着蜡烛，但里面却空无一人。原野上也闪耀着浅金色的光芒，一条条小河穿过原野，砂质河底上缓缓流淌的河水也是浅金色的。

"战争在哪里呢？"我暗自问自己。火车已经驶过了伊万哥罗德要塞。远远地，在维斯瓦河的那一边，能看到要塞里绿色的防御工事，还能看见一个个在围困要塞时被砍掉的老黑杨树的高大树桩。

突然，我看到很多条从路基一直延伸到地平线的散兵壕，它们显然是匆忙挖成的，里面都积着水，在泥泞的洼地上纵横交错。火车沿着高高的堤坝行驶。随后机车鸣响了汽笛，刹车发出刺耳的尖叫，我们的火车停住了——横跨维斯瓦河的道路不知为何被封闭了。

随之而来的一片寂静中，听得到要塞里的司号兵正在吹响信号号角。

卫生员们纷纷跳下了火车。

"我们要在这儿停整整一个小时，"罗曼宁冲我喊道，"去走走吧！"

我们顺着陡坡跑了下去，沿着散兵壕往前走。青草显然是战役之后才长出来的，我看到草丛里有很多碎纸片和变形的罐头盒。看得出，这些铁盒都是被匆忙打开的，也许还是用刺刀弄开的。锯齿状的铁盒边沿已经生了锈，锈斑很像变干的血渍。

我不明白，战场上哪来的这么多碎纸片。这些纸片包括撕碎的信、报纸、明信片、书、文件和照片，照片都是严重磨损、被汗渍浸透过的。地上胡乱扔着被踩进土里的士兵制帽。烧焦的灌木丛上还挂着一顶被扯掉帽檐的奥地利军帽。倒向地面的铁丝网上到处飘荡着从士兵粗平布内衣上撕下的破布条，就像有人故意挂在那里似的。

带刺铁丝网上到处都是隆起的锈斑，像长满了一个个小瘤子。

"原来铁丝生锈，"罗曼宁匆匆瞥了一眼道，"不仅仅是因为雨水。"

"那是因为什么？"

"有时是因为血。"罗曼宁不情愿地回答。

地上一片狼藉：士兵穿的足球鞋、纽扣、弹壳、钢弹夹、被踩坏的"伊拉牌"香烟盒、一条红丝带、泡胀的马合烟商标、灰色的机枪带、钉子、小圣像、皮带、靴子上脱落的铁掌、绣着小十字的烟荷包、急救包的外皮、拧成绳子的脏绷带、奥地利短刺刀、踩坏的木勺、带刻度的钢质炮弹壳、被打穿的军用水壶、碎玻璃。

这是战争垃圾，是人在死亡疆场上留下的一切，这些东西都是人们生前非常珍惜的，如今却被弃置在这里，任凭日晒、风吹、雨淋。我想，那些在这里战斗并死去的都是成年人，但在最后关头他们对待自己这些随身携带、不忍心抛弃的珍贵物件，也只能像小孩子般随意了。

弹坑附近躺着一具血肉早已被鸦群啄光的马的骨架，它龇着发黄的长牙，仿佛在笑。弹坑里游动着一群油乎乎、圆滚滚的黑色小蝌蚪，像古塔波橡胶气泡一样。

周围寂然无声。只有田鼠在垃圾中翻动。随后，要塞围墙里又响起了司号兵那令人惆怅的号角声。

这号角声让我想起了童年时代对战争的向往，那时我认为战争应该是波澜壮阔的。这号角声中包含了我们从小就印入头脑的、被我——不仅仅是我——所接受的关于战争的漂亮谎言。战旗猎猎，号角声声，马蹄疾驰，凉丝丝的空气中子弹呼啸，危险面前精神抖擞，马刀亮光闪闪，刺刀的钢尖林立……

童年时代我曾痴迷维克多·雨果的作品，他那辞藻华丽的诗句还留在我的头脑里：

法兰西的旗帜，我们光荣的传奇，

见证又一个庄严雄伟的世纪，

你是先辈无上美好的恩赐！

战斗中被击穿，你仍飘扬在空中，

死而无怨的英雄为你献出生命，

英勇的巴亚尔陨落大地……

父亲有一套三卷本的格涅季奇编的《艺术史》。我很喜欢看上面翻印的军事题材画家马泰伊科[1]、维列瓦尔德[2]、迈索尼耶[3]、格罗[4]的绘画作品，画中的战役发生在普鲁士艾劳[5]和费尔-萨门努阿兹[6]，画中有骠骑兵的进攻，有枪骑兵的酣战，有大炮喷出的一团烟雾，还有手拿望远镜、站在放着地图的战鼓旁的将军。我当然明白，战争和绘画上画的是不一样的。但绘画中所描绘的美化战争的壮阔场面还是铭刻在我的头脑中，成为难以磨灭的印象。

但现在我看到的却不是战争，而是战争的残迹，是它的肮脏、恶臭和垃圾。这让我一时难以接受。我沉默着，没有对罗曼宁说一句话。

机车鸣响了汽笛，并往路基两侧喷出了两股蒸汽。该回去了。

我们默默地走回火车。在车厢入口平台处罗曼宁斜瞟了我一眼，说：

---

[1] 扬·马泰伊科（1838—1893），波兰画家。
[2] 波·巴·维列瓦尔德（1818—1903），俄国画家，学院派艺术的代表人物。
[3] 埃·迈索尼耶（1815—1891），法国画家。
[4] 安·格罗（1771—1835），法国画家，拿破仑一世的御用画家。
[5] 普鲁士艾劳，俄国城市，1807年俄普法战争中，俄法军队曾在附近交战。
[6] 费尔-萨门努阿兹，法国村庄，1814年盟军进军巴黎时曾在此与法军交战。

"要习惯这一切，小知识青年。必须习惯！更糟的还在后头呢。"

我突然一阵光火，很粗鲁地回敬了罗曼宁一句——这在我们的前线友谊中是第一次，也是最后一次。

喀尔巴阡山麓的雨

我们的列车从布列斯特开往凯尔采,却久久无法到达这座遥远的波兰城市。路上我们总是受到阻拦。单在斯卡日斯科枢纽站我们就耽搁了一个多星期。

当年的许多枢纽站都很奇怪,它们一般都建在铁路交会处,周围荒无人烟。枢纽站都是大站,有小吃部,点着明亮的白炽灯,几十条线路交会,机车库烟雾腾腾,一座座铁路员工的小木屋掩映在金合欢丛中,不过车站后面就是荒野了。荒野里的乌鸦顺着风蹦蹦跳跳,无论你往哪儿瞧,到处都没有人烟——既看不到农舍,也见不到炊烟,只有一条令人乏味的大路一直伸向山隘那边的土地。

斯卡日斯科就是这样的枢纽站。离车站一百步远的地方就能听见云雀的鸣叫,狭窄的公路伸向远方,消失在起伏不平的原野中。

离车站不远的野地上有一座石质的巨大建筑——未完工的天主教堂。是谁决定要在这么荒凉的地方建一座教堂的?谁需要这样一座教堂呢？没人能回答这些问题。

成群的雨燕在教堂空荡荡的四壁间穿梭往来。一座没有栏杆的石头楼梯通向上面的敞廊。楼梯上已经长出了青草，迎风发出簌簌的声响。

把手术车厢的活干完，我就会拿起拉宾德拉纳特·泰戈尔的书，到这座教堂去。我坐在一堵面对田野的未建成的墙上看书。有时我会和泰戈尔一起神游，这给我带来了极大的满足感。

波兰铁路员工的小孩们有时也会跟着我一个个溜进教堂来。孩子们后面通常都跟着狗，一会儿工夫，教堂就变成了孩子们的游乐场。

这些小孩很安静，甚至好像还有些胆怯，看人的眼神很专注。在他们的眼睛深处随时都准备袒露信任的微笑。

我试图和这些孩子用波兰语交流，但他们只是腼腆地互相看看，默不作声——他们听不懂我的话。我说的是蹩脚的波兰语、俄语和乌克兰语混杂的土话，我们基辅人认为这就是波兰语。

后来，罗曼宁、尼古拉沙·鲁德涅夫和护士叶莲娜·彼得罗夫娜·斯韦什尼科娃也常跟我一起去这座教堂。大家都亲切地用小名廖莉娅来称呼叶莲娜。她是个挺任性的姑娘，说话的调子慢吞吞的，脸色很苍白，好像心里总是激动不安似的。我和她在后方列车工作时就已经成了朋友。有一次廖莉娅来巡夜，发现我在非规定时间内睡觉，于是她就想推醒我，结果却把蜡烛油滴到了我的脸上——她一般是拿着这截蜡烛巡视车厢的。

我被烫得一下跳了起来，不明白发生了什么事。随后廖莉娅给我进行了包扎，她一会儿由于害怕和羞愧而哭泣，一会儿又破涕为笑，嘲笑自己的愚蠢和我的可怜相。

有一次，廖莉娅来到教堂，偷偷走到我身后，从我的手里一下夺去了拉宾德拉纳特·泰戈尔的书,把它抛得远远的。书在空中飞了很久,书页哗哗作响,随后便掉进了草丛里。我回过头,看到廖莉娅那双因为恼怒而发黑的眼睛。

"够了,"她说,"看这种云里雾里的哲学够多了。"

我没有说话。廖莉娅也沉默了,随后她问:

"地平线那里能看得到的是什么?就是那边!"

"喀尔巴阡山的支脉。"

"您生气了吗?"她问,"那我就去给您把书找回来。"

"没生气,别找了。"

"那好吧!咱们还是去桥那边看看吧。"

我们向架在一条小河上的铁路桥走去,河两岸长满了悬钩子。

我们在桥边站了很久,一直注视着喀尔巴阡山的支脉。它们横亘在远方,像一团黑沉沉的乌云。有个哨兵走了过来,也和我们一起站着,凝视远方。

"无论怎样努力,"哨兵终于开口说,"咱们的弟兄都没法适应别人的土地。这里的雨不是家乡的雨。这里的草虽然不陌生,但也不是咱家乡的。"

"难道这里不好吗?"廖莉娅问。

"这里不错,小护士,"士兵有点懊丧地说,"很开阔,没说的,但不知怎么我总觉得有点冷。就像午睡刚睡醒一样。"

廖莉娅笑了一下,没再说话。哨兵叹息了一声,走开了。

"站在这里是不被允许的,"哨兵离开时用并不坚定的声音说,"虽然你们是自己人,但谁也不能站在这儿。"

就因为这个廖莉娅，我还遭遇了人生中的一次奇耻大辱。

有一次，我从布列斯特被派回莫斯科取药品。医生、护士和卫生员纷纷交给我很多额外的任务和信件。那时为了躲避战时书信审查，大家都利用各种方便的机会托人转交信件。

廖莉娅把自己的一块小金表交给我，要我转交给她在莫斯科当教授的舅舅。这块小金表让廖莉娅很难为情。它在救护列车上显得很不合时宜。

除此之外，廖莉娅还要我转交给她舅舅一封信。她在信中说了我很多好话，并请求教授，如果需要的话，让我住在他那里。

我在莫斯科找到了这位可敬的教授的家，按响了门铃。很久都没有人来应门。后来终于有个声音颇为不满的女人隔着门盘问起我来，问我是谁，有何贵干。最后一个斜眼的中年女仆打开了门。她身后站着一位高大威严、像一尊纪念碑似的老夫人，老夫人身上穿着一件浆过的白上衣，上面还缀了一个黑蝴蝶结，——她就是教授夫人。她那银白色的头发梳成了高傲的圆蓬头，发丝如同她的夹鼻眼镜一样闪闪发亮。

她站在那里，挡住了一扇通往餐厅的门。餐厅里，教授一家正在喝早茶，茶匙不时发出叮当的响声。

我把装着金表和信的小盒子交给了教授夫人。

"请在这里稍候。"她说着向女仆使了个眼色，随后走进餐厅。

女仆立刻擦拭起前厅的小桌来，尽管这张桌子之前已经被擦拭过，光洁得耀眼。

"谁按的门铃?"餐厅里一个尖厉刺耳的老年人的声音问，"有什么事?"

"你瞧，"教授夫人答道，同时传来纸张沙沙作响的声音（显然她在打开信封），"廖莉娅在战争中也是这么任性，跟从前一样。她把金表捎回来了。让一个当兵的捎来的。真是太不谨慎了。跟她母亲一模一样!"

"嗯,是的!"教授嘟囔道,很明显,他嘴里塞满了食物,"随手就能给偷了去。"

"我真是搞不懂廖莉娅,"教授夫人又开口了,"她信上说,让我们收留他。凭什么这样?怎么收留?厨房巴沙还要睡呢。"

"亏她想得出,"教授嘟囔道,"给他一个卢布轰走得了。也该让廖莉娅知道,我是受不了外人来住的。"

"给一个卢布不太合适吧,"教授夫人迟疑道,"你觉得呢,彼得·彼得洛维奇?"

"行,那就打发他两个卢布。"

我猛地推开通往楼梯的门,出来后又狠狠地甩上了门,关门声震得教授家因此打落了东西,乒乒乓乓的响声持续了很久。我在楼梯平台处站住了。

随后,教授家的门打开了一条缝,但还挂着链锁。女仆扶着门,她身后站着教授一家——傲慢的教授夫人、长着一张马脸的大学生儿子和胸前塞着一块揉皱的餐巾的老教授本人。餐巾上还沾着鸡蛋黄。

"你胡闹什么?"女仆冲着门缝高喊道,"还是个从前线回来的战士呢!还是个祖国的保卫者呢!"

"转告你的主人,"我说,"他们都是畜牲。"

只听得前厅乱作一团。大学生跳到门口,抓住链锁要打开,但教授夫人硬是把他拉开了。

"根尼亚,住手!"她叫道,"他会打死你的。他们在前线习惯了杀人。"

这时老教授挤到门前来了。他那梳洗整洁的胡子气得直哆嗦。他用双手在嘴边做成喇叭状,冲着门缝对我喊道:

喀尔巴阡山麓的雨 83

"流氓！我要把你送到警察局去！"

"瞧您那副模样！"我说，"还是个学术名流呢！"

教授夫人拉开了这个德高望重的老头子，砰的一声关上了门。

从此我心里就留下了阴影，一辈子都对那些所谓"为科学献身者"、假学者和极爱卖弄学问之徒持怀疑态度，在生活中他们其实都是平庸鄙俗之辈。庸俗有很多种，我们无法尽知。即使是像契诃夫那样准确无误的庸俗"捕手"，也无法描述出庸俗的全部丑态。

唉，这类教授家庭啊，他们往往恪守虚妄的家庭习惯，过度显示自己的正派和傲慢的文雅，家里的老夫子年高望重，煞有介事地研究着甲虫的绒毛数量，全家都说着文绉绉的语言，女主人迂腐、有洁癖，一家人都爱偷偷算计别人在学术和仕途上的得失成败。

而且，这些教授家里都有一个训练有素的女仆，他们的生活按部就班，枯燥乏味，规矩一旦定下来，就一辈子不变。

这次遭遇我没有告诉廖莉娅。

我和她经常会聊很久，有时还会发生争论，傍晚我们常去一家小咖啡馆——卡维尔尼亚[1]，在那里喝点咖啡，吃点店主自制的饼干，看年迈的女店主在日拉尔杜夫亚麻桌布上绣红花。

还是感觉不到战争的存在。如果不是桥边站着哨兵，我们都以为自己是在波兰的大后方休假呢。与战争格格不入的还有廖莉娅那少女的苍白面容，还有拉宾德拉纳特·泰戈尔关于远离污秽的心灵净化说。

静静的落日余晖渐渐熄灭在原野和喀尔巴阡山支脉的上空。又一个

---

[1] 乌克兰和白俄罗斯语中的"咖啡馆"的音译。

充满思绪与欢乐的日子随霞光逝去。作为青年男女,我们总是比成年人更容易浮想联翩,也拥有更多的快乐,即使在战争中也不例外。

但有一天,太阳隐没在了铅灰色的云雾中。夜里雨点猛烈地敲打着车厢顶。

第二天,我们离开了斯卡日斯科,前往凯尔采。喀尔巴阡山的山麓一下子便近在眼前了,窗外山毛榉树林的潮气迎面扑来。白云环抱着山岗,时而紧紧包围,时而松开手臂,露出路边的十字架。

突然,在雾气蒙蒙中滚过一声沉闷而缓慢的炮响。我觉得火车好像放慢了速度。随后又滚过第二声,第三声,——之后便沉寂了。

"罗曼宁!"我隔着隔板喊了一声,"听到了吗?"

"听到了,"罗曼宁回答,"我感觉很奇怪。"

"奇怪什么?"

"到我这儿来。我跟您讲。"

我走进药房。我很喜欢这里干净狭小的环境。里面有一股干马林果的味道。罗曼宁正在用一架秤盘像珠母一样的小天平称药粉。

"坐下吧,"他说,"这里可以抽烟,去他的规矩吧!我也开始抽烟了。我承认,我自己也不知道为什么觉得奇怪。"

"到底怎么回事?"

"也许,根本没必要弄明白原因。您瞧,看看吧。我这里到处都亮闪闪的,东西摆得很规整。每个小瓶都在自己的木格里。感觉很舒适,对不对?我整天都待在这里,不管需不需要。我会看看书,望望窗外。或者,就在这张圈椅上小睡一会儿。"

他用目光环顾着一排排小瓷瓶,叹了一口气。

"只要一颗流弹飞来,这里的一切就会立刻灰飞烟灭。我感到奇怪的是,危险越近,你却会越爱这些容易损毁的东西,比如轻薄的玻璃瓶、书、香烟,还有这份整洁和宁静。"

"炮弹不会打到我们的!"我说,"一定不会!"

窗外,黑漆漆的备用线交叉纵横,不断闪过。我们快到凯尔采了。

细雨霏霏,洒落在车站仓库被炮弹打穿的屋顶上。

在凯尔采我们要停留三天,需要等待伤员。主任医生准许廖莉娅、罗曼宁和我去位于前沿阵地的亨齐内镇走一走。

亨齐内镇驻扎着炮兵部队。廖莉娅的表兄正在那里服役。快中午的时候我们乘着两轮卫生车出发了。雨一直下个不停。小镇弥漫着一股酸溜溜的蒸汽机车喷出的烟味。城郊一些由于挖土而形成的深坑里积着一汪汪红水。红褐色的水泡不断冒出又破裂。

我们路过一座被炮弹损毁的砖厂。一些提着空篮子的妇女和小孩在一大堆碎砖头中翻刨着,似乎在寻找什么东西。随后我们上了一条长长的被轧坏的军用道路。它就像一条积着烂泥的小河。

路两边的田野上步履蹒跚地走着一些士兵,他们湿乎乎的大衣前襟都披在腰里。他们用杆子拖拽着一卷卷的铁丝网。

路边的一条水沟里停放着一辆掉了一只轮子的卫生马车。马车边上聚集了一群士兵。他们正排着队,轮流爬到马车里去躲雨,好抽口烟。

士兵们毫无怨言地排着队,等着钻进马车,就是为了扯下一块湿报纸,用淋湿的手指卷一支马合烟,然后点燃它,深深地吸一口呛人的烟草过过瘾。

他们缩腰拱背地在那里等着,双手揣在大衣的袖子里,不时看看西方,朝那边吐口吐沫。从西边刮来一阵阵潮湿的风,它抽打着光秃秃的柳条,也驱赶着乌云。

"可找到个抽烟的好地方,"我们的马车夫鄙夷道,他是个黑头发、黑皮肤的小个子士兵,穿一件竖着领子的大衣,"抽这个烟到底有什么用!"

"这地方有什么不好?"罗曼宁问,"可以避避雨呀。"

"德国人的火力不断轰炸这条路段呢,"士兵回答,"每小时扔一颗炮弹,有时更频繁,扔两三颗。目的是警告咱们。德国人都是看着怀表打仗的。他们打仗很守时,见他们的鬼去吧!我一般都是赶在刚轰炸完之后赶紧跑过这条路段。"

"怎么样,来得及吗?"

"不好说,"士兵平静地回答,"大多数情况下,没问题。只是每天的情况都不一样。要看运气。"

马车旁的士兵突然骚动起来。有人迅速蹲下身子,有人则跑向路边的一个小土梁。但那几个在马车里抽烟的人并没有爬出来,而是继续匆忙地猛吸着烟卷,结果被烫到了嘴,啐起了唾沫。

"抽够了吧,步兵们!"车夫冲着士兵们嘲讽地喊道,"德国人还会让你们抽的。想想自己的亲娘吧!"

就在这时,随着一声刺耳的尖响,天空突然一亮,随即便听到一声巨响,马车附近的泥土被炸开了花,黄土块和泥巴像喷泉一样四处飞溅。

"驾,驾!"车夫冲着马吆喝道,"害人精!应该把你们送到屠宰场去,而不是送来服役。"

但马并没有加快速度。第二枚炮弹落在我们后面的路边上。我第一次听到了弹片飞过时低沉的呼啸声。

一名后备军士官生朝我们的两轮车跑了过来,看样子他还是个孩子。他的脸还没有来得及在战争中变糙、变黑。从各种特征来看,这个

喀尔巴阡山麓的雨　　87

男孩应该出身于城市知识分子家庭。

他抓住我们的车后架，用断断续续的声音很有礼貌地问：

"请问，他们是不是很快就停止射击了？"

车夫听到这个突如其来的问题不由得"哈"了一声，随即勒停了马。

"你就去求求那些德国人吧，"他冷冷地嘲讽道，"向他们鞠个躬。你可是个受过教育的人。也许，他们会为你网开一面。得了吧！看来，这阵势你是头一回经历。上车吧。别穿着脏靴子往干草上爬。我可不是为了这个才铺草的，该死的！"

士官生赶紧爬进马车，愧疚地看了我们一眼。他吃力地把头转向一边，似乎头不受他的控制似的。第三枚炮弹又落在了我们后面，比第二枚稍远。

"好了，现在打完了！"车夫说，"可以抽烟了。这会儿德国人完成了自己的日程安排，去享受咖啡了。"

散开的士兵们重又聚拢到马车周围。但这一次他们已经不像之前那样心平气和了。传来了对骂的声音。

"你怎么回事，麻脸鬼！还想抽第二回？！逮了个好机会？用炮击作掩护？爬出来！要不然就揪着领子把你轰出来！"

"你别太过分，大胡子！老兄，咱们也不是好欺负的！"

"像乖孩子一样，坐得挺整齐！看来，德国人刚才招待好他们了。"

"好，好。这就出来。有什么好嚷嚷的？请进吧，这块干地儿等着您呢！"

我们继续前进。也许是因为刚刚躲过了危险，雨似乎也变得温暖起来，原野上飘来了湿润的青草气息。天边露出一片亮色。

路两旁长着高高的杨树。我们进入了喀尔巴阡山的山麓地带。雨丝飘飘洒洒,好像缕缕长发拖曳在山麓上。雨水汇成清流,顺着石子路边沿奔流。路上的碎石闪着光。湿漉漉的枣红马身上往外冒着热气。

在烟雨蒙蒙的蓝色雾气中,远处的小山上隐约现出一座小小的、犹如玩具般的城市。风从那里送来了悠扬的钟声。

"这就是亨齐内镇,"车夫说,"你们要去哪儿?是去探照灯连还是去炮兵那儿?"

"去炮兵那儿。"

马车在一座两层楼旁边停了下来。楼房的山墙上没有窗户。只有一道很窄的门,门上方的墙上挂着一个黑色的耶稣受难十字架。

在波兰,无论我们走到哪里,都能看到耶稣受难像。有些耶稣像做得非常细致逼真,甚至连耶稣被长矛刺穿的干瘪肋骨处凝结的血块也清晰可见,让人觉得非常反感。罗曼宁说,他对这些挂在各个岔路口的死人像已经厌烦透了,他很想回家,回到萨克马拉河畔,那里方圆一百俄里的地方都是树木葱茏的乌拉尔山支脉,盛产梭鲈的萨克马拉河在山岭间川流不息,那里还有他父亲的养蜂场。罗曼宁的父亲曾是一名地方自治局派任的医生,如今正在萨克马拉河岸边的一座小庄园里靠退休金安度晚年。

炮兵军官招待了我们。他们请我们喝茶,并把自己的行军床让了出来。我们浑身都湿透了。热茶和暖气让我们昏昏欲睡,我很快就睡着了。

半夜里我被隆隆的炮声吵醒。附近正在进行激烈的炮战。隔壁房间闪着烛光,几个军官正围着桌子小声争论着。他们都脱了军便服,穿着衬衫,正在起劲地打着牌。

每发射一枚炮弹,玻璃都会被震响,屋顶下挂着的教堂大钟也会被震得叮当作响。天正下着雨。窗外伸手不见五指，黑得让人不敢直视。

我抽起了烟，罗曼宁则在自己的床上辗转反侧。

"是啊，"他自言自语道，"就因为那些坏蛋和白痴的过错，如今血流成河。"

"谁的过错？"我追问道。

"那些白痴！"罗曼宁一字一顿地重复道，"都怪那些像傲慢的威廉二世和傻头傻脑的尼古拉二世一样的白痴。还有那些贪婪狡诈的急功近利之徒。他们不是糊涂虫，就是阴险卑鄙的下流胚。不过，不管怎么骂，我们也不会轻松多少。"

"你们听着，"廖莉娅轻声说，原来她也没有睡，"别再说下去了。再说我就要大哭一场了……"

我们都不作声了。雨还在下。我很想吃东西，但离天亮还很早。

我打起了盹儿。朦胧中我看到廖莉娅站起身，走到窗前，久久凝视着窗外的黑暗，黑暗中偶尔会闪过一道亮光，随后她叹了口气，帮我掖好滑落的大衣，便坐到我床前的凳子上，她把双手紧紧夹在膝盖中间，一动不动地坐了很久，好像僵死了一般。

浑浊的桑河对岸

一轮通红的太阳缓缓落在桑河对岸稀疏的松树林里。

在树桩和灌木之间零落地耸立着一棵棵松树——树干又细又高,沉重的树冠压弯了它们的腰。血红的夕照慢慢滑过松树的树干,落在树根部的沙地上,映射在桑河中,随着湍急的水流摇摇晃晃。

树林尽头是一片平原,夜晚的雾气使它蒙上了一层淡蓝色。从平原吹来的风带来一股沼泽地野花的味道,像扁桃苦涩的清香。

这就是加里西亚。

在横跨桑河的一座木桥边的边境会让站上,我们的火车被拦停了。迎面开过来一辆辆军用专列。

我是第一次跨越边境线。桑河那边就是奥地利了。我总觉得,国境线那边的一切都会与我们这边完全不同——不仅是人、村庄、城市,连天空和树木也会不一样。

小时候我就是这么认为的。这种愚蠢的念头某种程度上一直保持到我长大以后。

但目前所见的一切却与我们那边并无二致。小路两边同样生长着干巴巴的菊苣。脚也会陷在沙子里,跟在俄国时一样,甚至连桑河的水都一样浑浊,按照我的构想,这条河流淌的应该是清澈的水流,叮咚作响。

夜里我们通过了桑河上的那座桥,进入了加里西亚。早晨我们停在了梅莱茨城。

我没有来得及细看这座城市。因为前方的登比察附近正在打仗,所以我们立刻被派了过去。我只来得及透过窗户看了看那些翠绿的山岗、瓦屋顶、长满啤酒花的墙、还有杨树林立、像白垩一样白的大道。

再往前走,我们听到了低沉的、不间断的炮声,看到了弥漫在整个南部地平线上的黑色尘雾。也许,这根本不是尘雾,而是燃烧的村庄冒出的黑烟。

逃难者的车队从火车旁经过,奔向北方,朝桑河渡口的方向疾驰而去。疲惫的步兵队伍散乱地走着。大地隆隆作响的声音越来越清晰了。车厢玻璃也被震得嗡嗡直响。

火车最终停在一片宽阔的洼地里。在洼地斜坡枝繁叶茂的树林里,不断升腾起一股股榴霰弹爆炸后的黄色烟云。

骑兵们从火车旁不断驰过。隐蔽在附近灌木丛中的野战炮兵连不停地开炮,炮声震耳欲聋。主任医生波克罗夫斯基命令我们在火车上升起两面大大的红十字旗帜。

这之后,我们又往前开了一段路,驶近了一座被炸毁的铁路岗亭。岗亭周围落满尘土的草地上躺着数十个被草草包扎过的伤员。

我们立刻把这些伤员抬上了火车。火车已经满员,但伤员还在增加。我们把他们安置在过道里、连廊上、卫生员宿舍里。各种拖长音调的呻吟声充满了整列火车。

显然,战斗正在迫近,但我们并没有注意到。偶尔一瞥我才发现车厢窗户上的玻璃被打掉了,间或又听到流弹打在铁轨上发出的尖锐声响。

一个卫生员的肩膀被打伤了。罗曼宁则被热气流掀翻在地。

但这些都一闪而过。大家全神贯注,只有一个想法:"快点把伤员抬上车!快点!"

一位满头大汗的军官骑着马跑到火车跟前,把波克罗夫斯基叫了出来。军官的肩章上蒙了一层厚厚的尘土,连上面的星徽都被遮住了。

"快开车!"军官用嘶哑的嗓子喊道,"快把你们这辆该死的火车开走!再过一刻钟就来不及了。发动双牵引全速离开!马上开车!"

军官挥动手中的马鞭,指了指北方。他身下的马像发怒似的,不安地转动着身体。

"我们的车顶上也能放伤员!"波克罗夫斯基喊道。

"边开边装吧!"军官喊道,随后用力一拉马,向火车头的方向奔去。火车随即开动了。有几个伤员及时抓住了扶手,卫生员把他们拽进了车厢入口平台。

直到这时我才发现,已经黄昏了——爆炸的火光更加清晰,地平线处弥漫的烟尘染上了一层不祥的暗红色。

随后子弹开始噼里啪啦地打在车厢壁上,但这只持续了几分钟。火车飞速前进。当它终于开始减速的时候,我们才意识到自己已经冲出了"包围圈"。

火车上收容了几百名被匆忙包扎过的伤员,他们中有的绷带已被鲜血浸透,有的绷带已经脱落,由于干渴,伤员们脸色焦黑。我们需要对所有伤员进行重新包扎,还要把急需做手术的重伤员都挑出来。

工作立刻开展起来,从这一刻起时间好像静止了。我们感觉不到它的存在。每隔一刻钟我就要把手术车厢铺着地板革的地面擦洗一遍,清理掉上面的血迹,把变硬的脏绷带扔掉。一会儿我又被叫到手术台前,还没弄清怎么回事,我就抓住了伤员的一条腿,我竭力不去看波克罗夫斯基怎样用一把很称手的小钢锯锯着白花花的骨头。突然这条腿一下子变沉了,迷迷糊糊中我意识到,手术结束了,于是我就把这条腿拿去放到镀锌的盒子里,以便到车站后进行掩埋。

周围弥漫着血腥味、缬草酊味和燃烧的酒精味。酒精炉一直烧着,不断给器械煮沸消毒。

从那时起,在我的记忆里,酒精淡蓝色的火苗就和难以忍受的痛苦糅合在一起,和人的脸上浮着的一层灰蒙蒙的汗珠定格在一处。

有些伤员会大喊大叫,有些则咬紧牙关,把牙齿咬得咯咯直响,嘴里不断骂着脏话。但有一名伤员却以自己非凡的忍耐力让一向冷静的波克罗夫斯基都惊讶了。这名伤员的髋骨被打坏了。他要忍受的痛苦难以想象,但他却自己一个人扶着墙壁走进了手术车厢,没让卫生员搀扶。包扎伤口的时候他只提了一个要求:允许他抽支烟"轻松一下"。他既没有呻吟,也没有叫喊,而是一直在安慰波克罗夫斯基和廖莉娅:她正在协助波克罗夫斯基取出弹片、进行严密包扎。

"没关系!"他说,"能忍。完全忍受得了。您别担心,小护士。"

只有眼睛暴露了他剧烈的痛苦。它们变得越来越憔悴,蒙上了一层薄薄的淡黄色。

"你这个人是从哪里来的?"波克罗夫斯基生气地问。

"我们是沃罗格达人,"伤员回答,"母亲是在潮湿的针叶林里把我生下来的,长官。她自个儿接的生。用水洼里的水给我清洗干净。长官,我们那儿的人差不多都是这样的。野兽受了伤可以嚎叫。但人受了伤号叫起来却不太像话。"

现在我已经记不清,当时连续不断的包扎和手术一共持续了多长时间。特别复杂的手术要等火车停在车站上才能做。

我只记得,当时我一会儿打开明亮的电灯(车厢里有蓄电池),一会儿又要熄灭它,因为窗外已经太阳高照了。但太阳照耀的时间并不长,我觉得也就个把小时,随后我又要打开耀眼的白光灯。

有一天,波克罗夫斯基拉着我的手,把我拽到窗前,强迫我喝下了一杯黏稠的褐色液体。

"你要坚持住,"他说,"很快就结束了。谁也不能歇班。"

我坚持住了,需要常常替换的只是我那沾满血迹的白大褂。

伤员们来来去去,我们已经不再去区分他们的面孔了。仿佛所有的伤员都有一张胡子拉碴的发青的脸孔,都有一对因疼痛而圆睁的发亮的眼睛,都会发出急促而无助的喘息声,都长着铁钳一般有力的手指——包扎的时候我们会抓住伤员的手,而他们也会紧紧攥着我们的手。所以我们手上都有抓伤的痕迹和淤青。

只有一次,在波兰一个无名小站上我走出车厢,在外面抽了一会儿烟。当时是傍晚。刚刚下过雨。月台上的水洼泛着白光。淡青色的天空中悬浮着一块雷雨云,形状酷似一串巨大的葡萄,晚霞给它蒙上了一层淡淡的玫瑰色。

火车旁边站着一群妇女和孩子。妇女们用头巾角抹着眼泪。"她们为什么哭呢?"我思忖着,一时想不明白,这时突然听到了车厢里传来的轻轻的呻吟声。

整辆火车都在不停地发出疲惫的呻吟声。可以想见,没有哪颗慈母心能听着这模糊的祈求怜悯与帮助的呻吟而无动于衷。要知道,每个伤员都是一个孩子,所以在伤口发炎的夜晚,在疼痛难忍的时刻,他们都会呼唤母亲。但是母亲却不在身边。没有人可以替代母亲。即使是最具有献身精神的护士也无法办到。她们满怀恻隐之心,时常用温暖的手小心翼翼地触摸伤员残损的肢体,触摸他们化脓的伤口和蓬乱的头发。

我已经记不清是在哪一天的黎明我们来到了卢布林。那里有三辆空救护列车正等着我们。他们接收了我们的伤员,载着他们驶向俄国,而我们则留在了卢布林。我们有三天的休整时间。

我顺着站内的小道走到一座给水塔下,在水龙头泡沫飞溅的急流中冲洗了很久。显然,我在洗澡的过程中打了个盹儿,所以才洗了这么久。倏忽即逝的梦境中充满了水和肥皂的味道。

随后我换上衣服,走回车站。火车站附近长满了成排的丁香树。花坛里开放着浅紫色和白色相间的不知名的花朵,它们都低垂着脑袋,看上去像一块块印花布。

我坐在木头长椅上,靠着椅背,望着不远处的城市,朦胧欲睡。那座城市耸立在高高的绿色山岗上,周围原野环绕,正沐浴着清晨的曙光。

太阳在纯净碧蓝的天空中闪耀。城里传来清脆响亮的钟声。那天正好是耶稣受难日。

我睡着了。太阳光有点刺眼,但我却感觉不到,因为一把伞的阴影正好遮住了我的脸。

我身边坐着一个矮个子老头,他浆过的衣领微微泛黄,手里撑着一把小伞,在为我遮挡阳光。

他这样坐了多久,我不知道。我醒来的时候,太阳已经升得很高了。

小老头站起身，微微掀了一下礼帽，用波兰语说了一句"请原谅"，就走了。

他是谁？是一位老教师还是一名铁路售票员？或者是教堂里的管风琴师？不管他是谁，我都对他心存感激，因为即使在这样的战争岁月里他也没有忘记人与人之间的朴素的温情。他的出现，是卢布林浓荫密布的街道上善良精神的体现。这些街道上住着生活清贫的退休的公职人员，他们仅存的快乐来自篱笆旁种着的一畦旱金莲，来自一盒已经装上克里米亚芬芳烟草的香烟卷。孩子们早已远走高飞，妻子也已离世多年，而所有的旧杂志——无论是《田地》，还是《画报周刊》——他们都已经翻看过很多遍了。岁月带走了一切，只留下了沉默的智慧、烟卷的缕缕轻烟，还有城里传来的悠远钟声——无论节日还是葬礼，它都一成不变。

维普日河上的春天

战争岁月里宁静弥足珍贵。

卢布林恰好充满了宁静。喧嚣的战争与这座城市擦肩而过,就像一辆辆军用列车驶过它的火车站一样,几乎不做任何停留。

火车站里弥漫着马合烟的味道,行军壶相互磕碰着,皮靴的脚步声和步枪的碰撞声嘈杂地混合在一起。但只要沿着宽阔的街道一进市区,宁静的氛围和盛开的丁香气息就会紧紧包围过来。这时我们可以摘掉制帽,擦擦被硬帽圈磨出一道红印子的额头,深吸一口气,然后告诉自己:"不,这一定是害热病时的呓语!战争应该从未发生过才对!"

抬头仰望,可以看到雨燕在屋顶上空穿梭飞行。轻盈的云朵从蔚蓝的远方飘过来,又飘向蔚蓝的远方,不会从大地上带走一丝阳光。而阳光则穿过丁香树心形的叶片,洒落在人行道的石板地面上,慢慢蒸腾着春日的暖意。

萨克森花园里一支管乐队正在练习一些歌剧片段的曲子。在笼罩着城市的一片静谧中，乐队的声响传得很远。向下能通到河边去的小街道两旁都是带便门的篱笆墙，远远地还能听见有人在这样的街道上唱着熟悉的旋律：

他在远方，未婚夫，他在异乡……

便门上方悬挂着包铁皮的灯，丁香从篱笆后面探出身子。清脆响亮的钟声从早响到晚。

在卢布林我们正好赶上了复活节。复活节的气氛赶走了不久前混乱喧嚣的战斗场景。但在收拾干净的火车上还是能时不时发现制动手柄后扔着的一团凝着干血渍的棉絮，或者在取暖车厢的卧铺下找到一截伤员由于疼痛而咬碎的、掉在那里的烂烟蒂。

我们到贝尔纳金天主教堂去参加了复活节的晚祷。那里的一切都很富有戏剧性：穿着花边衣裳的男侍童，蓝色锦缎装扮的木质圣婴像周围成堆的丁香花，用鼻音唱着拉丁语圣歌的白发司铎，雷鸣般轰响的管风琴。

祈祷的妇女们眼中燃烧着热望：热切期盼着奇迹的出现，她们对圣母子寄予厚望，也许，这个婴儿或这个面色苍白、睫毛浓密的女人——圣婴的母亲，能够让战争、繁重的劳动和贫穷从这个世界上消失，最终，在他们的庇佑下，妇女们能从泡着脏衣服的木盆边直起腰来，对着那轮在肥皂水中映射光芒的太阳展露笑颜。

对她们而言，宗教就是一种甜蜜的自我欺骗。对于疲惫不堪的人们来说，这是一个看不到结果的虚构世界。她们没有别的出路，于是只好违背理智和生活经验的训诫，带着狂热的激情相信，正义就体现在那个加利利乞丐[1]的形象中，就包含在上帝的形象里。为了在血腥而痛苦的、混乱的人类生存状态中认清本质，人们虚构出了一个上帝，但这个上帝不知为何却磨磨蹭蹭，始终保持着沉默，不愿干预生活的进程。

尽管上帝的无作为已经持续了很多世纪，但人们依然信奉他。对幸福的渴望如此强烈，以至于人们竭力把诗意的幸福融化在宗教中，灌注在管风琴的悲鸣中，汇入缭绕的神香和庄严的祈求声里。

复活节的第一天，我和廖莉娅、罗曼宁一起去了城外远郊的维普日河畔。河流清澈，在麦田间流淌。芦苇丛倒映在河水中，像一堵堵黑色的墙。小海鸥在芦苇上空飞来飞去。

走在异国他乡坚实的原野大道上感觉真好，更何况这条大道还通向未知的远方。

路两旁野花摇曳。天空深处堆砌着白云，在我们眼前变幻出一座座白雪峭壁。

无论在维普日河畔，还是在我后来的一生中，谁也无法向我解释，为什么有时人会突然生出巨大的幸福感来，尽管并没有任何特别的事情发生。

当时我真心觉得幸福极了。

维普日河畔有一座禾秸屋顶的简陋农舍。它的篱笆墙上挂着渔网。褐色的苇莺正停在渔网上，啄食着变干的水草。

苇莺被我们惊飞了，啾啾鸣叫着腾空而起，吵醒了旁边的婴儿。他正躺在窗边土台上的摇篮里睡觉。

1　即耶稣。

孩子哭了起来。一个年轻的农妇从农舍里走出来，条纹裙的下摆还掖在腰间。她看到我们便站住了，双手紧紧按在胸前。

一条灰白色的狗不情愿地从旧木槽里爬出来，走到了土台前，打着哈欠困惑地往摇篮里瞅了一眼。确定一切正常之后，狗又坐下，用衰老的黄眼睛不时瞧瞧我们，开始起劲地翻找起身上的跳蚤来。

"走开，小灰！"农妇轻声呵斥着狗，把婴儿抱了起来，随后转过身看着我们，脸上洋溢着真诚的微笑，我们也不由得对她微笑起来，但什么话也没说，只能默默地站着。

农妇腼腆地邀请我们喝牛奶。我们谢过她，走进了农舍。

农舍里的一切都是木质的——不仅墙壁、地板、桌子、长凳和床是木质的，就连盘子、窗台上的小梳子、盐筒和圣像前的油灯也是木质的。窗户那儿还放着一把木叉子。这些木头用具更加凸显了主人的贫穷和房间的整洁。

廖莉娅接过婴儿，女主人下到地窖里去，从那儿取出了一罐牛奶，罐子外面还蒙着一层水珠。

她俯下身，用毛巾擦拭着桌子，太阳光映照在她金色的头发上。我一直望着她那波浪般卷曲的纤细的头发。女主人感觉到了我的目光，抬起羞涩的绿眼睛看了看我。从她的眼神和各种迹象判断，我知道这所农舍里的人过着宁静的幸福生活。

当我抬头看了一眼天花板时，不知为何又产生了同样的想法。那里挂着一个小小的枝形吊灯，上面插着几根细细的蜡烛。吊灯是用干花编的。充当烛台的是几朵鲜红的大翅蓟花，未曾点燃过的蜡烛就固定在这些花上。

"这是灯吗?"我问女主人，"这东西真好看！"

"这是弄着玩的，"女主人羞赧地回答，"它不能点燃。这是我丈夫编的，为了增加屋里的乐趣。他是个编筐匠。他能用柳条编筐子和板凳，不久前他还给亚沃尔斯卡娅小姐编了一把遮阳伞。"

罗曼宁听不懂她说的"遮阳伞"这个词，当我们向他解释这就是普通的伞时，他很惊讶。

这时门开了，一个年轻的高个子农民出现在门口。

他肩上随意搭着一件绿色绣花的白色皮坎肩。他身形很瘦，笑起来也和女主人一样腼腆。

"这是斯塔西，我的丈夫，"女主人说，"他跟别人不太一样。"

斯塔西默默地鞠了个躬，把树皮绳放到角落里，随后在桌边坐下，微笑着挨个儿打量起我们来。

敞开的窗外云雀在鸣叫。它们抖动着翅膀，从绿色的麦地里腾空飞起，倏忽便消失在蔚蓝的天空中。

斯塔西望了望窗外，微笑了一下。

"我们的好帮手，"他说，"云雀。"

"为什么是好帮手？"廖莉娅问。

"干活的时候它们能使人心情愉快，"斯塔西始终带着亲切的微笑回答，"我自己也没见过，不过大家都说，有那么一只金喙云雀。它是云雀们的首领。"

"斯塔西！"女主人责备地喊了一声，"这不知是谁杜撰的呢！"

"大家都这么说，"斯塔西回答，"也许，云雀能帮助咱们摆脱战乱，就像在暴君扬科统治时期一样。"

"别动不动就给别人讲寓言故事。"女主人告诫道。

斯塔西没有理会她。他只是仍旧那样宽厚地微笑了一下，手指不时轻轻敲击着桌子。

"没什么，"他沉默了片刻之后说，"不信的人就不信吧。相信的人，也许，会在这个世上活得轻松一些。暴君扬科向邻近的公国发动了战争，这个公国里生活的都是农奴，他们只知道耕地、种庄稼。他们出来迎战扬科的骑士时穿的是白色的粗呢外衣，拿的是草叉。而骑士们则穿着铜铠甲，吹着铜号，手中握着锋利的双刃剑，一剑下去就能劈开一头犍牛。这是一场非正义的战争，它是罪恶的，就连大地都不愿意接收流出的人血。于是血只好顺着田野流淌，就像在玻璃上流淌一样，一直流到河里。农奴们大批大批地被杀死，他们的农舍被焚毁，而他们的妻子也痛苦地发了疯。这些农奴中间有一位驼背老乐师。他经常在婚礼上用自制的小提琴奏乐。于是这个驼子就说：'世界上有各种各样的鸟儿，甚至还有天堂鸟，但我们的云雀却是最好的鸟儿。因为这是农人的鸟儿。它为播种而歌唱的时候，庄稼就能长得特别茂盛。它要是为农人歌唱，他们的劳动就会轻松很多。它对着割草人歌唱，歌声能盖过镰刀的响声，这让人的心也变得欢畅起来。这些云雀有一个首领，那是一只年轻的鸟，是它们中最小的一个，但它却长着金子的喙。应该去向它求助。它一定不会让农奴们就这样惨死的。它会拯救咱们所有的人，兄弟们，它会拯救你们的妻儿，会拯救你们绿色的田园。'于是农奴们就派出信使去寻找这只云雀。"

"什么信使？"女主人突然问道。

"各种信使。有麻雀、小燕子，甚至还有一只额头上长着白斑点的啄木鸟——就是把柳巴尔托沃教堂上的木十字架啄穿的那只。于是乎，"斯塔西用狡黠的眼睛环顾了一下大家，说，"农奴国就飞来了数千只云雀，它们落在房顶上，对女人们说：'你们听着，母亲和妻子们，姐妹和恋人们。为了结束战争，你们愿意付出什么代价？''愿意付出所有！'妇女们喊道，'你们可以拿走一切，甚至是最后一点儿面包。''既然如此，'云雀们说，'你们今天就把家里存放的所有毛线和绣花线都集中到村后的牧场上去。'妇女们照办了。夜里数千只云雀从四面八方飞到牧场上，抓起这些线团，飞向了暴君扬科的军队，它们像乌云一样盘旋在军队周围，抖开线团，用线把骑士们缠绕起来，就像蜘蛛用蛛网缠绕苍蝇一样。最初骑士们还能扯断这些线，但云雀们却把他们捆绑得越来越紧，直到他们摔倒在地，手脚都动弹不得，只能往外吐毛线，因为他们的嘴也被毛线塞满了。于是农奴们就扒下了骑士们的铠甲，夺走了他们的宝剑，把他们堆放到大车上，运到边境线，随后便把他们扔到河对岸的峡谷里，就像往垃圾场倾倒垃圾一般。而暴君扬科本人则因为吞进了太多毛线，脸色发青，被憋死了，这一下所有善良的人都欢欣雀跃了。"

斯塔西沉默了一会儿。

"要是咱们，先生们，"他笑了笑说，"也能去找找那只金喙云雀就好了。"

快到傍晚的时候，我们才离开斯塔西的农舍。女主人一直把我们送到去卢布林的大道上。斯塔西留在家里。他站在农舍敞开的门口，不断从烟斗里喷着烟，目送我们离开。

女主人抱着孩子对我们说，斯塔西跟其他人不一样，让我们对他不要见怪。

在路口我们跟她告了别。

太阳已经西沉到维普日河那边去了。寂静下来的小树林和原野上空升起了一弯弦月，它取代了太阳的位置，在幽深的天空中挥洒着银光。

农妇向我伸出手来。不知道为什么，我俯身吻了吻她那只散发着面包香味的粗糙的手。她没有把手缩回去。"谢谢!"她用宁静的目光望着我,简单地回答道,"请一定再来。我会给你们做烤饼吃,斯塔西也能在维普日河里钓到不少鱼。"

我们许诺还会再去,但第二天我们的火车就被派往谢德列茨[1],从那儿又开赴华沙,所以我再也没有见到过斯塔西和那个抱孩子的年轻妇女。遗憾一直啃噬着我的心,说不清究竟为什么。也许,无论是我还是我的同龄人,当时在生活中都无法像那位亲切的波兰农妇一样享受简单的幸福。

---

1 谢德列茨是沙俄时代的名称,现名为谢德尔采,波兰地名。

大骗子

有一次我们在布列斯特停留的时候，上来一位衣着整齐、戴一副精致的无框夹鼻眼镜的跛脚中尉，他要求见列车上的主任医生波克罗夫斯基。

他自称名叫索科洛夫斯基，叙述的经历也很寻常：他负伤了，出院后上级给了他三个月的康复假。但是由于他没有亲人，也没有地方可去，所以请求主任医生接收他在列车上当三个月的卫生员。他自我感觉恢复得挺好，就是腿还稍微有点跛。

索科洛夫斯基的所有证件都是齐全的。

主任医生同意接收他，并把他带到了我们的宿舍车厢。

我们这些大学生不怎么喜欢军官，所以都保持着警惕。如果来的是一位准尉倒也罢了，我们还能与他和平相处，但中尉对我们而言就是军官阶层的人了。

索科洛夫斯基一到宿舍车厢，各种怪事就开始层出不穷。

"你们住得太差了，修士们！"索科洛夫斯基用雷鸣般的声音说，"地板擦得糟糕极了。快去提一桶热水和一桶凉水来，让我好好教教你们这些知识分子，看我是怎么收拾这块地板的。喂，快去！两桶水，没商量！"

谁也没有动，大家都默默地看着他。

"很高傲啊？"索科洛夫斯基嘲讽道，"我本人也很高傲。但我还是要让你们都开开眼。"

他脱掉挂着乔治十字勋章的制服上衣，只穿一件绷着天蓝色背带的雪白衬衫，就去了餐车。他从那儿提回来两桶水。他一边吆喝着让我们抬起脚，一边敏捷地擦洗着车厢的地板，地板被擦得非常干净，我们不得不承认他的确有一手。

接着发生的事情就更加令人费解了。

索科洛夫斯基从墙上摘下卫生员利亚赫曼的吉他，弹了几个和弦，就唱起了一首忧郁的格鲁吉亚歌曲。随后他又唱了一首亚美尼亚歌曲，接着还唱了乌克兰歌曲、犹太歌曲、波兰歌曲、芬兰歌曲、拉脱维亚歌曲，最后完美演绎了一首带着茨冈"哭腔"的歌曲《一对枣红马》，这场突如其来的音乐会才算告终。

原来索科洛夫斯基能流利地讲很多种语言，而且对俄国各地的情况也都了解得很透彻。

大概，没有他没到过的城市，而且当地多少有点名气的人他全都知道。

索科洛夫斯基的这些奇怪的本事让我们对他更加警觉起来，尤其是发生了下面的事之后。有一次，他非常逼真地伪造了一份波克罗夫斯基医生的处方，还有签名和医生印章，凭着这个处方他在布列斯特的药房弄到了一瓶纯酒精，并在夜里把它喝光了。

"要小心了,朋友们。"一向沉默的卫生员格列科夫说,他也是一名莫斯科的大学生。"命运抛给我们一个可疑之徒。要提高警惕,以防不测。应该弄清楚,看看他战前到底是干什么的。"

当天罗曼宁就直接问了索科洛夫斯基这个问题。索科洛夫斯基眯缝着自己那双漂亮的眼睛,眼神中闪烁着放肆的光芒。他盯着罗曼宁看了很久,最后声音中带着不动声色的威胁语气说:

"原来如此呀!你们很想知道我的来头?犹太教会堂唱诗班的领唱。此其一!在马戏团吞过着火的香肠。此其二!当过宫廷照相师。此其三!另外,我还曾经是阿布哈兹的世袭王公米哈伊尔·舍尔瓦希泽。对你们来说这些够了吗?或者还嫌少?不瞒你们说,可敬的同事们,我还当过妇科医生和'亚拉'茨冈合唱团的领唱。还有问题吗?"

大家都没有作声。索科洛夫斯基坦然地大笑起来,搂着罗曼宁的肩膀说:

"你呀你,小嫩瓜!我只不过是当过旅行推销员而已。我的所有本事都是从那儿得来的。本来我也可以和你一样做个大学生的。"

索科洛夫斯基明显在挖苦我们。他竭力表现得很快活,但却难掩因愤恨而苍白的脸色,甚至嘴上的小伤疤都因此失去了血色。

但怪事仍在继续发生。无论索科洛夫斯基坐下玩什么牌,捉傻瓜也好,波兰的赌牌也好,他总是能赢。很快他就承认自己精通各种纸牌千术,甚至还给我们上了一堂关于千术的课,其间他援引了历史上的例子,并现场展示了各种欺诈手段。

索科洛夫斯基用两根手指从纸牌中抽出一沓牌,说:

"这里有十九张牌。请各位验证吧!"

我们一张张清点起来。牌数与索科洛夫斯基所说的完全相符。这太不可思议了，它像那些超出我们经验范围的所有事情一样，让人不愉快，让人厌烦。和索科洛夫斯基打交道简直让人伤透脑筋。

他的鬼把戏不断升级：他会在铺位上放一个火柴盒或香烟盒，让我们聚精会神地盯着这些东西，直到眼睁睁地看着它们凭空消失，仿佛溶化在空气中一般。而索科洛夫斯基在整个过程中则坐着一动没动，甚至手都插在马裤的裤兜里。随后他就能从某个卫生员的兜里一下子掏出这个火柴盒或烟盒来。

"雕虫小技！"索科洛夫斯基说，"不足挂齿！跟一加一等于二一样简单。关键就在于人的肉眼只能发现慢动作，还有肉眼看不到的快动作呢。为了这种快动作我训练了十年。十年啊！这可不像你们埋头苦学生物组织学或者罗马法那么简单。真的！这才是——轻松喜剧！其他一切——都是胡扯！"

当时前线的战事暂时停歇。伤员几乎没有了，却出现了很多病人，尤其是癫痫病人。当时"癫痫"一词人们还很少用，一般都按照民间说法叫它"羊角风"。

癫痫病人是不允许和其他伤员一起运送的。所以一般把他们集中在战地医院，随后再成批地单独运往后方。

这件麻烦事耗时长、折磨人。所以战地医院为了尽快摆脱这些癫痫病人，就要起了花招。他们让癫痫病人伪装成伤员，给他们在胳膊上或腿上进行假包扎，有时甚至还在胳膊上打上石膏，捆上夹板，以便用这种方式把他们打发到救护列车上去。但在半路上这些病人的癫痫就发作了，于是整个车厢都被搞得人心惶惶、紧张不安。

所以我们的医生在接收伤员时简直费尽心力，努力想要从伤员中找出癫痫病人来，把他们遣送回医院。但通常都收效甚微。癫痫病人根本没有什么明显的外部病征。

索科洛夫斯基向医生们伸出了援手。他请求波克罗夫斯基允许他跟着医生们一起巡视车厢，只巡视一次，而且是在火车还没有离开接收病人的车站之前。

波克罗夫斯基笑了笑，但答应了，因为这个不同寻常的卫生员也让他很感兴趣。

于是这次"历史性的"巡视就开始了。

索科洛夫斯基和医生们一起走进取暖车厢，迅速查看了一遍伤员，就对一个胳膊上缠着绷带的大胡子说：

"喂，老乡，过来一下！"

那个士兵从铺位上站起来，走到他跟前。

"喂，看着我！"索科洛夫斯基命令道，他那阴沉的目光似乎看穿了那个惊慌失措的士兵，"别移开眼珠子！反正都没用。"

索科洛夫斯基凑近士兵，压低声音说话，以免其他伤员听到，他用信任而同情的语气问：

"羊角风？"

士兵哆嗦了一下，挺直了身体。

"是的，大人，"他用祈求的声音低语道，"这不能怪我……"

"那就赶紧滚出车厢！"

在这次接收伤员的过程中索科洛夫斯基一共找出了七个癫痫病人。他们被遣送回了医院。从此之后，医院负责人再也不敢把癫痫病人"悄悄塞给"我们了。

"你们车上，"医院的人说，"要么有个会看手相的，要么有个骗子手，鬼知道他是什么人！不过他是怎么猜出来的呢？"

但索科洛夫斯基对医生们的询问只是报以礼貌的微笑。

"真的无可奉告。请相信我,我自己也不知道这是怎么做到的。"

大多数卫生员和医生都对索科洛夫斯基抱着善意的好奇态度。这个有点神经质、颇具天赋而又不乏轻浮的人逗得他们很开心。另外一些人,包括罗曼宁和我,在不得不与他打交道时则感到很愤怒。他那不知疲倦的故作丑态、夸口吹嘘、喧闹吵嚷和漠然的厚颜无耻让人觉得厌恶极了。

最让人惊奇的是,这个听着庸俗笑话长大的人,眼睛深处有时也会流露出狗一般摇尾乞怜的神情。

这样的人是哪里来的呢?什么样的环境和遭遇造就了这样的人物呢?

我从没见过索科洛夫斯基悲伤的样子。从那时起我就深信,感受悲伤是人的本质特征之一。无法感受悲伤的人,就像无法体会欢乐或无法被逗笑的人一样可怜。

这些本质特征中只要缺失一样,就证明这个人有着无法补救的精神局限。

我不相信索科洛夫斯基,尽管有一天他对我说,他一生都很想为人们做好事,没有做到这一点只是因为不够愚蠢。

索科洛夫斯基到来后在火车上,尤其是宿舍车厢里形成的不良氛围并没有持续太久。这一切结束得非常突然。

有一天我们来到了凯尔采。傍晚的时候主任医生允许我们几个卫生员去城里逛逛。

凯尔采城里很昏暗,街道空荡荡的。

我们走进了一家咖啡馆。店里灯光明亮,弥漫着一股巧克力的味道,两个女侍者在叽叽喳喳地聊天。

幽暗的窗玻璃把我们和外面湿漉漉的夜晚隔离开来,在这里,夜似乎不像在街上那样令人不快。

我们安静地喝着咖啡。远处一张小桌那儿,一名工兵中尉正在打盹儿。咖啡的热气、香草味、甜点的暖香和金发女侍者醉人的低语,这一切都让那个中尉浑身乏力。

这时,临街的玻璃门突然被哐啷一下推开了。索科洛夫斯基走进了咖啡馆。

他没穿大衣。身上是一套全新的骠骑兵少尉的制服。肩上的银色穗带闪闪发亮。一把骑兵马刀拖在他的身后,磕碰着咖啡馆的红砖地面,发出铿锵的响声。

我们都没有作声,疑惑地盯着他看。

他慢慢走到我们跟前。他的脸扭曲变形,阴沉难看,连眼白也变红了。

他停下脚步,紧盯着罗曼宁看了一眼。

"索科洛夫斯基,我不知道你还是禁卫军骠骑兵,"罗曼宁说,"和我们一块儿坐坐吧。"

"起立!"索科洛夫斯基用粗野的声音喊道,"为什么不给军官敬礼?你们都喝多了,混蛋!"

"别装疯卖傻了,"罗曼宁忐忑不安地说,"你喝醉了。"

"闭嘴!"索科洛夫斯基吼道,随即从刀鞘里抽出马刀,"我要砍死你们,就像砍死狗崽子一样!知识分子!我要让你们看看,索科洛夫斯基究竟是谁!"

他挥起马刀,照着我们的小桌劈过来。桌子被劈成了两半,杯子全都掉到了地上。姑娘们尖叫起来。工兵中尉被惊醒了，一下子跳了起来。

索科洛夫斯基疯狂地挥着马刀去砍罗曼宁，但卫生员格列科夫从背后狠狠地给了他一下。索科洛夫斯基摔倒在劈开的小桌上，马刀掉到了一旁。

我们冲出咖啡馆，穿过一个院子，随后跑上铁路，赶紧回到了火车上。

回去之后我们立刻去见了波克罗夫斯基，把在咖啡馆里发生的事情全都告诉了他。

波克罗夫斯基命令我们夜里把宿舍车厢锁起来，如果索科洛夫斯基回来的话，不要放他上车，明天一早就把这件事汇报给铁路运输军代表。

夜里我去了手术车厢。明天要接收伤员，在这之前我要提前给绷带灭菌消毒。

半夜有人出现在车门附近，试图用三角钥匙打开门。但我加了一道普通锁。只用三角钥匙是打不开的。

那人用三角钥匙鼓捣了半天，随后便开始敲我这边的窗户。我走到窗前，仔细一看，窗外站着的正是索科洛夫斯基，他没戴制帽，肩上披了件军大衣。

"放我进去过夜，"他对我说，"让我藏起来吧，大学生。"

"不行！"我答道，"我不放。"

"要是我现在有一把手枪，"索科洛夫斯基撇嘴冷笑了一下说，"我就立马在你脑袋上留下个窟窿眼儿，公子哥儿！叫你去见你的老祖宗。放不放我进去？"

"不放。"

索科洛夫斯基靠近了车窗。

"老天保佑，有朝一日我们还会见面的。好好记住我吧，公子哥儿。将来我把你那点可怜的血放出来的时候，你可要趁早认出我来，好提前为自己祈祷几句。"

"罗曼宁！"我叫了一声，尽管知道罗曼宁当时并不在药房里，"到这边来。"

索科洛夫斯基朝窗玻璃使劲啐了一口，随后便向后退去，消失在黑暗中。我熄灭灯，从装着木质棉的匣子里拿出一把藏在那儿的手枪，然后一直坐在那儿，等待他的攻击。

但索科洛夫斯基再也没有出现。他就这样消失了。不知到了第五天还是第六天，当时火车停在拉多姆车站，有一个淳朴的农村小伙儿来到火车跟前，交给值日兵一个用帆布包着并缝好的匣子，随后就立刻离开了。

包着匣子的帆布上写着如下字样："217号战地军用救护列车上善良的护士小姐们收。"

值日兵把匣子交给了护士长。帆布里有一张纸条："送给每位护士一对耳环。中尉索科洛夫斯基临别馈赠留念。"

匣子被打开了。里面装着一些淡紫色丝绒衬里的黑色小盒子，盒子里放着钻石耳环。小盒子的数量正好和列车里女护士的人数相当。

波克罗夫斯基命令立刻把这些耳环交给车站的铁路运输军代表。

三天后我们在一份布列斯特的小报上读到一则电讯：维尔诺市发生了一桩异常大胆的抢劫珠宝店的案件。

就在当天，铁路运输军代表来找波克罗夫斯基，他问：

"你们这里是不是有个卫生员，自称是索科洛夫斯基中尉？"

"是，有过这么个人。"

"他现在在哪儿?"

"不知道。"

"您本该多留心他的。"

"为什么?"

"因为这可是一头猛兽。"

"我可不是猎人。"波克罗夫斯基开玩笑地回答。

"可惜了!"铁路运输军代表神秘地说了一句,随后便离开了,最终他也没有告诉主任医生,索科洛夫斯基究竟是什么来头。

最初我们陷入了各种猜想,但随后就把这个人忘到脑后了。

只是两年后一个偶然的机会才让我弄清了这个人的来历。当时我在顿涅茨克矿区,在烟雾腾腾的尤佐夫卡[1]的新罗西斯克工厂工作。

我们车间有一个叫格林科的绘图员,曾经是个社会革命党人,他害着痨病,脸色苍白,常戴一顶软呢帽,对周围发生的一切总是抱着一副毫不掩饰的讥讽态度。

我在"大不列颠"旅馆租了一间廉价的房间。就在这间散发着潮气和霉味的房间里,格林科向我讲述了自己的经历,他因为加入社会革命党,在叶卡捷琳诺斯拉夫受到审判,被判处流放西伯利亚五年。

在前往西伯利亚的路上,在哈尔科夫,囚犯车厢押上来一个锁着镣铐、戴一副无框夹鼻眼镜的年轻人。

车厢里有很多小毛贼,也就是"痞子"一类的人。当这个戴镣铐的人走进车厢时,只说了一个"嗯"字,"痞子"们就立刻安静下来,尽

---

1 尤佐夫卡,乌克兰的顿涅茨克的旧称。

管车厢里已经很拥挤了,但他们还是马上给他腾出了整整一个小隔间,随后又想方设法地讨好他。

绘图员发现,甚至押送人员也对这个戴镣铐的年轻人有几分敬重,对他总是很宽容。

戴镣铐的人把绘图员请进自己的隔间,他说自己也是知识分子,会好几门语言,而且非常爱好音乐。

绘图员把自己的不幸遭遇告诉了这个人。他很认真地听着,随后俯下身来低声说:

"我要把你放了。"

"什么!"

"小声点!因为一桩这么荒唐的案子您就要被发配西伯利亚,简直太愚蠢了。在流放地待上两年您肯定会完蛋的。"

戴镣铐的人向绘图员详细询问了他的案子的始末。绘图员都对他说了,尽管并不相信这个刑事犯能帮得了他。这一切就像是在吹大牛。

但在奔萨省的某个交会站却上来一位宪兵队的军官,他拿着一份从叶卡捷琳诺斯拉夫追着火车发过来的电报命令,命令上说,鉴于对格林科一案的补充调查需要,该犯人必须立刻被带下火车,发送至纳罗夫恰特市监狱,并在那里等待下一步命令。

绘图员于是被带下了火车,而戴镣铐的年轻人在最后向他使了个眼色,建议他"在事情出现转机时要加倍小心"。

在纳罗夫恰特的一所偏僻的监狱里绘图员并没有被关太久。很快,叶卡捷琳诺斯拉夫法院的裁定就送达监狱:格林科一案在当事人缺席的情况下进行了重审,由于罪证不足,格林科被判无罪。

监狱的长官祝贺了格林科,很客气地把他释放了。格林科于是就返回了叶卡捷琳诺斯拉夫，但一下火车就立刻又被逮捕了，这次的罪名是逃狱。直到那时格林科才猜到，原来这整出复杂的释放戏码都是那个戴镣铐的年轻人暗中操纵的。

"他，"绘图员对我说，"是一个有名的大骗子，是一个伪造犯和骗子组成的巨大团伙的头儿。很明显，在库尔斯克他就通过被收买的押送人员把我的事情安排给'自己人'了。一切都做得天衣无缝，而我这个傻瓜，完全入了戏，所以又被逮捕了第二次。"

"请问，"我说，"那个戴镣铐的年轻人有没有什么特征？"

"嘴唇上有道疤。他叫索科洛夫斯基，是个跛子。"

于是我就把神秘的卫生员索科洛夫斯基的事都告诉了绘图员。

"就是他！"绘图员说，"他到你们的火车上就是为了藏身。对他而言那是再好不过的地方了。"

"那他为什么要用自己的真实姓名呢？"

"因为姓索科洛夫斯基的人成千上万。另外，像他这种过惯了大胆的冒险生活的人，有时也想玩玩火，试探一下命运。"

多年来我一直深信，生活中的每一次相逢都不会徒然流逝，即使是和索科洛夫斯基这样的人也不例外。

从他身上的某些细节可以猜到，他童年时一定遭受过很多不公正的待遇。后来他却怀着一颗愤恨的心，把自己的全部才华用于复仇，用各种手段为曾经的卑贱生活而实施报复。

"葡萄牙"号海轮

一九一五年的夏天炎热又干旱。透过火车车窗可以看到波兰原野上笼罩着褐色的尘雾。军队正在撤退。

一切都蒙上了一层撤退时扬起的夹杂着燃烧后的苦味的灰尘：士兵的面孔、地里的谷穗、大炮、马匹和我们的火车无一例外。红色的取暖车厢也变成了灰色。

现在我们在每一站停留的时间都不超过三四个小时。火车一直在行驶。伤员也一直在增加。

有一次，我们在维斯瓦河右岸、华沙郊外的布拉格区接收伤员。市区内的莫科托夫城门一带正在交战。低处的大火倒映在维斯瓦河中。浓烟和黑暗笼罩在房屋上空。河对岸传来嗒嗒作响的射击声。好像有人在狂躁不安地撕扯着亚麻布。

风从东面吹来，使布拉格区充满了夜晚的凉气。但车厢里却还残留着白天的暑热，尤其是我所在的手术车厢，车厢里的窗户都关得严严实实,根本无法通风散去绷带的味道。

当时我们要把伤员从波兰运到戈梅利去。火车一驶进波列西耶的地界,一下子就变得凉爽起来。白俄罗斯潮湿的森林和静静的河流让我们恍如置身清凉的天堂。伤员们也活跃起来,从铺位上探出头,看着窗外喧嚣的山杨树林或傍晚时分微微发绿的天空。

到仲夏时,火车已经磨损得非常严重了,上面命令我们立即把它开到敖德萨的铁路修理厂进行维修。

我们开往敖德萨的时候正好途经基辅——我童年的城市。我在车站的备用线上又一次迎接了基辅的黎明。太阳给金字塔形的杨树镀上一层金光,基辅黄砖砌成的高大房屋的窗户上也闪着火焰般的光亮。

我记起了基辅清晨那些刚刚洒过水、树影重重的街道,记起了用篮子提着法式热面包和一瓶瓶凉牛奶的主妇们。但不知为何,这些清爽的街道已经不再吸引我了——基辅已经成了一去不复返的过去。

过去一去不返,这本身就包含着意义与合理性。我是后来才认识到这一点的,尤其是当我几次三番想要重回往昔而不可得的时候。"生活中的一切都不会重来,"父亲总爱这么说,"除了我们的错误。"生活的不可逆转性也是它最为吸引人的原因之一。

过了基辅之后,车窗外呈现出一片绿树繁茂、阳光炽热的乌克兰大地。黄灿灿的万寿菊在每个铁路岗亭附近开放着,它的香味甚至渗进了车厢里。

草原一路延伸,金黄色的向日葵田把它分割成块状。玻璃一样透明的远方整天都蒸腾着大气,闪烁着光亮。我告诉罗曼宁,天边的闪光是太阳的反射,是它照射在海水上又折射到大气层的光线。

这一次罗曼宁没有反驳我,也没有嘲笑我。他在自己的药房里大声地朗诵起了诗歌：

> 瞧，那就是大海！像绿松石在燃烧，
> 珍珠般的泡沫波光闪闪。
> 惊恐的波涛追逐着波涛，
> 连番涌向潮湿的浅滩……[1]

到敖德萨附近时我醒了。火车停在一个小站上。我从车门平台处跳到了路基上。脚下的海贝壳发出喀嚓喀嚓的响声。

我看到小站上有一座红瓦顶的矮房子。白墙边长着高高的玉米丛，风一拂过，玉米长长的叶子便沙沙作响。瓦屋顶和玉米丛的上空，天清气爽，一片碧蓝。

"现在这才真的像是大海的反光。"罗曼宁从敞开的车窗里对我说。

艾蒿的清香弥漫着。那时在我的印象里，这种略带苦味的气息第一次与不远处黑海的气息融合在一起。后来艾蒿和大海的相邻关系在我的头脑中不断强化，以至于甚至在北方，只要闻到艾蒿的味道，我就会不由自主地侧耳倾听，想要分辨出远方大海的喧嚣。有时我觉得我真的听到了大海的声音，但喧嚣的并不是大海，而是松涛。

我觉得很幸福，因为再过几个小时就能看见大海了。从童年起，大海的宽广无垠和奔腾浪涛就让我铭记在心。

火车开到敖德萨铁路仓库我们就下车了。周围看不到海。只有敖德

---

[1] 引自谢·雅·纳德松的诗《在海边》(1885)。

萨火车站在远处闪着白光。

但周围的一切对我来说都充满了海的气息,甚至路上的一汪汪重油也不例外。它们也闪烁着大海的蔚蓝色。杂乱地堆在地上的旧缓冲器上也覆盖着一层船锈。至少我当时是这么认为的。

我们这些卫生员被临时安置在一节破旧的三等客车车厢里。我们很快就把自己安顿好了。调车车头推着这节车厢,一直把它推到一个荒废院子的矮围墙处,我们在敖德萨逗留期间,这节车厢就一直停在这里。

我们很喜欢自己的驻地。每天早晨我们就在车厢附近的水龙头那儿洗脸。金合欢稀疏的影子在窗户上晃来晃去。

废园子后面是一个喧闹的小市场,再过去就是敖德萨的郊区摩尔达万卡——小偷和收买赃物者,即"高级扒手",小商贩和其他很多身份不明、职业模糊的人的聚居地。

医生和护士们住在敖德萨附近小喷泉村的一幢别墅里。我们几乎每天都会去他们那儿。

刚到的那一天我没能看到大海。第二天我起了个大早,路上用带点咸味的水抹了一把脸,就去市场喝牛奶、吃东西了。

市场上的女售货员都挽着袖子坐在板凳上,由于高声喊叫和天气炎热而面色通红。她们整天互相叫骂,声音此起彼伏,有时殷勤地招徕顾客,有时又恶意地嘲笑他们。她们故意尖着嗓子互相对骂,招徕顾客时曲意奉承,甚至卖弄风情,而嘲笑起顾客来又很团结,暂时忘记了彼此间的内讧。

"小乖乖!"她们冲我喊道,"这里有煮开过的牛奶!牛奶上还有奶皮呢!你亲爱的妈妈可嘱咐过你,一定要喝这种带奶皮的牛奶哟!"

"炒瓜子!瓜子呀!"另外几个声音闷闷不乐地叫卖着,"一戈比装满一兜！只要一戈比就成！"

但最有意思的还是卖鱼的摊位。我站在冰冷的镀锌柜台边看了很久，台子上沾满了鱼鳞，石盐粒子撒得到处都是。

扁平的鲽鱼背上长着淡紫色的骨突，浑浊的眼睛呆呆地望着天空。鲭鱼好像一团淡蓝色的水银，在湿篮子里不住颤抖。褐色的河鲈嘴巴慢慢地一张一合，发出轻轻的吧嗒声，仿佛在品尝市场上早晨的清凉。鰕虎鱼则成堆地摆在那里——有黑色的"泥瓦匠"，有浅色的"砂岩"，还有砖色的"鞭子"。

卖小鲱林卡鱼的篮子跟前坐着的通常都是非常亲切的女售货员。主妇们只会为自家的猫买她们的鱼。

"给小猫咪买鱼啦，这位小姐或夫人！小猫咪吃的鱼！"售货员用谄媚的声音叫卖着。

一些卸了套的大车上堆满了杏子和樱桃。大车下温暖的尘土中，这些货物的主人——来自柳斯特多尔夫和利边塔尔的德国移民，正在打着鼾睡觉。大车上坐着的是他们雇来招徕顾客的叫卖者——犹太男孩，即犹太男子初级宗教学校的学生，他们闭着眼睛，晃动着身子，像在祈祷一样，用悲凄的声音叫卖着：

"看哪，善良的人们，尊贵的先生们！快来看哪，卖樱桃啰！看呀，多好的樱桃，瞧瞧，甜杏多好呀！哎，五戈比一俄磅啦！看呀，才五戈比！完全是亏本买卖！瞧瞧，好心肠的人，买点儿吧！哎，尝一尝胃口好啊！"

马路上到处扔着带红肉的樱桃核儿和杏核儿。

我买了一个带葡萄干的灰面包，走进市场另一头的一家小吃铺。铺子里一张张厚木桌上放着一个个歪斜的茶炊，茶炊里正冒着滚烫的热气,刺眼的黑海阳光照在茶炊上面,闪闪发光,旁边的平底锅里正煎着乌克兰香肠。

我在一张铺着家织桌布的桌子旁坐下来。桌布上用十字绣绣着一行字:"拉伊奇卡[1],勿忘故乡奥维季奥波尔[2]。"

桌子中间放着一个掉了一块漆的蓝色搪瓷盆,盆里的水中漂着几朵芍药花。

我吃了一锅煎香肠后,又开始喝加糖的热茶,我觉得敖德萨的生活太美好了。

这时一个干瘦的男人挨着我坐了下来,他那顶出海人常戴的便帽上的漆皮帽檐已经有了裂纹。黄色的鬓角在他那张灰脸两边支棱着,令他看起来好像猞猁一样。

"请问一下,年轻人,"他用阴谋家一般压低的嗓音问我,"您是不是卫生员?"

"对,卫生员。"

"是昨天开来维修的那辆火车上的吗?"

"对,是那辆火车上的。"我答道,同时惊讶地瞅着这个戴便帽的、无所不知的陌生人。

"那就让咱们来认识一下吧,"陌生人说着就用双手微微掀起头上的便帽,随后又把它放回到秃顶的脑袋上,"阿里斯塔尔赫·利波贡,前近海商船的船长。一个天生的水手。"

"你滚到这个年轻人跟前干什么!"那个卖给我茶的满脸通红的女商

---

[1] 拉伊奇卡,拉伊萨的小名,下文的拉雅也是拉伊萨的小名。
[2] 奥维季奥波尔,乌克兰城镇。

贩喊道，"你糊弄他干什么！"

"拉雅大婶，"天生的水手非常礼貌地说，"别人的买卖关你屁事？干吗要从我的嘴里抢面包！看来，你是饱汉不知饿汉饥。明白吗？"

拉雅大婶又唠叨了几句，便不再作声了。

"我可以为你们效劳，"利波贡说，"只要有需要，无论是卫生员，还是你们那些住在小喷泉村贝霍夫斯基豪华别墅里的医生，我都乐意效劳。一切我全都能很快办妥，而且收费低廉。"

"那么，举个例子说说，"我问，"'一切'是什么意思？"

"只要你们想要的，我都可以帮你们买到，而且送到车厢里去。没纳过消费税的君士坦丁堡烟草，那简直就是金色的卷发，根本不像烟草！法国香粉，希腊'玛蹄脂'白酒，奇香味美的墨西拿橙子。还有新鲜的罐头，当天出产的茄汁鰕虎鱼，直接从咱们敖德萨工厂拿货。这东西只要放到第二天，绝美的滋味就会损失不少。这一款强烈推荐！城里和码头上我的人脉都很广。只要您问到我，凡是正派的人都会一字不差地告诉你：'利波贡无所不能。利波贡有二十条腿、四十只手和一百只眼睛。'"

"可是舌头你只有一个，囚犯！"拉雅大婶气冲冲地说，"你只有一个舌头，可是胡扯起来却抵得上七条。"

我告诉利波贡，自己并不需要什么。不过，也许医生和护士们有需要的东西。我会去问问他们的。

"顺便说一句，"利波贡说，"今晚我会去贝霍夫斯基别墅拜访。很高兴和您认识，年轻人。"

他又用双手微微掀起那顶皱巴巴的便帽，戴在秃顶的脑袋上后，便走开了，一路摇摆着上衣的后襟，漫不经心地唱道：

有一个年轻的海军准尉，

淡褐色头发在脑后飘飞，

他离开了美人儿敖德萨……

"瞧瞧，"拉雅大婶对我说，"您眼前就是一个活生生的例子，年轻人，看看想入非非能把一个人折腾到什么程度。"

"怎么想入非非了？"

"这个人以前过得挺好，"拉雅大婶悲伤地说，"他开着大木船，从赫尔松往敖德萨运西瓜，穿得很体面，口袋里也不缺钱，每天不愁吃喝。可是偏不！他就是不肯安分！我非常了解他，从小我们就认识，在奥维季奥波尔的时候我们两家挨着。他无法像别人一样安生过日子。他对我说：'拉伊奇卡，生活的无聊苦闷挤压着我的心。'他还说：'拉伊奇卡，我希望能像小说里的人那样生活，被泪水、鲜花、音乐和美好的爱情包围着。''我必须去冒险，'他说，'就像常言所说，或者成王，或者败寇。'"

"可不是嘛！"旁边的女商贩一边把青紫色的茄子摆在马路上，一边叹道，"一开始是成功了，但后来又失败了。"

"他都干什么了？"我问。

"他结婚了，"拉雅大婶说，"您且听听，瞧他是怎么结婚的！我们敖德萨好像有个什么罗马尼亚乐队。虽然大家这样叫它，但乐队里什么人都有。有高加索人，有基什尼奥夫人，也有咱们摩尔达万卡人。乐队里有一个演奏扬琴的女乐手，叫塔玛拉。这个女人很漂亮，人才出众。他娶的就是她。只要是看上去豪华阔气的东西，什么玻璃珠串、天鹅绒、还有扬琴、华尔兹，他样样都要。他说，他要给她这样的生活，连薇拉·霍洛德娜娅[1]都会嫉妒得背过气去。"

"可不是嘛，他给了她这样的生活！"卖茄子的女商贩叹道。

"不管怎么说，他为那个女人尽力了，"拉雅大婶心平气和地继续说，"到现在也是如此。一结婚，他就千方百计地到处挣钱。用自己的大木船运走私品。不过当场被抓了，营业执照自然也被吊销了。花了一大笔钱才没有坐牢。他自己流落街头，却还是给她弄了套房子。那不是房子，简直就是系着粉红丝带的蛋糕盒！简直就是一个用各种纸质花边装饰起来的小盒子！他被赶下了大木船，开始跑些小买卖，干点倒买倒卖的活儿。他变得无精打采了，也不再受人尊重。但想入非非的毛病却并没有改掉。整天除了瞎扯就是瞎扯！自己落魄了还瞒着塔玛拉。她是个懒惰的女人，而且有点迟钝。对什么她都不感兴趣，整天就躺在窗台上，听着留声机，读几本破书，她放上一曲《夜晚在呼吸》或者《昨夜我梦到了您》，然后就读起书来，常常披头散发的。她反正无所谓，只要有酥糖吃。至于那个人怎样把自己毁了，变成了一个骗子，她压根儿就不想关心。她在忙着读那些言情小说呢！我呸！"

拉雅大婶生气地啐了一口唾沫：

"他肯定会进监狱的，这一点我可以向您保证，年轻人！"

我回到了自己的车厢，正准备去海边，但上头却派我们去铁路修理厂帮忙，要帮工人们把车厢上的旧漆刮掉。我们一直干到了晚上。

之后我洗了把脸，就去小喷泉村的别墅了。在那儿的峭壁上我终于看到了大海。雾气弥漫的夜晚和浅蓝色的浩瀚大海融为一体。下面波涛

---

[1] 薇·瓦·霍洛德娜娅（1893—1919），俄罗斯电影默片女演员。

拍击着卵石，发出隐隐的轰隆声。第一颗星星亮起来了，挂在一块酷似银鸟翅膀的云朵下。

灯塔没有亮。地平线处有一艘黑乎乎的大船。它是土耳其的"美奇提哀"号巡洋舰，被我们的海岸炮火击中后搁浅了，还没有被拖走。巡洋舰慢慢地融入夜色，很快便消失在黑暗中了。

我顺着陡峭的小路跑向海边。碎石地上长着一丛丛干枯的金合欢。海边一些较大的卵石不时从脚下滑出去。坚硬的染料木向四周伸展着箭杆般的深色茎条，上面开满了黄色的花，即使在黑暗中也能看见它们。空气中散发着晒热的贝壳石和煎鲭鱼的味道——护士们正在别墅边的炉灶里做鱼。

我下到海边，脱去衣服，钻进了齐脖深的海水里，海水很温暖，也很清爽。星星投射在水中，像一个个小小的水母，和我一同畅游着。

我竭力一动不动，以免把倒影打碎成几十块摇摇晃晃的碎片。否则又需要很长时间，它们才会重新汇聚成星星的倒影。

我全身心地感受着大海那小心翼翼，但又非常有力的呼吸。它不易觉察地微微晃动着。

海水上涨，就在我的眼睛下面，齐到我的下巴。我觉得我和辽远无涯的大海之间毫无阻隔，海水从这里可以流向博斯普鲁斯海峡，流向希腊和埃及，流向亚得里亚海和大西洋，伟大的贯通全世界的海洋就在我的眼前——想到这些我的心就开始剧烈地跳动起来。

从岸边飘来一股紫罗兰的香气。远处德涅斯特湾方向传来了一声炮响，岸边的回声隆隆作响。这里的一切似乎都是为积极而幸福的生活创造的，为那些水手、园艺师、葡萄酒酿造者、艺术家、孩子和恋人创造的，为无忧无虑的童年、硕果累累的中年和晴朗如九月天气般的老年创造的——但即使在这里,也有战争。

护士们在岸边呼唤我了。我从水里出来,穿上衣服,就向上面的别墅走去。别墅的凉台上搭着一大幅当屋棚用的条纹布,摘下帽子的利波贡正站在那儿谄媚地和护士们交谈着。他的生意已经开张了,他卖给护士们一亚麻布袋希腊油橄榄。

我是和利波贡一起返回城里去的。

"我猜想,"在电车上利波贡对我说,"您是个非常喜欢大海的人。"

我点头承认。

"那您不应该待在火车上,坐在被打坏的取暖车厢里跑来跑去,您应该去海上的医院船工作。现在咱们敖德萨就停着这样一艘'葡萄牙'号医院船。它以前是一艘法国轮船。"

"那好啊,"我小心谨慎地回答,"要是能转到轮船上工作我当然高兴了。"

"不难办到!"利波贡满不在乎地抛出一句,"正好有个机会!船上有个下级医生和我是熟人。我经常赊给他走私烟草。明天下午一点您到卡兰金港来吧。我会在'葡萄牙'号附近等着您的。为您我愿意分文不取。只要您在饭店里请我吃一顿,咱们就两清了。"

他沉默了片刻。

"以后有时间,"他向我俯过身来说,生怕电车的噪音淹没了自己的声音,"我要对您好好讲讲我的事儿。人们净说我的坏话。我的生活就像一部连载小说。我的生活充满奥秘。不过我的命运却糟糕得很。但是,我可能比你们所有的正派人都要正派。只不过我很少成功,所以也就缺乏胆略采取行动。"

黑夜像一阵劲风,从敞开的窗子闯进了没有亮灯的电车。当时所有的港口城市都不亮灯。

"要是我有决心的话,"利波贡说,"早就游遍所有的海洋了。那我过的可就不是一般的生活,而是和艾瓦佐夫斯基[1]的画一样精彩的生活了。"

第二天上午十点,我提前到了卡兰金港,而不是在约定的下午一点。防波堤处停靠着一艘白色的海轮,船侧画着两个大大的红十字,在烈日的光照下,船体似乎要融化了。

在船尾处我看到一行金色的法国字:"葡萄牙—马赛"。

轮船是洁白的,桅杆、缆索和舰桥看着都很轻盈,一个个铜把手闪闪发光,舷窗如钻石般洁净,甲板也一尘不染,——这一切好像有点不真实,这艘轮船似乎来自一个欢乐的国度,整个船身都像是用光线织就的。

这曾是一艘法国"梅沙热里·马利季姆"公司的客运船。战前它经常从马赛开往马达加斯加、叙利亚和阿拉伯半岛,后来不知为什么却开到黑海来了。它在黑海正好赶上我们和土耳其开战,于是我们与法国政府达成协议,"葡萄牙"号就转给我们充作医院船了。后来它就被漆成了白色。

穿着灰色夏季连衣裙的年轻护士和白衣服的海员们在"葡萄牙"号的甲板上走来走去。我怕提前被人看见,于是就走开了,在港口一直闲逛到将近一点。

下午一点整,我又来到"葡萄牙"号跟前。利波贡正站在舷梯旁,

---

1 伊·康·艾瓦佐夫斯基(1817—1900),俄国画家,擅长画海,代表作为《九级浪》《黑海》。

毫不拘束地和一位年轻的海军医生说着话。医生长了一双略带嘲讽意味的黑眼睛，脖子被制服上衣的白领子紧紧勒着，有些泛红。他迅速握了一下我的手，对利波贡说：

"就这样吧，再见了，船长！这次航行之后再给我送点烟草来。"

"遵命！"利波贡假装精神饱满地高声应道，并举手行了个军礼，随后便离开了。

医生抓住我的手臂，把我领到他的舱室去。他抓得非常紧，好像害怕我会在光滑如镜的甲板上摔倒，会不小心弄坏某个闪闪发光的仪器，或者打碎玻璃门。

我不太喜欢这样被人抓着，但我没有吭声，也没有抽回手臂。

"总之，"医生在自己那间充满微咸的清新气息和上等烟草味的舱室里对我说，"我这里的包扎室需要一名卫生员。您是大学生吗？非常好！证件都带了吗？"

"带了。"

"请给我看看。"

我把证件递给他。他迅速看了一遍，就还给我了。

"看来一切都齐了，"他说，"后天过来吧。到时候我们会办一些手续，之后您就可以留在船上了。也许船很快就要起航了。"

我仍旧觉得有点发蒙。无法相信我就要在这艘海轮上畅游世界了。童年的梦想终于实现了。我当然舍不得火车，舍不得离开同伴们，但畅游大海的渴望战胜了一切念头。

医生把我送到舷梯那儿。那里站着一位像猴子一样敏捷好动的矮个老头儿，他穿一身海军制服，却不是俄军的制服。从他衣袖上繁复的金色镶边我猜测到，这人应该是船上一位级别很高的长官。

"这是我们的船长巴雅尔先生。"年轻医生小声提醒我说。

他向船长鞠了一躬,用法语对他说:

"您瞧,船长先生,这是咱们新来的卫生员。他是一名莫斯科的大学生。"

我也鞠了个躬。

"真是不可思议,我的天哪!"巴雅尔先生两手朝天一扬,用法语大声感叹道,"大学生们不去学习,反而来用小匙喂俄国的庄稼汉喝碎米粥。在这个搞不懂的国家里谁也不干自己的正业。谁也不干!"

船长用一只有力的深褐色的手掌抓住我的肩膀,把我扳过来面对着他,看着我的眼睛。

"哦——哦——哦!"他说,"没错,没错!每个人都经历过这个阶段。我理解您。梦想,梦想啊!不!"他突然大喊了一声,"大海——它就在这里,我的朋友!"

他摘掉绣着金绣的军帽,指指自己花白的、剃着板寸的脑袋。

"这里装着赤道附近那些神奇的夜晚!所有孟加拉日落时的晚霞!还有肉桂的香味和各种各样的胡说八道。都在这里!您有病啊,年轻人,但我不知道什么药能治好它。所以很高兴在自己的船上看到您。"

他说完立刻转身,沿着甲板向舰桥跑去。

医生目送他离去,微笑中带着嘲讽,但更多的是谦恭。

"瞧,我们的船长就是这样的人,"他说,"一个了不起的加斯科涅[1]人。好了,后天见吧。"

---

[1] 加斯科涅,法国西南部的一个地名。

第二天，我在斯捷波瓦雅街上的"达达尼尔海峡"饭店请利波贡吃了一顿午餐。

说实在的，这不算什么饭店，也就是个苍蝇嗡嗡响的小饭馆。

和我一起去的还有罗曼宁和尼古拉沙·鲁德涅夫。他们两个都对我即将离开火车有点惘然若失，但奇怪的是，他们好像一点儿也不嫉妒我。相反，他们似乎并不赞成我的选择。

"达达尼尔海峡"的午餐以一场闹剧结束。我们点了道辣汁焖羊肉。大家把它吃完之后，利波贡叫来懒洋洋的服务员，对他说：

"把你们的老板叫来。"

"为什么？"

"这里还轮不到你说话。"

睡眼惺忪的老板从后面的房间不情愿地走了出来，他是个脸色有点发青的胖子。

"怎么回事？"他用嘶哑的声音问，"如果有什么不满意的，请看清楚了，这里可不是'伦敦宾馆'里的餐厅。要是挑三拣四的话，你们完全可以去那里吃。"

"问题在于，"利波贡阴郁地回应道，"您，卡缅纽克先生，把发臭的羊肉偷偷塞给客人吃。这样您很可能会送他们上天堂的。"

"您这样认为？"卡缅纽克先生讥讽地问，"哎哟哟！真的发臭了？我的羊肉可都是一等品。"

"但我要告诉您——就是臭的！"

"那你们为什么都吃完了？"卡缅纽克依旧带着不怀好意的讥讽反问道，"你们把它啃得只剩骨头了。连盘子都用面包皮抹干净了。别想蒙我。我可不是毛头小子！"

"好啊,这样啊!哼,您的羊肉不是臭的?"利波贡声音里带着某种狂喜喊道,"那就恳请您再给我们上四份同样美味的辣汁焖羊肉。"

卡缅纽克显然很不喜欢这个提议。

"羊肉都卖完了,"他脸色有点发白地说,"没有了!明白吗?我不会再给你们上菜了。"

"那我就只好,"利波贡忧伤地说,"去请监察员斯库利斯基先生来一趟了,把这件事诉诸法律程序。所以,如果发生什么不愉快的事情,请您,卡缅纽克先生,可别怪我。"

卡缅纽克在我们的桌子上狠狠拍了一掌。

"最后说一句,请乖乖离开。我不要你们的钱了!"

他又转向利波贡说:

"让这些钱把你噎死吧,混蛋!"

事情发生得太突然,我们都有些蒙了,根本来不及干涉。不过我还是把钱掏出来放到了桌子上,但我不确定这些钱是否都进了卡缅纽克先生的口袋。因为卡缅纽克先生愤怒地把钱往利波贡这边一扔,而这一位捡起钱来,带着极大的鄙视又把它扔了回去。但我发现,扔回去的钱其实已经变少了。

"您为什么要整这么一出愚蠢的闹剧呢?"当我们走到街上的时候,我非常愤怒地质问利波贡。

"因为,"利波贡回答,"你们是大学生。口袋里空空如也。而卡缅纽克却靠卖臭肉养肥了自己。"

"可羊肉并没有发臭呀!"

"今天不臭,明天也会臭的,"利波贡平静地回答,"你们也看到了,当我再要第二份的时候,他可是慌了神的。因为他这条老狗当时想,也许这羊肉真的是臭的，那可就真的会被警察抓到物证，所以还是早点摆脱我们，省得冒险。"

回车厢之后我们又讨论了很久这件事情。晚上我们去了别墅，因为我要跟医生和护士们道别。

别墅里的人都对我的选择感到诧异。有人羡慕我，也有人不理解。只有廖莉娅一言不发，轻轻地咬着自己的嘴唇，一次都没有往我这边看。

我们坐在昏暗的凉台上。下面，拍岸的波涛似乎睡着了，发出了轻轻的声响。

廖莉娅把我的手攥得生疼，说：

"咱们走！"

我们走进昏暗的花园，沿着下坡路向海边走去。廖莉娅沉默着，但却一直紧紧抓着我的手——就像平时大人攥着犯错的小男孩的手，要去惩罚他一样。

到了下面的海边，廖莉娅才停住脚步。她沉重地喘着气。

"幻想家！"她说，"冒险分子！幼稚的小男孩！明天您就去那艘外表光鲜的破轮船上，拒绝他们。听到没有？"

"为什么？"

"还问为什么？我的天哪！难道您自己不明白嘛！因为这么做非常不够朋友。因为这太不像话了！当然了，待在那座水上医院挂着薄纱窗帘的船舱里无所事事，和喷着香水、像洋娃娃一样的女护士们厮混，远比在烂泥和血污中工作，比待在破烂的取暖车厢里愉快得多。就连罗曼宁、鲁德涅夫和您所有的同伴都为您感到难堪。好像您自己没发现似的！当然，谁也不会对您说什么。但我要说。因为对我来说，这并不是无所谓的……因为我希望往好里想您……总之，您自己知道，别再问我了。"

"我什么也没有问呀。"

"非常好!怎么样?我等着您的决定。"

我的内心掀起了风暴。廖莉娅说的话当然有一定的道理。但要我放弃这次神奇的海上遨游的机会,放弃我从小就渴望已久的机会,我又怎么舍得呢?

"不,"我说,"我不能放弃。这一切和您想的根本不一样。您不要再说气话了。"

"那就告别吧!"廖莉娅低沉地说了一句,随后转过身去,沿着拍岸浪白色的边缘向黑暗中走去。

我喊了她一声。她没有答应。我也跟着她走过去。她停下来,用冰冷而凶恶的声音对我说:

"别跟着我。这很愚蠢!很讨厌。分别吧。向您的新朋友致敬,就是那个……什么……利波贡。"

她笑了起来。我站在那儿等着。我听到她慢慢地走远了,随后又停下来,朝大海抛了几颗小石子,之后便唱起一首明显是挖苦我的歌:

> 我忧伤……如果你能明白
> 我诚挚而温柔的灵魂,
> 请走近我,向我抱怨
> 我奇特而动荡的命运……

我转身上了岸,没再回别墅,而是步行向敖德萨走去。

夜很黑。风吹得花园里哗哗作响。巡逻队两次把我拦下,检查证件。

我一点一点回忆着最近发生的一切，突然恐惧地想到，其实我自己也不知道我所做的决定是否正确。我真的不知道！

"这算什么？"我问自己，"是精神空虚吗？还是一种病？或者只是想要躲避自己的人生，不愿面对自己？难道是怯懦？"

有时我觉得廖莉娅说得完全正确，有时又恰恰相反，觉得她说的一切都是伪善和矫揉造作。可为什么罗曼宁和鲁德涅夫不愿正视我呢？是什么使他们感觉苦恼呢？难道他们认为我就是一个轻浮之徒？为什么？这是谁想出来的，好像医院船上的工作就是轻松愉快的游玩？不，我绝不放弃，不妥协。见鬼去吧！

我迷路了，这不奇怪，回到车厢的时候，大家都已经睡下了。这倒让我很高兴。

但事情还没有完。第二天一大早我就去了卡兰金港，但是在昨天"葡萄牙"号停泊的地方，却停着一艘运烟煤的铁驳船。

一个坐在驳船上清洗黑海拟鲤的人告诉我说，"葡萄牙"号昨天夜里就起航了，开往特拉布宗[1]了。

"怎么会这样呢？"我不知所措地问，"它应该过几天才走啊。"

"常有的事儿，"拿着鲤鱼的人漫不经心地说，"紧急情况。即刻起航。朋友，军令如山嘛。它还会回来的。你别担心。"

再回车厢去见老朋友，我觉得很尴尬，但又不得不回去。

"那您现在打算干什么？"罗曼宁随意问了一句。

"等'葡萄牙'号返航。"

---

[1] 特拉布宗，土耳其城市名。

"那就等着吧。这当然是您的事了。"

早晨我便坐着电车去了柳斯特多尔夫。待在车厢里让我觉得很难受。

柳斯特多尔夫是个枯燥的德国移民区,我在那儿的海边逛荡了一整天。我什么都没有吃。快到傍晚的时候才给自己买了十个杏子。

我决定坐最后一班电车返回敖德萨,但电车却没有来。于是我只能走回去。到市区大约二十公里。

又是夜晚和呼呼的风。一路上又听着花园的喧哗声,金合欢爆裂的荚果种子不时被风吹到我的脸上。

我觉得整个世界只剩下我一个人。我愿意付出任何代价,只要能让我现在就见到妈妈,让她轻抚着我的头发对我说:"唉,你还是那么本性难改呀,科斯季克!"

我在一栋别墅的铁门旁坐下休息了一会儿。石头围墙上掏了一个放雕像的深壁龛,但里面却没有雕像。我钻进空壁龛,双手抱膝坐在里面,一直坐了很长时间。后来我就睡着了。

我醒了,吵醒我的是一个站在壁龛前、骑着自行车的中学生,他正在赞叹地望着我。

"早晨好!"他说,"您真像雕塑家安托科尔斯基创作的靡菲斯特[1]雕像。"

"根本没有这样的雕像!"我生气地说,虽然我很清楚这个雕像是存在的,说罢我就跳到地上,往城里走去。

路两旁都是石头围墙。我仔细瞧了瞧这些围墙,觉得它们很眼熟。

---

[1] 欧洲传说中的魔鬼,因歌德在《浮士德》中描写了浮士德与他的赌约而闻名。

怎么回事？难道这里是小喷泉村？已经看得到远处别墅篱笆门上挂着的铁皮灯了，医生和护士就住在那里。我完全忘记了，原来通往柳斯特多尔夫的道路就是从小喷泉村附近经过的。

我停在篱笆门前，打开门，往花园里看了看。花园向下通往白茫茫、静悄悄的大海。

早晨阴云密布，没有风。几滴雨点落在我的脸上，也落在小路上一块因海盐而发灰的卵石上。卵石上立刻出现了几个深色的潮湿斑点。但随即又变干了。

"大家应该都还在睡觉。"我思忖道。我很想见一见廖莉娅。因为此时孤独感又一次向我袭来，就像刚刚过去的那个夜晚一样。

这里的人知道我没有走吗？知道"葡萄牙"号不等我就起航了吗？他们应该不知道。昨天没有一个卫生员来别墅。

我轻手轻脚地走进花园。修剪过的高高的黄杨树丛后面有一条熟悉的绿色长椅。我坐在长椅上。无论从凉台还是从花园都看不到我。我让自己安下心来，因为只打算在这儿休息一会儿，随后就悄悄离开。

又落下了几滴雨。海鸥在海面上尖声鸣叫起来。

我抬起头。有个人快步从别墅向篱笆门走去。我透过黄杨树丛的空隙往外一看，发现是廖莉娅。

她没戴帽子，穿一件雨衣，脸色非常苍白，这是我以前从未见过的。她走得很快，几乎是在跑。

我从长椅上站起来，分开黄杨树枝，迎着她走了出去。

廖莉娅看到我，突然大叫一声，跪倒在地上，一只手撑着地面，身体倒在一块巨大的灰色卵石上。她的眼睛紧闭着。

我跑到她跟前，抓住她的肩膀，但没能把她扶起来。她轻声呻吟

着,喃喃地说:

"上帝啊!他还活着!上帝啊!"

"我没赶上'葡萄牙'号。"我茫然地说,不知该怎样安慰廖莉娅。

"帮我一下,"她说着抬起满是泪痕的脸,"把手给我。"

她艰难地站了起来。

"难道您什么都不知道?"

"不知道。"我完全不知所措地说。

"咱们离开这儿。找个地方。"

我们去了旁边的一所荒废的园子,那里没有人住。廖莉娅疲惫地扑倒在那儿的一条长椅上。

"我的天哪,"她边说边用饱含泪水的眼睛望着我,"您真傻,真傻!给您,读读吧!"

她从雨衣口袋里掏出一小张灰色的纸片。这是《敖德萨新闻报》的号外刊。我打开报纸,看到一行黑体字标题:

"德国人犯下的骇人听闻的新罪行。由于遭到德国潜艇鱼雷的袭击,医院船'葡萄牙'号在塞瓦斯托波尔附近的海面沉没。船上人员无一生还。"

我把报纸扔到一边,搂住了廖莉娅的肩膀。她哭得像个小女孩似的,既不害羞,也不克制自己,放松后的泪水不住地往下流。

"上帝啊!"她泪眼婆娑地说,"我怎么哭成这样了!真是胡闹!您可别认为我已经爱上了您。我只是被吓坏了而已。"

"我什么也没多想。"我答道,同时抚平了她潮湿的头发。

"真的吗?"廖莉娅问,抬起眼睛看着我,微微笑了一下说,"把包给我。里面有手帕。我本想跑进城去打听……也许,还会有人生还。"

沿着被轧坏的道路

在来敖德萨的前一个月,我和罗曼宁就向莫斯科递交了申请,请求把我们从后方救护列车调到战地救护队去。我们想离战争更近一些。

罗曼宁这么做还有他自己的理由。他私下告诉我说,他正在为一份激进的维亚特卡报纸写战争随笔,救护列车上的生活能够提供的素材太少了。

他让我读了几篇已经发表的随笔。我很喜欢他那种准确朴实的叙述语言。

罗曼宁劝我也给这份报纸写几篇随笔。我只写了一篇。这就是我的第一篇随笔。它的标题是《蓝色的大衣》,也被刊登出来了。我在其中讲的是奥地利佩列梅什利要塞里数千名驻防军人集体被俘的事。我们曾在布列斯特看到过这些俘虏。

但我没有把一件怪事写进这篇随笔,这件事不仅让我,而且让所有卫生员都惊诧不已。

俘虏们被押解着通过布列斯特。数千名奥地利士兵和军官穿着破烂的足球鞋，拖着沉重的脚步，沿布列斯特的街道行进着，他们身上褪色的蓝色大衣汇成了一条缓缓流动的长河。

有时这条河流会稍作停顿，于是胡子拉碴的俘虏们便望着地面，沮丧地等待着。随后长河又流动起来，前途未卜的命运把俘虏们压得佝偻着身子。

突然，卫生员古戈·利亚赫曼一把抓住了我的手。

"快看！"他喊道，"瞧那儿！那个奥地利士兵！快看！"

我看了一眼，瞬间觉得浑身一阵寒战。我自己正迈着有规律的步伐、神情疲惫地向我走来，只不过那个我穿一身奥地利士兵的制服。我多次听说过同貌人的故事，但却一次也没有遇到过。

迎面走来的正是我的同貌人。他长得和我一模一样，甚至连右边太阳穴上的痣都是一样的。

"太不可思议了！"罗曼宁说，"简直可怕。"

这时出现了奇怪的一幕。一个押解人员看了我一眼，随后又看了看那个奥地利士兵，便跑到他跟前，拽了拽他的衣袖，把我指给他看。

那个奥地利士兵看了我一眼，脚下似乎一个趔趄，停住了。整个俘虏队伍也立刻停了下来。

我们目不转睛地凝视着对方，对视的时间并不长，但我觉得似乎过了整整一个小时。俘虏队伍中响起一阵阵激动不安的议论声。

在那个奥地利士兵幽暗的眼睛里我看到了惊讶，随后又看到了一闪而过的恐惧。但他迅速克服了恐惧，突然冲着我腼腆而忧伤地一笑，又举起一只苍白的手向我挥手致意。

"出发！"最终押解人员喊了一声。

蓝大衣们动了一下,继续向前走去。那个奥地利士兵几次回过头来向我挥手,我也对他挥手致意。我们就这样相遇又分离了,从此再也不会相见。

在列车上大家纷纷谈论着这件事。所有人一致认为,那个奥地利士兵一定是乌克兰人。由于我多少也算是个乌克兰人,所以我们的惊人相似也就不难解释了。

往事历历在目,不过我已离题太远。当我们还待在敖德萨的时候,就在"葡萄牙"号沉没事件发生后几天,我和罗曼宁收到了一封来自莫斯科的电报:我们被调到同一个战地救护队了,必须立刻出发去莫斯科,然后再从那里前往救护队的驻地。

自从不久前的"葡萄牙"号事件之后,我很高兴能重新留在列车上,所以这个新任命并没有让我感到很幸福。但反悔已经不可能了。唯一感到安慰的是,我还能和罗曼宁一起工作。

大家十分热闹地在敖德萨火车站为我们送行。有人决定开个玩笑,在利波贡的协助下雇了一支小小的犹太乐队。这几个犹太人年纪很大,满脸沧桑,穿着灰扑扑的大衣在月台上泰然自若地演奏着玛特奇什舞曲和步态舞曲,第三遍铃响之后,他们又奏起了《思乡》进行曲。

数百名乘客和数百名送行的人都欣喜若狂,为这场华丽的送行兴奋不已。

最后时刻,廖莉娅紧紧地拥抱了我,吻了我,要我保证给她写信,还悄悄地对我说,她也很想调到战地救护队或者战地医院去,也许,我们还能在波兰的某个地方重逢。

火车开动了。利波贡高高地举着他那顶便帽,一直举到火车转弯了,消失不见为止。小提琴还在如泣如诉地演奏着熟悉的旋律。

我把身子探出窗外，好长时间还能看见廖莉娅白色的三角头巾，她在火车后一直挥动着它。

像往常一样，每当一段生活结束，另一段生活开始的时候，我的心总是充满忧伤，惋惜逝去的时光，感怀曾经同行的人们。

我躺在上铺，望着车厢顶，回想着这漫长而又动荡不安的一年中的点点滴滴。

有一点我很清楚，那就是以后也应该像这一年一样生活下去——去不同的地方，接触不同的人群。要想献身写作事业，就必须如此生活才行。

莫斯科一切如故。家里的墙壁上依然满是厨房油烟侵蚀的痕迹，加莉娅还是像以前那样为每件小事担惊受怕，妈妈仍旧抿着嘴唇沉默不语。

在莫斯科我领到了一套制服，还有一件带肩章的大衣，肩章有点奇怪，是银色的，上面还有一颗星星，随后我便去战地救护队的特派员切莫达诺夫那儿报到了。

罗曼宁比我走得早，他给我留了张便条。他在便条上写道，切莫达诺夫是个很可爱的人，他精通音乐，曾写过很多音乐方面的文章。我想起了船长巴雅尔的那句话：在这个搞不懂的国家里谁也不干自己的正业。我觉得，这个船长关于正业的想法也很奇怪。在现在这个战争时期，每个人的正业都应该是保家卫国。这一点我深信不疑。

切莫达诺夫是个长着一头黑发的高个子，对人彬彬有礼，穿一件弗伦奇式军上衣[1]。他温和地接待了我，不过神情中透着几分不信任。

---

[1] 以英国陆军元帅弗伦奇（1852—1925）的姓氏命名，束腰，有四个贴兜，后面有扣带。

"我担心,"他说,"您在救护队里会过得很难。"

"为什么?"

"您是个腼腆的人,这在目前这个环境中可是个缺点。"

这点我无法反驳。

救护队驻扎在卢布林附近的某个地方。我只有到了布列斯特才能知道救护队的确切地址。于是我就起程去了布列斯特。

我坐的是软席车厢,里面挤满了军官。我的制服、一颗星的肩章和刀柄亮闪闪的军刀都让我觉得很难堪。

我包厢里一位爱抽烟的大尉注意到了这一点,他详细询问了我是谁,我是干什么的,随后给出了一些很有用的建议。

"小子,"他说,"要多给人敬礼,而且只说两句话:对上级要说'请您允许',对下级要说'请便'。这能帮你应付各种麻烦事。"

但这个唠叨大尉的建议却并不好使。第二天我去餐车吃午饭。

所有的桌子都坐满了。我发现,只有一位留着白色小胡子的胖将军旁边还有一个空位。于是我走过去,微微鞠了一躬,说:

"请您允许?"

将军正在嚼一块烤牛里脊。他嘟囔着答了一句。但他嘴里塞满了肉,所以我没有听清他到底说的是什么。我仿佛听到他说了一句"请便"。

于是我就坐下了。将军嚼完那块牛肉后,怒目圆睁地盯着我看了很久。随后他问:

"年轻人,您身上穿的是什么?这算什么制服?"

"发给我的就是这样的,大人。"我答道。

"是谁发的?"将军用可怕的声音喊道。

车厢里瞬间安静下来。

"城市联合会发的,大人。"

"无上的圣母啊!"将军怒气冲冲地说,"本人有幸在统帅部供职,可是从未料到还会有这种事情。俄国军队真是太混乱了!无组织纪律,一团糟,道德败坏!"

他站起身来,气哼哼地离开了餐车。这时我才看到他肩上的穗带和肩章上的皇室花体字。

这时立刻有几十个笑呵呵的军官向我转过脸来。

"这下您可走运了!"邻座一位高个子骑兵大尉说,"您知道刚才那位是谁吗?"

"不知道。"

"他是雅努什凯维奇将军[1],在统帅部的尼古拉·尼古拉耶维奇亲王[2]麾下任职。他可是亲王的得力干将。我建议您赶紧回车厢去,到布列斯特之前不要再露面了。下次您可就没这么走运了。"

---

1 尼·尼·雅努什凯维奇(1868—1918),沙俄军队将军,1918年被苏维埃政权逮捕并死于押送人员之手。
2 小尼古拉·尼古拉耶维奇亲王(1856—1929),沙皇尼古拉一世之孙,一战期间任俄军最高司令官,十月革命后流亡海外。

小骑士

在布列斯特我找到了所谓的"救护队基地"——一座爬满野葡萄藤的小房子。

基地里空空荡荡的。房子里只有一个孤零零的老护士,神情疲惫地在那儿等候救护队队长格隆斯基。

原来我也得等格隆斯基——只有他一个人知道我所属的救护队现在在哪里。

女护士是波兰人,说话带口音,一直在唉声叹气:

"格隆斯基大人是个非常轻浮浪荡的人。一阵风一样飞来,吵吵嚷嚷一番,热烈地吻几下你的手,又飞走了。你连一个字都来不及说。唉,圣母娘娘呀!就因为这个轻浮的人,我要在这里白白地给耗干了。"

我已经从切莫达诺夫那里听说过格隆斯基这个人。他是华沙"波兰喜剧院"的演员,一个特别殷勤而且很勇敢的人,他身上优点很多,但为人却极其轻浮。由于他的这些品质和矮小的身材,人们都叫他"小骑士"。

"您自己会见到他的,"切莫达诺夫对我说,"他就像一个从显克微支的历史小说里跳出来的人物。"

我洗去了一路的灰尘,和老护士雅德维加小姐一起喝了咖啡,便在行军床上躺下了。一时半会儿睡不着,我在窗台上找到一本破烂的书,是萨尔赛[1]的《围困巴黎》,于是就读了起来。窗外的风吹得葡萄叶子不断摇晃。

一辆马达声震耳欲聋的汽车开到房子附近,突然停了下来。有人顺着楼梯飞跑上来,马刺叮当作响,门一下子被打开了,随后我便看到一个身材矮小的军人:灰色的眼睛兴高采烈,鼻子像西哈诺·德·贝热拉克[2]一样大,还留着又软又密的淡褐色唇髭。

"我亲爱的孩子!"他高喊了一声便向我的行军床扑了过来。

幸好我及时跳了起来。

"我亲爱的孩子!我简直太高兴了!我们就像等待天降甘露一样在期盼着您。罗曼宁都快想死您了。"

他紧紧地拥抱了我,一连吻了三下。他的小胡子散发出一股幽微的紫罗兰的香味。

"等一下!"他冲我喊了一声,随即跑到窗前,探出身子冲下面喊道,"雅德维加小姐!日安!有好消息。我终于给您挑到一支最佳的救护队。全都是结巴和不爱说话的人。什么?我骗您?"

格隆斯基向天空举起一只手说:

"我向上帝他老人家和他最英明的独子耶稣起誓!明天早晨我就用这

---

[1] 弗朗索瓦·萨尔赛(1827—1899),法国作家、批评家。
[2] 西哈诺·德·贝热拉克,法国剧作家罗斯丹同名剧本中的主人公。

辆跛脚的福特车把您送过去！我们三个一起去。"

他离开窗口，喊道：

"阿尔杰缅科！到这儿来！"

随着靴子的咯吱声，房间里跑进来一个卫生员，他是基地的杂役。

"让我看看你那张诚实开朗的脸。"格隆斯基说。

阿尔杰缅科羞愧地移开了目光。

"五罐炼乳，就是放在床下面的那五罐，哪里去了？"

"不知道！"阿尔杰缅科大声说。

"狗娘养的！"格隆斯基说，"这可是最后一次了。下次再犯，直接送交法院，送去惩戒营，让你那号啕大哭的妻子和永远不幸的孩子等着你吧。从我眼前立刻消失！"

阿尔杰缅科迅速蹿到门边。

"站住！"格隆斯基扯着嗓子大喊道，"把车里的箱子搬过来。小心别摔碎了，笨蛋！"

阿尔杰缅科跑出了房间。

"我亲爱的孩子，我的儿子！"格隆斯基说着便抓住我的肩膀，使劲晃了晃，热忱地望着我的眼睛，"要是您知道，我是多么为每一个到这儿来的年轻人感到痛惜就好了，他们落入的地方是精神病院，是疯人院，是着了火的小酒馆，是灭虱间，是该死的绞肉机，是被叫作战争的混乱场。请信赖我吧。我是不会让您受委屈的。"

阿尔杰缅科把一个胶合板箱子拖进了房间。格隆斯基用锃亮的靴子尖飞起一脚，从下面踢在箱子盖上。盖子被踢飞了，但靴子上的鞋掌也被踢飞了。

"欢迎品尝！"格隆斯基指了指箱子，十分客气又颇为忧伤地说。箱子里的牛皮纸下面紧紧地码放着很多块巧克力。

格隆斯基坐到床上，拽下靴子，皱起眉头端详着脱落的鞋掌。

"太惊人了！"他摇了摇头，带着极其忧伤的表情说，"简直成惯例了！一个星期鞋掌掉了三次。阿尔杰缅科！你躲到哪儿去了？"

"到！"阿尔杰缅科喊道，他其实就站在旁边。

"拿着这只靴子去找那个麻脸的骗子，就是那个鞋匠雅科夫·库尔。一个小时之内必须修好。否则我就穿着一只靴子去找他，用军刀把那间发霉的农舍给劈了。到那时他就要敲着手鼓给我跳舞了。"

阿尔杰缅科抓起靴子，跑出了房间。

"怎么样？"格隆斯基问，"那只老母火鸡还没有把您的脑袋啄出洞来吧，就是那位雅德维加小姐，但愿上帝能朝她的屁股踹上一百下！我真不知该把她塞到哪里去，稍微说句狠话她就翻白眼，像母鸡一样咯咯叫着要昏过去。不过他们又给我派来了一个好孩子！让咱们干一杯兑白兰地的茶吧。怎么样？晚上咱们去军官俱乐部玩玩。那里有一场音乐会。明天天一亮咱们就出发。当然，如果尊贵的兹旺科沃依大人，我的司机，能够修好马达的话。"

"马达怎么了？"

"被打穿了。在柳巴尔托沃附近的一个铁路道口。子弹突然飞过来！啊呀呀！您在读萨尔赛？一本非常不错的书。但我更喜欢左拉的《陷阱》[1]。我更喜欢善于分析问题的作家。比如，巴尔扎克。不过我也很喜欢诗歌。"

---

1 左拉该小说原名为《小酒店》，俄文译本名为《陷阱》。

格隆斯基从弗伦奇式军上衣口袋里掏出一本小书，在空中挥动着，带着由衷的热情激动地说：

"《叶甫盖尼·奥涅金》！我和它形影不离！从不分离！即使世界崩塌，这些诗篇也依然会在自己永恒的光辉中长存！"

这位格隆斯基大人已经把我搞得晕头转向了。他仔细地看了看我的脸，有点不安起来。

"我的儿子！您躺会儿吧，音乐会之前小睡一下。我会叫醒您的。"

我很乐意地躺下了。格隆斯基飞身下楼去了。我听到他在盆里呼哧呼哧地洗着脸，嘴里同时还吹着《马赛曲》。随后他开始对一个人说起话来，这个人显然是阿尔杰缅科。

"你知道什么叫'给点颜色瞧瞧'吗？不知道！我能让你见识见识。这玩意儿有趣得很。"

雅德维加小姐哎哟了一声，喊了句"圣母娘娘"，而格隆斯基则说：

"'虽然跟他相比我只是一只蛆虫，跟他相比，跟他那样的脸相比'[1]，这个副官就是一副欠揍的嘴脸。虽然我可能会被枪毙。但一切就这么定了！"

听到这儿我就睡着了。

我被一个声音吵醒，感觉房间里好像有一根拉紧的粗绳绷裂了。天色已经黄昏，敞开的窗外高悬着一片暗青色的天空。

我躺在床上侧耳倾听——雅德维加小姐在大声祈祷，随后又响起了琴弦崩断的声音。天空中突然亮起一片浅红色的闪光，随后我听到远方夜色中传来一阵平缓的马达轰鸣声。

---

[1] 引自法国诗人贝朗瑞的诗《显贵的朋友》。

"起床了!"格隆斯基冲我喊道,"齐柏林飞艇飞到布列斯特上空啦!"

我一跃而起,走到了阳台上。那儿站着格隆斯基和阿尔杰缅科,他们正望着天空。

"瞧,那就是!"格隆斯基边说边指给我看,"看到没有?就在大熊星座向左一巴掌的地方。"

我仔细看向那个方向,发现一条长形的黑影轻快而迅速地掠过天空。附近不断传来步枪的射击声。榴霰弹在我们屋顶上空炸出一片黄色的火焰。

"很不错!"格隆斯基说,"如果继续这么进行下去,我们的脑袋就会被自己人的枪炮打穿。德国人扔下两颗炸弹就跑了。好戏收场了。咱们走吧。正好茶也已经准备好了。"

喝过茶之后我和格隆斯基就去了军官俱乐部。俱乐部是一座长长的木板棚。它的窗户朝向花园。从花园里不时飘进来一阵清新的空气。我非常困。朦胧中听到一个深沉的男低音唱道:

每天半夜十二点钟,
鼓手从棺材里爬起来……[1]

我睁开眼睛。一个胡子剃得干干净净、梳着分头的高个子军官正在演唱。

"这是个著名的歌手。"格隆斯基对我说,他说出了歌手的名字,

---

[1] 引自茹科夫斯基的诗《半夜相亲》(1836)。

但我当时立马又睡着了,所以没有听真切。整个音乐会都被我这么睡过去了。

第二天早晨我们起身上路。尊贵的兹旺科沃依大人原来是一名来自奔萨省的钳工,生着一个翘鼻子,心地善良。听格隆斯基谈话的时候,他总是微笑着,晃悠着脑袋赞叹一声:"我的天哪!"

我至今还记得那片松散的沙地,那条被轧坏的很宽的大路,那些吓得要命的小镇居民。和我们相向而行的是难民的车队,它们在沙地里艰难地爬行,轮毂深陷在沙子里。

我们把雅德维加小姐留在了一个镇子里。

将近傍晚我们终于到达了维什尼查镇,那里驻扎着罗曼宁的救护队。一栋木板房上空悬挂着兵站司令的黑黄两色旗帜。大车队和畜群扬起的灰尘如干雾般悬浮在空中,随后又慢慢落回地上。

几个袖子上挂着臂章的老犹太人充当起了战时临时警察,他们挨家挨户地跑着,驱赶居民们去周边的寨墙外挖堑壕。远处不时传来沉闷的轰隆声。那里正在进行炮战。

周围是一片恐慌、憋闷和混乱的状态。小镇广场上燃起了几十堆篝火。火堆旁边、卸下套的马车跟前,横七竖八地或坐或躺着一些逃难者,他们都是波兰农民。没戴头巾、疲惫不堪的妇女们手里抱着吃奶的孩子,孩子们脸色发青,哭闹个不停。狗在不停地吠叫,辎重兵则骂骂咧咧地赶着车在这混乱的人堆里费力地穿行。他们用鞭子抽打着挡路的人,车轮不断碰上胡乱堆放着的农民的家当什物,绣花手巾、披肩、衬衫常被大车挂住,在车队后面拖拉着。女人们哭喊着从车轮下把自己的东西抢救出来,拿到篝火跟前去。但这些东西已经沾上了焦油,被扯破了,上面满是尘土。

戴着棕红色假发的犹太老太婆们从破旧的屋子里拖出一堆辛苦积攒的家当：羽毛褥子、碗碟、旧缝纫机、发绿的铜盆，并用床单和被子把它们捆扎起来。但我没有看到过一辆能把这些家当装运走的带篷马车或四轮大车。

罗曼宁的救护队驻扎在小镇出口处一个破旧的大车店里。大车店周围的土地都被踩踏得不成样子了，地上的三角铁架上架着四口烧开的大铁锅。士兵们在铁锅周围忙碌着。罗曼宁站在那儿，声音沙哑地冲着一个浑身上下灰扑扑的军官大声喊叫着。

"见你的鬼去吧！"罗曼宁喊道。这时他看见了我和格隆斯基，冲我们挥了挥手，又转过身去对那个军官说："你们的奶牛每半个小时就会死掉一批，就会被你们扔在路边。你们有必要那么小气嘛?！"

"需要字据，"军官犯愁地说，"每一头死掉的奶牛我们都记录在案。我可不愿因为您被送上军事法庭！"

"行，那咱们就去立字据，真有你的！"罗曼宁说着便抓起了那个军官的胳膊肘，把他拉进了大车店。他回头看了我一眼，冲我微笑了一下，喊道："我马上就来。得先和这位管畜群的长官处理完一件磨洋工的破事。"

我们走进了大车店。店里空荡荡的，散发着一股清冷的炊烟味。蟑螂看到我们之后，在墙上迅速地四下爬开了。

"抽支烟吧，"格隆斯基对我说，"您也得立即投入工作。这儿的情况您也都看到了。我得去设法搞定那个母牛统帅。"

我坐在一条缺腿的长凳上抽起了烟，倾听着周围的动静。窗外，妇女们哭着在向士兵央求着什么，牲口拼命地叫唤，远处的隆隆声更加频繁了。

随着每一声炮响，天花板的缝隙里都会漏下一缕细沙，正好落在桌子和上面放着的一块黑面包上。

我把面包挪开了。

隔板那边传来三个大声吵嚷的声音：罗曼宁低沉地吼着，军官沮丧地与他争论，而格隆斯基则用激昂愤怒的大嗓门高声喊叫着。

"给我两头母牛，这是给你的字据！"罗曼宁喊道，"就这么说定了！我的人什么吃的都没有了。他们快饿死了！孩子们正像苍蝇一样大批死去，而您还在这里为几个字磨洋工。真可耻啊，上尉先生！"

随后隔板那边安静下来。罗曼宁走了进来。

"瞧，好极了，"他用嘶哑的声音说，我们相互吻了吻，"您来得正是时候。我好不容易才说服那个磨蹭鬼，从他那儿弄来两头母牛。您带几个卫生员过去吧，得立刻宰掉一头牛，卸成块，放到锅里煮。估计没时间等肉凉了再分。难民们已经两天没有进食了。"

罗曼宁稍稍撩起肮脏的窗帘，往窗外的牧场看了看。

"真没辙！"他说，"我大概已经有五天没睡了。好了，这些都无关紧要。您开始干活吧，咱们以后再聊，总能挤出时间的。"

尽管在路上的时候格隆斯基已经跟我说过，自从波兰人开始挪窝迁徙，逃避战乱，不少救护队，包括我们的救护队，都接到了命令，要我们负责照顾难民的饮食和医疗，但我还是无法想象这项工作该怎么去完成。

"任何事都不要去问别人，"罗曼宁对我说，"做您自己认为必要的事情。让您的文质彬彬见鬼去吧！它在这儿毫无价值，为了它您得付出几十条人命的代价。"

罗曼宁给我指派了两名卫生员。在大车店的院子里，卫生员借着篝火的亮光宰杀了一头瘦弱的母牛。它干枯的牛角扎进泥土里。流出的血没有渗进土里，而是在地面上形成了一个个血注。

我们三个一起把肉卸开。我那件崭新的军便服挽起的袖子被血完全浸透了。

我们把肉一块块切开，挂在篱笆上，想让它稍微变干一点。

尘土弥漫得更浓了。熊熊燃烧的篝火闪烁着橘红色的斑点。随后大车店窗户上的旧玻璃开始哐啷作响，整个大车店都摇晃、跳动起来。

格隆斯基走进院子。

"再见了，我的儿子，"他说，随后拽着我沾满血渍的袖子，把我拉到跟前，吻了吻我，"我要到第三救护队去，那里情况不太妙。"

"这是什么在轰隆隆地响？"我问，"又是辎重队吗？"

"这不是辎重队，"格隆斯基回答，"这是炮兵在撤退。好了，再见吧！上帝保佑您一切顺利。给大伙提供食物这事可不要拖延，不然会很危险，我的孩子。"

他又吻了吻我，随后便转身离开了院子。他的头垂着。好像脖子上压了一副重轭。

我们把肉块放到几个大锅里同时开煮。肉汤上浮起了肮脏的灰色泡沫。我们用大漏勺捞起沫子甩到地上。几只干瘦的狗相互低吼着，争舔着油乎乎的地面。

半夜里肉汤煮好了，我们开始分给难民们吃。数百只摇晃着杯子、旧碟子、碗和盆的手向卫生员伸过来。女人们领到食物后，竭力想要亲吻卫生员的手。

一片哭声笼罩着人群，这哭声酷似笑声（也许，这的确是笑声，是饥肠辘辘的人们闻到热牛肉的香味时发出的笑声）。人们立刻喝起了肉汤，一边觉得烫得要命，一边又呼噜呼噜地喝着。

十分钟之后大锅都空了。罗曼宁命令立刻再煮。

我们又杀了第二头母牛,剖皮、去内脏,灰尘又在新肉的表面覆盖了一层黑色的膜,不知从哪儿飞来了一群群黑压压的夜间的苍蝇。孩子们又哭了起来,辎重队夹杂着嘶哑的咒骂声从旁边辚辚驶过。远处依旧炮声隆隆,但声音已经不像昨天那么远,正在迫近。

黎明前我们又给第二批难民分吃了肉汤。罗曼宁命令立刻开拔。

一部分难民离开,一部分滞留下来……深红色的朝霞升起来,周围雾气蒙蒙,弥漫着一股焦煳味。地平线处升起一些黑色的烟柱。卫生员们说,那是庄稼被点着了。

一个哥萨克骑兵侦察小分队经过镇子。他们在广场上的犹太会堂附近下了马,进了两三栋房子,之后便立刻疾驰而去。随后这些房子里便冒出滚滚的浓烟。大片火焰冲天而起,人们大声喊叫起来。

火星落在睡着的孩子们身上。逃难者的破衣烂衫被点着。女人们抱起孩子,抛掉一切东西,往寨门跑去。男人们也跟着离开了。

我们穿过浓烟和焦味,好不容易才走出镇子。马匹不断打着响鼻,想要躲避开浓烟和焦味。卫生员们则把头藏在竖起的大衣领子里。

"撤退到皮夏茨和捷列斯波尔去,"罗曼宁说,"我前头先走,去找地方安置。你们随着马车殿后。挑乡间土路走,尽量避开大道。大路上现在交通阻塞。如果在皮夏茨没有找到我,那就直接去捷列斯波尔。就这样,再见!"

我们互相亲吻,罗曼宁说:

"这可不是您那艘'葡萄牙'号。"

他拍了拍我的肩膀,随后抓着鞍桥,一条腿着地在马身边跳了几步,然后跃上马背,重重地坐在马鞍上,沿着路边疾驰而去。

我们沿着乡间土路走了一整天。我不时查对着地图。大火的浓烟从四面包围着我们。它缓缓升起，又慢慢向东飘去。

我觉得，那天我听到的唯一代表和平的声音，就是我们在一条变浅的小河边饮马时柳树叶子发出的沙沙声。

我们追上了难民的队伍。辎重队和炮兵又超过我们。越来越多的人开始提到一个名字：马肯森[1]。从后面追击而来的就是这位陆军元帅麾下的德国军队。

途中我们停留了两次，都是为了掩埋被弃置路边的尸体。

第一次掩埋的是个孩子。他躺在一块方格头巾上，很明显，头巾是他妈妈留下来的。不知是谁在孩子胸前放了一株连根拔起的山芥花。

第二次埋葬的是一个睁着一双明亮眼睛的年轻农妇。她平静地望着天空，天空中发黄的太阳正透过烟雾散发着光芒。

一只蜜蜂困在了农妇的头发里，生气地嗡嗡叫着。它可能早就被困住了，一直无法脱身。

当我们已经远离那两座新坟的时候，身材瘦高、性情温和的卫生员斯波洛赫对我说：

"咱们刚埋葬了一个妇女，长官。我想，她就是那个小孩的母亲。"

"为什么？"

"因为她躺在那里没戴头巾，她的头巾留在孩子那儿了。所以我觉得这就是他的母亲。"

"战争——对有些人来说是亲娘，对有些人就是后妈！"矮壮敦实的

---

[1] 奥·冯·马肯森（1849—1945），德国陆军元帅。

卫生员格拉德舍夫突然说。

我一直骑在马上，疲惫极了。沙子在牙齿里嘎吱作响。我当时脑子里一片空白。对，差不多是一片空白，除了一个想法一直萦绕不去：我刚刚埋葬了两个人，我甚至都不知道他们是谁。我想起了那个妇女覆盖着一层隐约可见的金色绒毛的双手，想起了那个小孩干净饱满的额头。

是谁处心积虑搞出这场悲剧来的呢？为什么一切正好发生在他们的生活中，发生在他们的小村子里？那里长春花还没有来得及凋谢，也许，简陋的农舍里还飘着烤面包的清香，但死亡却光临了，它把流着泪的人们从屋子里匆忙赶出来，把他们扼杀在异乡的土地上，扼杀在松散的沙土中，扼杀在道路旁。就在距离他们永远沉睡的面庞一巴掌远的地方，大车的铁轮毂不断轧轧响着驶过。

"长官！"斯波洛赫叫了我一声。

"怎么了？"

"您别再老想着那件事了！我劝您别这样。您听我的吧。我在战争中已经混了一年了。"

"你怎么知道我在想刚才的事？"

"怎么能不知道！谁都看得出来。"

真是难以置信，昨天我还待在和平的布列斯特，和老护士一起坐在小桌边喝咖啡，旁边是喋喋不休的格隆斯基，还有柔软的床铺和夜晚清新的空气。

由于沙地非常难走，将近傍晚的时候我们才到达皮夏茨。

罗曼宁不在皮夏茨。

街道上到处乱扔着旧东西和破书，堆积如山。我捡起几本书，看了看又扔回去——它们都是用难懂的希伯来语写的。

小镇空无一人。只有几只猫不时蹲下身子，从一个院子蹿到另一个院子。

我们在一栋曾是理发馆的房子里停下来，稍作休息。

挂着小铃铛的哐啷作响的玻璃门上方悬挂着一块招牌：一个黑胡子、红脸颊的美男子围着雪白的罩单坐在一把圈椅里，伸出的脚上穿着一双类似女款的高跟皮鞋。美男子的半边脸上打着肥皂。一把巨大的剃刀没有人手拿着，兀自恐怖地悬在空中，停在打了肥皂的美男子的脸颊边。美男子无忧无虑地微笑着。

招牌上写着如下字样："维也纳理发馆。伊萨克·莫泽斯祖孙。"

理发馆里的地板松动得很厉害。我们每走一步，唯一的那面碎裂的穿衣镜就会晃动起来，镜子上溅了不少已经干了的肥皂泡。

屋里有花露水的味道。一张竹质三脚小桌上放着几本破烂不堪的油污污的杂志：《星火》《世界揽胜》《阿尔戈斯》。几只萎靡不振的肉乎乎的苍蝇不断往玻璃上乱撞着。

我们给自己弄了点稀粥，煮了点茶。不想睡觉，只想坐在理发馆的圈椅里，把头仰靠在磨光的丝绒垫子上，闭上眼睛，任思绪飘飞。想什么呢？想想大海永不停歇的喧嚣的波涛，想想干燥的群山里聒噪的蝉声。想想阿卢什塔秋天的夜晚，大片大片的黄叶从悬铃木上不断飘落。想想那个迎面跑来的快乐的小女孩。想想诗歌。天晓得还会想些什么，总之都是些远离战争的朦胧思绪。

但是必须开拔了。又闻到了马汗刺鼻的味道，又听到了同样的喊声："驾，混蛋！"又是车轮的嘎吱声，还有硬邦邦的马鞍，沙地一片连着一片。

不过现在我们回望身后，已经看不见连绵不断的大火的浓烟了，只看到天空中一片深红色的反光，路两旁的星星安静地在天际闪烁。

小骑士

钢铁的轰隆声仍不断在大地上滚动——这是无雨的雷暴,是为了把人炸成碎块而发明出来的克虏伯大炮的声响。

我在马鞍上打起了盹儿。头顶上的星座缓缓移动,汇聚成星云,一群一群的,似乎也要跟人一起逃离战争。

我又睡着了,朦胧中我好像看到一颗颗流星时而在这里,时而在那里,不断划破昏暗的天穹。似乎老天在向大地派出自己的信使,以便获知那些伟大的德国人——莱布尼茨、洪堡、赫歇尔[1]的子孙们都在干什么。

第二天我们终于到了捷列斯波尔。

---

1 威·赫歇尔(1738—1822)和约·赫歇尔(1792—1871),父子均为英国德裔天文学家、彼得堡科学院外籍名誉院士。

两千卷书

在捷列斯波尔,我在一个乡村司铎的家里找到了罗曼宁。

天主教堂深色的木屋坐落在花园里,周围长满了白屈菜和荨麻。杂草丛中偶尔也能瞥见几株鲜红色的锦葵。

司铎没有跟着难民一起离开捷列斯波尔。他和罗曼宁在门前台阶上迎接了我。

司铎是个瘦高个,长着一对灵活的眼睛。旧长袍下露出一双褪成红褐色的靴子。

司铎按照当时的习惯为我祝福,并用俄语对我说:

"我家的大门向所有人敞开,就像上帝的大门一样。请进吧,我的孩子。在这里随便一些,怎么舒服怎么来。"

司铎说话的音调很高,像小男孩一样。

我们走进屋子。脚步声震得玻璃叮当响。司铎推开一扇通往一间低矮昏暗的房间的门。房间靠墙摆放着木质书架,书架上有很多很多的书。

"我不想见到德国人！"司铎停在门口，突然说道。他把一双大手举过头顶，好像在驱赶幽灵："请圣母玛利亚保佑我摆脱德国人吧！我不想看到任何一个普鲁士人。在俾斯麦首相的肖像下，每一个普鲁士人在肮脏的床上受胎的那个夜晚都应当被诅咒。"

罗曼宁撞了我一下，但我不明白他想告诉我什么。

"首相睁着自己的凸眼睛目睹了每一次受胎的过程，"司铎带着嫌恶的语气说，"他在想：'啊，我的上帝！又一名祖国的雄赳赳的战士要诞生了。啊，我的上帝，感谢你为德意志送来这么多红褐色头发的小伙子。'"

司铎顺着书架慢慢走着，用手抚摸着书脊。他似乎在清点书目，随后迅速转过身来。

"整个一生，"他用波兰语说，"我都在收集这些书。两千卷历史书。我想保护好这些书，但哪里找得到这么多马车呢！所以，您瞧，我就和书一起留了下来。您可以拿起每一本书翻一翻。不过我看得出，您已经非常疲倦了。请休息吧。"

司铎用他瘦削的手拍了拍我的肩膀就出去了，他的长袍在走动中簌簌作响。

"他挺好吧？"罗曼宁问，"我和他已经是朋友了。他这里的书简直太全了！瞧这个书架，上面全是关于苏沃洛夫的书。这个书架呢，是关于拿破仑的。上面那个，是中世纪和教会神父们的著作。"

我随便捡了一本黑色书脊已经有裂纹的厚书。这是卡莱尔[1]的《法国

1　托马斯·卡莱尔 (1795—1881)，英国政论家、历史学家、哲学家。

革命史》。

"明天一大早咱们就要出发去布列斯特,"罗曼宁说,"让这一切都见鬼去吧!别理会这些书和它们那个有点古怪的主人。去洗洗吧,您这个班布拉[1]黑人!花园里有个小澡堂。不久前才生上火。"

我去了澡堂。澡堂已经歪斜的木墙上长满了荨麻,一直延伸到屋顶。

锅里盛满了有点浑浊的温水。我往灶下扔了几块曾用作篱笆的烂木头,把它们点着。从破窗户透进来一股潮气——夜晚临近了。

我脱了衣服,沾满灰尘的衣服和靴子沉重得让我吃惊。随后我就一直坐在长凳上,等着水烧热,抽着烟,脑子里什么也不想。这短暂的独处让我觉得很舒服,花园里飘进来的新鲜空气也让我心旷神怡。

一群蚊虫在太阳暗淡的光线里上下飞舞。窗外可以看到几朵长得高出窗台的伞形花序的白花。

周围非常安静,我甚至听到了我们拴在花园树上的马打响鼻的声音。随后从远处传来一阵缓慢的轰隆声,它滚过小澡堂上方,又渐渐在西边沉寂下去。

一只灰猫跳上窗台,看了我一眼,有些惊讶地喵了一声。随后它沿着浴室的墙巡视了一圈,又瞅了瞅我的靴子。靴子里空空洞洞,一片昏暗。猫又喵了一声,但这次却是带着疑问的语气,它开始摩挲起我的腿来。它蓬松的毛在触碰中发出了轻微的嚓嚓声。

我抚摸着它。它舒服地发出了呼噜呼噜的声音。

"你这个躲在后方的滑头!"我对猫说,"谁也不会伤害到你。戴

---

[1] 这里应是指非洲的班巴拉(Bambara),马里部族。

钢盔的人也不会追捕你,不会无缘无故地杀死你。让咱们交换一下怎么样?"

猫假装没有听到我说的话。它不急不缓地走出浴室,甚至连头都没有回一下。

"猪猡!"我冲着它的背影说,"猪猡加自私鬼。"

我很想让它回来。我非常需要陪伴,哪怕是一个小动物也行,只要它不知战争为何物,只要它认为世界仍跟一个月前或一年前一样美好:荨麻蛱蝶仍像以前一样在花园中尽情飞舞,乡村明净的太阳依旧每日安然落下,它依然可以悠闲地在破旧的圈椅里打个盹儿,在听到干裂的窗扇发出轻微而神秘的噼啪声时,也只是微微动一动耳朵。

由于疲倦我的思绪已经有些混乱。我想终止这种乱想,想要好好思考一下早就堵在心里的那些事情。想一想温情,想一想温暖的肩膀。真想紧紧依偎在这样的肩膀上。

"妈妈!"我低声叫道,但妈妈那紧抿着的干枯的嘴唇和惊慌失措的脸庞一下浮现在我的眼前。不,妈妈帮不了我。那谁能帮我呢?没有人可以求助。也许,只有在未来,如果真的有未来的话,我希望遇到一个柔情似水的人……廖莉娅也失去了音信,我再也见不到她。

浴室上空又滚过一阵拖长的轰隆声。教堂边的榆树上惊飞起几只寒鸦,此起彼伏地乱叫着。

罗曼宁来到窗前。

"您怎么回事,睡着了?"他问,"司铎大人那儿找到一瓶樱桃酱。"

"好像睡着了。"我承认道。

"年轻人,"罗曼宁说,"我很不喜欢您这样。您在这儿沉思什么呢?赶快洗洗,快点来喝茶。"

一个穿着粗布长袍的老头——教堂的执事——在摆着书的房间里给我们端上了茶。他在圆桌上铺上灰色的桌布,摆上了玻璃杯和一个不透明的灰色玻璃糖罐。只有樱桃酱鲜艳的石榴色酱汁分外引人注目。

我们也拿出了自己的存货:肉罐头、干饼和酸果蔓果汁。再多的东西我们也没有了。

那只灰猫也来了。它的名字叫别西卜[1]。我们请司铎入座。但在坐下之前他低声念叨了一段简短的祈祷词。我们都站着听他祈祷。

"谦恭有礼的年轻人,"司铎说,他笑了一下,又沉默了片刻,"愿上帝赐福给你们,"他坐下后又说,"愿圣母随时都保佑你们。你们当然是不信圣母的。但这没有关系。愿圣母关照你们,愿她引开你们的敌人。"

司铎移开茶杯,向坐在桌边喝茶的执事转过身去。

"雅诺什,"他说,"你打开教堂的门吧,我们今晚和明天一天都要做祈祷。"

"是,司铎大人,"执事低声答应着,并欠了欠身子,"今晚和明天一天。"

"我们要为死难者举行一次大连祷。"

"是,司铎大人,"执事又低声回应道,"为死难者举行连祷。"

"我们还要为上帝举行弥撒,希望他能够帮助波兰重生,就像凤凰浴火重生一样。"

"是,司铎大人,"执事用低沉的声音说,"像凤凰浴火重生。"

"阿门!"司铎说。

---

1 《圣经》里传说中的鬼王。

"阿门！"执事喃喃道，同时低下了长着一头灰白乱发的头。

司铎的念叨和执事的喃喃声让我和罗曼宁觉得很不自在。司铎好像猜到了这一点。于是他默默站起身来，走出了房间。有点跛脚的执事也跟着他出去了。

我躺在黑漆布沙发上，盖好大衣，便沉入了黑暗之中。

我突然醒了，毫无缘由。当时已是深夜。

窗户开着，外面的花园时而响起一阵细微的声响，时而又沉寂在漆黑的夜色中。我看着窗外：外面既没有月亮，也没有星星——天空应该是被乌云遮住了。

周围一片死寂。但我觉得我是被某种声音吵醒的。我躺在那里等待着。我相信，那个声音还会再次出现。我很想抽烟，但不愿立刻点着火柴，不想打破这舒适的黑暗氛围。

我等待着。这种对未知声音的静待让我觉得有点可怕。

我就这样躺了几分钟，身体猛然弹了起来，我坐在了沙发上。大衣哗啦一声沉重地滑落到地板上。

那个声音来了——很可怕，持续的时间很长，叮叮地颤动，让人感到难受，像老年人的哭泣一样。

这是什么声音？它慢慢地寂静下去，随后又重新响起，这时我才分辨出来，这是教堂的钟发出的慢悠悠的叮当声。这是司铎正在彻夜为死难者做大连祷。

我把手伸到椅子上去拿烟盒，但这时一声尖锐的不断增强的巨响划过屋顶，红色的火光闪了一下，随后传来巨大的爆炸声，还有持续很久的奇怪的隆隆声，好像许多碎石子撒落在鹅卵石路面上一样。

罗曼宁跳起来，点亮了蜡烛。尖锐的声音再次在屋顶上空响起。窗外又是一声爆炸声,火光一闪,照亮了花园。

"他们在射击!"罗曼宁喊道,"穿衣服。快去套马。我去命令立刻套车。"

我本来就穿着衣服。我拿着手电筒走进了花园。马站在那儿竖着耳朵,把拴在树上的缰绳都挣得绷直了。被惊醒的卫生员们互相呼唤着。镇边出现了火光。借着火光我们迅速集合在一起。

我们匆忙出发了。这时已经有不少步兵零散地穿过镇子,他们在撤退。

当我们经过教堂的时候,看到它的大门敞开着。教堂里烛火通明,热气腾腾。显然,执事把教堂里储备的蜡烛全都点上了。我看到祭坛上方挂着一个巨大的耶稣受难十字架,四周围着绣花手巾。

司铎穿着镶花边的披风站在教堂门前的台阶上,把手中的黑色十字架高高举过头顶。借着灯火的反光,我可以看到他衣服下面那双褪成红褐色的靴子。执事站在司铎背后。

当我们走到与教堂门前的台阶平行的位置时,司铎远远地用黑色十字架在空中为我们画了个十字,并高声说:

"愿至圣的圣母、天堂的百合花、受苦受难者的母亲保佑你们!"

火光映照在司铎镶花边的衣服上,映照在他的脸上。烛火摇曳不定,让人觉得司铎似乎在微笑。

我们走出镇子。射击声停止了。马蹄扬起的尘土四处弥漫,还夹杂着沼泽地的水汽。我们身后又传来了教堂颤抖的钟声。

"他好像有点走火入魔了。"罗曼宁说。

我没有理他,竖起大衣领子,抽起了烟。我浑身冷得直哆嗦。我只想好好暖和一下。

科布林镇

离开布列斯特之后我们动身去了科布林镇。和我们一起去的还有坐着自己那辆刮擦严重、有多处瘪痕的福特车的格隆斯基大人。

布列斯特在燃烧。要塞的炮台爆炸了。我们身后的天空中腾起了粉红色的烟雾。

在布列斯特附近我们收留了两个失去母亲的孩子。他们站在路边，彼此紧紧依偎着——一个是穿着一件破中学生大衣的小男孩，一个是瘦弱的、十一二岁的小姑娘。

小男孩把帽檐拉得很低，以便遮住泪水。小姑娘则用双手紧紧抱着小男孩的肩膀。

我们把两个孩子放到马车上，给他们盖上旧大衣。冰冷的疾雨一直下个不停。

傍晚时分我们来到了科布林镇。像烟煤一样黑的泥土被撤退的军队踩成了烂泥。房子都是歪斜的，屋顶已经朽烂了，烂泥几乎没到了门槛。

黑暗中马匹嘶鸣，灯光昏暗，摇摇晃晃的车轮嘎吱作响，雨水像喧闹的溪流一样不断从屋顶上流下来。

在科布林，我们目睹了人们护送镇子里一位犹太教圣徒，即所谓"长老"，撤离的全过程。

格隆斯基告诉我们，在西部边区和波兰有好几位这样的长老。他们总是住在一些小镇子里。

全国各地有成百上千的人前来拜见长老，向他们请教生活问题，小镇的居民也因为这些外来者而获得了衣食保障。

一群衣衫褴褛的妇女聚集在一栋低矮的木头房子跟前，唉声叹气。门前停着一辆轿式马车，车上套着四匹瘦马。我以前从未见过如此古老的轿式马车。车那儿站着几个下马抽烟的龙骑兵。他们应该是保障长老路上安全的护送队。

突然人们叫嚷起来，都往门那儿跑去。门打开了，出来一位身形高大、满脸黑色浓密短髭的犹太人，他像抱婴儿一样抱着一个身形枯槁的白胡子老者，老者身上裹着一床蓝色的棉被。

他们身后紧跟着几个披斗篷的老太太，还有几个戴着便帽、穿着长长的常礼服的面色苍白的年轻人。

长老被放到了轿式马车中，那些老太太和年轻人也跟着坐了上去，骑兵司务长命令道："上马！"龙骑兵们纷纷跨上马，随后马车摇摇晃晃，发出咯吱咯吱的响声，碾着烂泥上路了。那群妇女跟在后面跑着。

"你们知道吗？"格隆斯基说，"长老一辈子都不会走出房子的，吃饭要别人用小勺喂他。千真万确！的确如此！"

我们借宿在科布林镇一座古老潮湿的犹太会堂内。会堂里只有一个人，他正坐在黑暗处喃喃自语，不知是在祈祷还是在诅咒。我们点亮灯，看见一个上了年纪的犹太人,他的眼神中透着忧郁和嘲讽。

"哎哟——哟——哟!"他对我们说,"亲爱的士兵们,你们可是给可怜的人们带来了莫大的喜乐呀。"

我们都愁眉苦脸地不说话。卫生员们从院子里拖进来一块铁板,我们在铁板上生起火,放上一口锅,准备煮茶喝。孩子们默默地坐在火堆跟前。

格隆斯基走进教堂,弄得行军皮带咯吱作响,他说:

"我的朋友们,把两轮车都卸了吧。见鬼去吧!黎明之前我哪儿也不想去了。军队正拥挤着穿过镇子。他们能把咱们踩碎。弄点东西给这两个孩子吃。"

他一直瞧着这两个孩子,篝火的火焰映照在他明亮的眸子里,闪闪发光。随后他跟小姑娘说了几句波兰语。她低垂着眼睛,用很低的声音回答了他。

"这一切要到什么时候才能结束呀?"格隆斯基突然问,"什么时候才能扼住那些煮这锅血粥的人的喉咙呢?"

格隆斯基骂了一句。

大家都沉默不语。这时那个老犹太人站起身来。他走到格隆斯基跟前,向他鞠了一躬,问道:

"尊敬的大人,顺便问您一句,您可知道这场不幸对咱们之中的谁会有好处呢?"

"反正不是我也不是你,老人家!"格隆斯基回答,"不是这些孩子,也不是外面那些难民。"

窗外飞起了一阵火星,这是行军炊事车正从会堂旁经过。

"都到大锅跟前去吧,"格隆斯基说,"大家都去!去弄点菜汤喝。"

我们都朝行军锅走去。小男孩也跟着我们,卫生员斯波洛赫紧紧拉着他的手。

饥饿的难民纷纷涌向饭锅。士兵们拦住了他们。火把在乱晃,照亮的似乎只有人的眼睛——一双双圆睁着的呆滞的眼睛,眼里空无一物,只有面前这几口掀开的冒着热气的大锅。这里的难民比维什尼查镇的更加疯狂。

"让开!"有人绝望地喊道。

人群猛地一下挣脱了束缚。小男孩和斯波洛赫被人群撞开了。小男孩绊了一跤,跌倒在数百个冲向饭锅的人的脚下。他甚至都没来得及呼喊一声。

男人们互相抢夺着对方手里的饭钵。女人们则匆忙往脸色发青的婴儿嘴里塞进一块块灰色的泡软的猪肉。

我和斯波洛赫向小男孩奔去,但人群却把我们撞到了一边。我无法喊出声来。我的嗓子哽住了。于是我拔出手枪,朝空中放了一枪。人群闪开了。小男孩躺在污泥中。他那毫无生气的苍白面颊上还流淌着泪水。

我们抱起他,向教堂走去。

"瞧吧,"斯波洛赫边说边使劲骂了一句,"会有报应的!只要我们有一点还手之力,就决不会罢休。"

我们把小男孩抱进教堂,放在大衣上。小姑娘看到他后,站了起来。她浑身哆嗦得很厉害,我甚至听得到她牙齿打战的声音。

"妈妈!"她轻声说,同时向门边退去,"我的妈妈呀!"她大喊了一声,跑出门去了。

辎重队正在轰隆隆地驶过镇子。

"妈妈!"窗外传来她绝望的呼喊声。

我们都呆立着没动,直到格隆斯基喊了一声:

"快去把她找回来!快去,让鬼把你们都抓走算了!"

罗曼宁和卫生员们都跑了出去。我也跟在他们后面冲了出去。但到处都找不到小姑娘。

我解开自己的马,跳上马背,冲进了辎重车的队伍里。我不停地用鞭子抽打着辎重车汗湿的马匹,给自己开出路来。我骑着马沿人行道跑着,随后又折回来,拦住士兵们,问他们有没有看见一个穿灰大衣的小姑娘,但他们甚至连理都不理我。

镇子边上一些敝陋的小屋被点着了。火光在水洼中摇曳,混乱的光影更加剧了两轮车、大炮、马匹和四轮大车的乱象,夜间的撤退简直乱成一锅粥。

我回到教堂。小姑娘不在那里。小男孩躺在大衣上,苍白的面颊紧贴着潮湿的呢子布,好像睡着了一样。

大家都不在潮湿昏暗的教堂里。火堆熄灭了,只有那个犹太老人坐在小男孩身边喃喃自语,不知是在祈祷,还是在诅咒。

"我们的人呢?"我问他。

"我怎么知道?"他叹了一口气说,"每个人都想喝口热汤。"

他沉默了一会儿。

"大人,"他清晰而平静地对我说,"我是个马具匠。我叫约瑟夫·希夫林。我不太善于说出自己内心的话来。大人!我们犹太人从自己的先知那里知道,上帝很善于报复人类。但上帝,在哪里呢?为什么他不用火烧死那些制造了这场战争苦难的人,不挖掉他们的眼睛呢?"

"上帝,就知道上帝!"我粗暴地对他说,"您说起话来就像个蠢人。"

犹太老人悲伤地笑了一下。

"您听听吧,"他碰了一下我的大衣袖子说,"您听我说说吧,您是受过教育的聪明人。"

他又沉默了片刻。火光映在教堂灰扑扑的窗户上。

"我坐在这里的时候也在思考。我不像您那样，清楚地知道这一切都是谁造的孽。我连犹太初级宗教学校都没上过。但我还不至于什么都看不清。大人，我要问问您：谁将对这一切进行报复呢？谁将会为这个小男孩的死付出高昂的代价呢？或许你们都很善良，最终会可怜并原谅那些把战争这份好礼物送给我们的坏蛋。天哪，人们什么时候才能最终团结起来，为自己创造真正的生活啊？！"

他向教堂的天花板举起双手，闭着眼睛晃动着身子，用刺耳的声音喊道：

"我看不到谁将为我们复仇！那个能为乞丐擦去眼泪、能让没奶哺乳的母亲奶水充盈的人在哪里？那个能在大地上为饥民播种粮食的人在哪里？那个劫富济贫的人在哪里？愿那些双手沾满人血的坏蛋、那些掠夺乞丐的坏蛋永远被诅咒，直到大地的末日！愿他们断子绝孙！让他们的种子全都腐烂，让他们的口水毒死自己。让他们呼吸的空气充满硫黄，让他们喝的水变成沸腾的焦油。让孩子无辜的血染污富人口中的面包，让他们被这面包噎死，让他们像被压死的狗一样在痛苦中死去。"

犹太老人举着双手喊叫。他晃动着双手，把它们攥成了拳头。他的声音轰鸣着，在教堂中不断回荡。

我觉得有点恐怖。我走出教堂，靠在外墙上抽起了烟。天空下着毛毛细雨，黑暗紧紧地俯伏在大地上。这黑暗似乎故意在孤立我，好让我独自思考一番。我心中有一个信念很明确：这一切应该结束了，我们不惜任何代价也要让它结束。应该把自己全部的心血都倾注到一件事情上，要让正义与和平在这片被蹂躏的贫瘠大地上获得最终的胜利。

背叛

在科布林我们接到命令向北前进。我们一直行进着，几乎没有停下来过，直到到达别洛维日森林附近的普鲁扎内镇。

路上我们经过了一片又一片长满野芥菜的无边的贫瘠原野。

西南方向还隐约看得见被炸的布列斯特在冒烟。

在普鲁扎内附近的原野上，我们看到一门被弃置在路边的大炮，炮筒已经损毁了，于是我们停了下来。

大炮跟前坐着几个身穿粗劣大衣的士兵。有人在抽烟，有人在重新缠着自己的包脚布，还有人无所事事地坐着，漠然瞅着我们。我骑马来到士兵们跟前。

"这是怎么回事？"我指着损毁的大炮问一个大胡子士兵。这个士兵正靠在大炮的轮子上抽烟。他瞟了我一眼，没吭声。"这到底是怎么了？"我又问了一遍。

"我有必要向你汇报吗？"大胡子士兵粗鲁地顶撞道，"你算哪门子长官？自己不会看吗？这是大炮！"

"为什么炮筒损毁了？"

大胡子士兵扭过脸去，摆了一下手，不再搭理我。一个没戴军帽的年轻士兵用哭腔替他回答了我。他浅色的头发剪得很短，整个脑袋像玻璃球一样闪着光。

"干吗没完没了地问？年轻人！"他懊丧地说，"你吵得大家都不得安宁。该干吗干吗去。"

"他问什么呢？"一个脸色发青的士兵喊道。他蹲在地上，正用木片刮着面包干上的脏泥。"干吗要折磨人？难道看不出这大炮是怎么回事吗？背叛——就是这么回事！"

"背叛！"大胡子士兵用沙哑的声音重复道，他坐起身来，扔掉了手卷烟的烟头。

他握起一只黑色的拳头，冲着东边挥舞着。远处一阵风吹过，爆竹柳弯下了细细的腰。

"背叛，该死的，该遭瘟的！炮兵赶在辎重队前头先撤退了。没有炮弹。就算有，也是会在炮筒里就爆炸。子弹又没有了。我们怎么办？难道用棍子去跟德国人搏斗?！"

"背叛！"几个低沉的声音纷纷说道，"不是别的，就是背叛行为。"

我们的马车出发了。我也离开了他们。

我在前线第一次听到这个阴郁的词：背叛。随后它传遍了整个军队，整个国家。人们有时悄悄地说着这个词，有时又扯着嘶哑的喉咙大声嚷出来。每个人都在说它，从辎重兵到将军。甚至当伤员被问到如下问题："怎么受伤的？"他也会义愤填膺地回答："因为背叛！"

陆军大臣苏霍姆利诺夫的名字越来越多地被人提到。据说他收受了那些向军队倾销劣质炮弹的大企业主塞给他的巨额贿赂。

很快传言流传的范围更广了,涉及更重要的人物,甚至已经公开指责起了来自黑森公国的阿丽萨皇后[1],说她为了德国的利益在俄国组织间谍活动。

愤怒在不断累积。弹药依然没有。军队迅速向东撤退,根本无力阻击敌军。

我们沿着格罗德诺省南部一路前行,途中不断赈济灾民,把他们送往后方,收留救助病人,把他们分送到各个小军医院去。

连绵不断的阴雨天开始了。路上到处是泛着泡沫的黄色水洼。雨好像也是黄色的,像马尿一样。大衣总是干不了,散发着一股狗毛的臭味。风不断吹弯路边的灌木丛,枝条呼啸着,像是在抽打人的身体。

沿途的小镇——普鲁扎内、鲁扎内、斯洛尼姆,都像骨头一样,被撤退的部队给啃光了。小铺子里除了群青和木工胶,什么也没有剩下。"当兵的一下子全都拿走了。"小铺子里吓坏了的犹太老板们抱怨道。

我和罗曼宁说话的时候越来越少了。因为刮风,他总是把帽子上的小皮带子放下来,绑在下巴处,这让他的脸看起来很生硬,棱角格外分明。

格隆斯基大人乘着那辆摇摇晃晃的福特车到处跑着在给我们弄粮食。他很少出现,出现的时候也常常是眼皮浮肿,一副疲惫不堪、没睡醒的样子。他那柔软蓬松的唇髭已经长得很长了,遮住了他的嘴。这让他看起来像个老头儿。

每次他来的时候,都会抓着我的胳膊,把我领到一边去,用充满信

---

[1] 即末代皇后,尼古拉二世的妻子,来自德国黑森大公国的公主,本名阿丽萨,嫁到俄国后改名为亚历山德拉。

任的声音低语道：

"没关系！别伤心，我的孩子！只要这该死的战争一结束，咱们就去彼得格勒，把那个傻瓜从王位上扔下去，还有他周围所有黑森公国的败类，让他们统统都见鬼去。波兰会重生的。千真万确！一个曾出过像密茨凯维奇、肖邦、斯洛伐茨基[1]这样一些人的国家是不会垮掉的。不会！就像士兵围着篝火一样，波兰的优秀分子会在这些人的荣誉周围聚集起来。他们会发誓：'波兰人民自由万岁。直到永远！万岁！'"

他像个偏执狂一样每次都对我说着同样的话，甚至每次用的词语都一模一样。我不知道他是由于疲惫还是患了病才会如此。他的眼睛亢奋地燃烧着，他用手紧紧抓着我的胳膊，我疼得差点叫出声来。我记起一个说法，疯子的手劲一般都会非常大。

我把自己的担心告诉了罗曼宁。他用犀利的目光看着我，恶狠狠地说：

"您是怎么回事，难道您知道疯子和正常人的区别吗？不知道？那为什么还要用您的破结论来烦我?！我鄙视您的那些结论。也许，我自己就是个疯子。"

我从没见过罗曼宁发这么大的火。

"把您心里的那头野兽好好关起来吧。"我尽量平静地对他说。

他勉强笑了一下，抓住我的肩膀把我拉到跟前，但随即又推开我，走了出去。

这事发生在斯洛尼姆镇，在一个不久前还出售煤油的售货亭里。亭

---

[1] 尤里乌斯·斯洛伐茨基（1809—1849），波兰诗人、革命浪漫主义的代表人物。

子的地板上包着铁皮。铁皮上还残留着几小摊煤油。

没有地方可坐。我靠在墙上抽了支烟，也跟着罗曼宁走了出去。

救护队已经出发了。雨水顺着防水布雨衣不断往下淌。几只羽毛蓬乱的乌鸦低低地掠过，落在腐烂的屋脊上，它们张开自己的喙，想叫上几声，但却没有叫出来——也许它们明白，叫也是白叫。它们不吉利的叫声是招不来好天气的。

沼泽林中

离开斯洛尼姆镇之后是一片绵延不断的单调乏味的沼泽林。里面长着大片山杨树幼林。纤细的灰色山杨树一排排站立着,一道道同样纤细的灰色雨水不断洒落在它们身上。

下午天气才开始放晴。天空是青色的,透着寒气。刺骨的风驱赶着乌云的残片。

罗曼宁骑马走在前面,我跟在后面。我看到树林里走出一个穿着乌拉鞋[1]的年轻的白俄罗斯农民。他摘掉帽子,抓着罗曼宁的马镫,和马并排走着,低声下气地祈求着什么。他的眼睛里闪烁着泪水。

罗曼宁停下马,把我叫到跟前。

"那边的树林里,"他的眼睛望着别处,对我说,"一个女难民要生

---

1 用皮革制成的鞋,鞋面用皮条束紧。

孩子了，就是这个人的妻子。大家都走了，只剩下他和妻子。好像是难产。"

"她非常难受，我的老爷。"农民拖着调子说，同时用帽子揩着眼睛。

罗曼宁沉默了一会儿。

"您去接生吧！"他仍旧没有看我，正了正马笼头，说，"咱们中没有人会接生。您也不会。不过在这种事情上知识分子的手总要好用些。"

从他的话音中我听出了些许嘲讽。我觉得我的脸渐渐失去了血色。

"好的。"我忍住怒火说。

"我们会在巴拉诺维奇等您的，"罗曼宁把一只潮湿的手伸给我说，"给您配个卫生员？"

"我不需要卫生员。"

我拿上药包，里面有一些药品和一件最简单的外科手术工具——再多的工具我们也没有了。我顺着小道拐进了树林。

那个农民叫瓦西里，他轻轻抓着马镫，跟在我旁边跑着。马蹄下的烂泥溅到他的脸上，他就用湿透的帽子把它擦去。马迈着大快步向前跑着。

我竭力不去想几分钟后这片林子里会发生什么事，也不去看那个跑着的难民，一路只是沉默着。我觉得很可怕。有生以来我甚至都没有接近过临盆的妇女。

突然，我听到一阵低沉的哀号声，于是勒马放慢了速度。附近有个人在喊叫。

"快点吧，老爷！"瓦西里绝望地说。

我朝马抽了一鞭。它迅速穿过了一片榛树丛。瓦西里放开马镫，落在了后面。

马带着我来到了一片小小的林间空地。地上的篝火快要熄灭了。篝火边坐着一个十岁左右的小男孩，他戴着一顶遮住耳朵的黑色便帽。他双手抱膝，不断摇晃着身子，单调地低声重复着一句话："哎哟，佐霞！哎哟，佐霞！哎哟，佐霞！"

空地上笼罩着快要熄灭的篝火的烟气。烟弥漫在榛树丛低矮的枝条间，令人根本看不清周围的情况。

我跳下马。篝火的另一边停着一辆马车。马车上坐着一个女人，她双手紧紧抓着车帮。我只看到了她那张扭曲变形的黑色脸庞和一双明亮的大眼睛。她大张着嘴不断哀号，几乎要撕裂自己的嘴唇，她的身子一会儿向前弯，一会儿又向后弓去，她像野兽一样声音嘶哑，不停地嗥叫。

一条毛茸茸的狗躲在马车下面，牙齿咯咯作响。

我的心脏好像停止了跳动。一股凉意冲上脑门，恐惧感瞬间消散了。

"点上篝火！"我朝男孩喊了一声，"快！"

男孩跳起来，绊了一下，摔倒了，但随即冲进树林找干树枝去了。这时瓦西里也跑到了。

我完全不知道接下来该做什么。我只是模糊地猜测着要做的事情。

我先脱掉大衣，清洗双手。瓦西里用一个杯子给我淋水。他的手在发抖，所以总是把水浇偏。

小男孩拖来了一些干树枝，点燃了篝火。天色开始暗下来。

"把小男孩支走，"我对瓦西里说，"别让他看到这一切。"

"那是她弟弟，"瓦西里匆忙答道，"树林那边有个水塘，让他去取点水来吧。"

"对，水，水！"我狂躁地重复道，"还要块干净的手巾，或者旧衣服也行。"

"佐霞有两件干净的衬衣，"瓦西里殷勤地嘟囔道，"你，米科莱奇克，快跑去取水，我来找衣服。我来找衣服。"

接下来我突然出现了瞬间的犹豫，当时我正好要把军便服从头上脱下来。突然眼前一片黑暗，我停下了动作。我很想平静下来，集中思想。但集中什么思想呢？我在想些什么呢？当时我头脑里空空荡荡的——只有一片绝望。

终于我下定了决心，脱掉军便服，挽起袖子，从口袋里掏出手电筒，把它递给瓦西里说：

"照着！"

我走到了马车跟前。可能是由于紧张，我此时好像什么都听不见了。我再也听不到那个女人的喊叫声，也竭力不去看她。

我看到了一个粉色的可怜的小东西，于是迅速而小心地伸手抓住了它，用力往自己这边拉了一下。我不知道是否应该这么做。我做的一切都像是在做梦。无论当时还是现在，我都无法记起来，婴儿是不是一下就生出来了。我只记得我摸到他小肩膀时的感受。那应该是肩膀。我的手掌紧贴着他的肩膀，又一次小心而用力地朝自己拉了一下。

"老爷！"瓦西里喊了一声，一把抓住我，"老爷！"

我站在那里有些摇晃。向前伸出的手中躺着一个非常温暖的、湿乎乎的小东西。突然，这个怪模怪样的小东西打了个喷嚏。

这之后需要做的一切事情，我都更加沉着冷静地完成了，尽管我的脑袋开始不停地发抖。

我和瓦西里一起给婴儿清洗干净，随后用手巾和衣服把他紧紧地包裹起来。

我把包好的婴儿抱在手里，生怕把他掉到地上。

瓦西里用牙咬着自己长袍的袖子,哆嗦着脑袋哭了起来。

我呵斥了他一声,走到那个女人跟前,把孩子小心翼翼地放到她旁边。她瞅着婴儿,发自内心地、轻松地笑了笑,用一只又瘦又黑的手极轻地触摸了他一下。这是她的第一个孩子。

"我亲爱的小花,"她用微弱的声音说,"我心爱的人儿,可怜的小儿子。"

她的眼睛里不断流淌着泪水。突然,她抓住我的一只手,把自己干涩、发烫的嘴唇紧贴在我的手上。我没有缩回手,怕惊吓到她。我的手被她的泪水沾湿了。

孩子动了动身子,像小猫似的发出微弱的哭声。我移开了手,女人搂住孩子,羞涩地露出胸脯开始喂奶。

瓦西里已经不哭了,只是仍旧不断用袖子擦着眼睛。小男孩蹲在篝火边,开心地望着他。

离这片森林很远的地方传来了几声炮响。我洗了洗手,披上大衣,坐在了篝火边,给了瓦西里一支烟,自己也点上了一支。我还从未像在这个阴郁的夜晚一般如此享受地抽过一支烟。

但是平静的享受持续的时间并不长。我一直担心着那个女人。我站起身,走到马车跟前。借着篝火的闪光,我看到她的脸好像在发烧。她似乎睡着了,侧身躺着,把孩子搂在胸前。浓密睫毛的阴影投射在她的脸颊上。

我第一次端详着这个女人,她脸上那种幸福而动人的神情让我惊讶。那时我还不知道,其实所有刚刚生产过的女人都会变容,尽管时间不长,但她们的脸会变得美丽而宁静。大概文艺复兴时期的伟大画家——拉斐尔、达·芬奇和波提切利在塑造自己笔下的圣母时,都曾被这种母性的美所折服吧。

我小心翼翼地摸到女人干瘦的手，按了按她的脉搏。脉搏很弱，但跳得并不急。

女人没有睁开眼睛，她再次抓住我的一只手，温柔地抚摸着，就像在睡梦中一般。但这次与第一次不同，她不是在表示感激。她的轻抚中传达出安慰我的愿望。她好像在说："别担心。我一切正常。去休息一下吧。"

一个小时前，当我带着一颗空洞的心骑马走在被冲垮的道路上时，根本想不到在这样的夜晚还会有人如此温柔地对待我。战争的日子非常难熬，就像极不舒适的夜晚一样。我本来根本不会相信，在这夜晚无限的孤寂中还会有温柔的心灵向我展现瞬间的笑颜。

森林那边黑暗的地平线处又传来短促的、此起彼伏的轰隆声。炮声互相追赶着，一声盖过一声。

"老爷，"瓦西里喊了我一声，"德国人快来了。我们该躲到哪儿去呢？"

有违常理的是，此时我的内心却是一片莫名的镇定。

"没关系，"我咕哝道，"再在这里待上两三个小时吧。现在在马车上颠簸对她不好。"

"老爷不会离开我们吧？"

"不会的，不会离开的。"

瓦西里放下心来，开始和小男孩一起煮稀粥。

我知道留在树林里很危险。根据远处传来的隐约的战斗声可以判断，德国人已经不远了。也许，又会出现战线崩溃的情况，前线会像以往一样迅速后撤，消失得没影了。但此时的我不想很快离开这里。

我坐在马车旁边，呆呆地望着篝火。没有什么比夜晚的火堆更容易吞没时间的了。我看着每一根树枝燃烧的过程，看着干枯的松针下飞出的一团团火星，看着通红的灰烬泛着灰蓝色。

那个女人的呼吸平静而均匀。"不！"我暗自对自己说，"你无法躲开战争，无论你多么渴望这样做。在这世上你不是独自一个人。"

我看了一下表。我已经盯着篝火看了两个小时。

"该走了。"我对瓦西里说。

我们吃了点稀粥。佐霞醒了，瓦西里也喂她吃了点粥。她吃得很少，很慢，眼睛一直望着孩子。瓦西里不断递上自己的稀粥，妨碍了她们母子的交流。她轻轻推开他的手说：

"现在不想吃！"

离天亮还很早。瓦西里套好了马车。我们尽量把佐霞安置得舒服一点，给她盖上了两件羊皮袄，随后马车就小心翼翼地从树林里驶到了公路上。路上空无一人，风不停地刮着。松林悲戚地呼啸着。炮火已经停息。

我骑着马慢步走在前头，不时回头用手电照路，以便瓦西里可以绕过路上的坑和水洼。

我从罗曼宁那里得知，离这儿几公里远的地方有一处巴拉诺维奇驻防部队的老营地。我期望能在营地里碰到某个撤退下来的战地医院，这样就能把佐霞交给他们，让她的身体恢复过来。

我们很走运。营地的简易板房里真的驻扎着一个战地医院。但这个医院也已经缩编，正准备离开。我们来得正是时候。

我于是去见了主任医生。他坐在空荡荡的简易板房里，正在用一个白铁皮杯子喝茶。他是个胡子拉碴的老头，眼睛红得像兔子一样。他摘掉眼镜，默默地听我说话，同时用手拧着白大褂袖子上的带子——刚才掉进茶里沾湿了。

"也就是说,您接生了一个小孩?"他不满地瞧了我一眼,问道。

"是,是我接生的。"

"果真是您接生的?"

"情势所迫,没有别的办法。"我为自己辩解道。

"这么说来,是没有别的办法,"医生赞同道,同时把一块糖在茶里沾湿,放进了嘴里,"很明显,婴儿是自己出来的。所以您也别太自大,准尉。"

"我没有自大。"

"别不承认!我要是您也会自大的。想喝茶吗?待会儿再喝?待会儿就喝不成了。我们很快就要走了。现在就把您的那位女难民安置到剧院去吧。告诉值班护士,就说这是我的命令。"

"什么剧院?"我吃惊地问了一句。

"彼得格勒的皇家歌剧院,"医生非常恼火地回答,"别装傻了!在营地里有一座夏季剧院。准确地说,曾经有过。为军官老爷们开办的。就把她送到那儿去。"

我们把佐霞抬进了潮湿的剧院板房。值班护士不在。我们就自行把佐霞放到了一张行军床上。

板房尽头有一个舞台。舞台上蒙着一块破烂的亚麻幕布,幕布上画着粗糙丑陋的布景——锡梅伊兹的女人崖和修士崖[1]。不知为什么要在这种地方画这样的风景:山崖、群青一般色调明快的大海、黑乎乎的尖顶的柏树——这一切都让人难以理解。

---

1 女人崖和修士崖,乌克兰城市锡梅伊兹的一处名胜。

"产妇在哪儿?"外面一个女人的声音问。

我不由得离开了行军床,退到昏暗的墙边。我听出那是廖莉娅的声音。

她很快走了进来。跟以前一样,她的三角头巾下总是露出一绺卷曲的头发。她一时不适应屋里昏暗的光线,没有看清床上的女人和我们这两个男人。

"是谁把她送来的?"廖莉娅问。

"就是他,这位准尉老爷。"瓦西里咕哝了一句,拿帽子指了指我。廖莉娅朝我转过身来。

"是您?"她问。

我从黑暗的角落里走了出来,走到她跟前。

"对,是我,"我回答,"是我,廖莉娅。"

她的脸一下变得煞白,她朝后退了一步,跌坐在一张空床上,抬起一双吃惊的眼睛望着我。

"上帝啊,"她低声说,"您好!您干吗站着呀!像个木头桩子。"

她仍旧坐着,向我伸出了一只手。我弯下腰去,想要亲吻她的手,但她却搂住我的脖子把我拉到跟前,吻了吻我的嘴唇。

"终于见面了,"她说,"看来我们俩是在一颗幸运星的庇护下出生的。"

在幸运星的庇护下

战地医院傍晚时分才会开拔。我担心赶不上自己的救护队,于是就对廖莉娅说,我必须马上走。

"留下吧,"她请求道,"哪怕再待一个小时。这不会有什么问题的。等一下,我马上回来。"

她离开了板房。佐霞问:

"这位小姐是谁?是您的未婚妻吗?"

"是的。"我回答。我能对她说什么呢?!朴实的人们需要的就是明了的回答。

"闭嘴,佐霞!"瓦西里惊恐地朝她喊了一声,"怎么可以这样跟准尉老爷说话。可不敢这么说话!"

大概过了十分钟,一个卫生员过来说,主任医生要我去见他。

已经与我见过面的主任医生气呼呼地接见了我。

"您要什么滑头呢,年轻人?"他问,眼镜上的凸镜片朝我闪了一下。

"怎么耍滑头了?"

"对不起,更合适的字眼还没找到。本质上来说,您就是所谓的半个军人!你们的救护队属于非军事组织的城市联合会。您知道吗,在前线您要服从军事当局的调配?"

"好像是这样的。"我说。

"不是'好像'!"医生突然喊道,他脸涨得通红,咳嗽了起来,"而是的确如此!请您务必规范自己的言语。否则我要逮捕您。'好像','好像'!"他气喘吁吁,故意讽刺地模仿着我说话。

"遵命,"我说,"但我不太明白。"

"马上您就会明白的。我希望您能留在战地医院,除非有特别的指示。相应的书面命令很快就会准备好的。不再需要您的时候,我会把它交给您的。您可以交给上司作为证明文件。您的上司是谁?"

"特派员格隆斯基。"

"格隆斯基,加弗隆斯基,普舍佩尔东斯基!"医生又在模仿我说话。

我不再作声。

"瞧瞧您,已经生气了!"医生责备地摇摇头说,"在我们这儿待几天吧。这次产妇事件后我还真想把你完全收归下来。不过,总而言之,年轻人,没有什么不好意思的。我对一切都已经司空见惯了。我自己也年轻过,也曾经为情所困。我很讨厌那些忘记自己青年时代的老头子。别的先不管,但爱情现在在咱们这儿可不受待见。"

医生大声地叹了一口气。他的话让我摸不着头脑。我猜想,这里面肯定有廖莉娅在起作用。

"我们的救护队人员很少,"我说,"您自己也清楚,我是不能开小差的……"

"没错,"医生又叹了一口气说,"开小差!的确是!您夸大其词了,但我明白您的意思。这么做是有点别扭。好吧!您要去巴拉诺维奇,我们也要去那里。我们不必等到傍晚再走,过两个小时就出发。我们是轻装上阵。最后一批伤员昨天也移交给救护列车了。您和我们一起去巴拉诺维奇——这就是全部要求!您那个产妇我们带上。我们会观察、照料她的。"

我同意了。老头拍了拍我的肩膀。

"请允许我给您一条老年人的建议。珍惜爱情吧,就像珍惜一件最宝贵的东西。只要有一次处理不好它,以后的爱情都会有缺憾。没错!有缺憾!行了,您去吧。很高兴认识您。"

我走出板房,看见了廖莉娅。她正坐在不远处一条旁边斜撑着木质蘑菇伞的长椅上——这种蘑菇伞一般都是为营地的哨兵准备的。

我走到她身边,她低下头,用双手捂住了脸。

"不,不,不!"她没有移开双手,晃着头飞快地说,"我真是一个超级大傻瓜!我恨自己!请您走吧。"

"我留下了,"我说,"跟你们一起去巴拉诺维奇。"

廖莉娅把手从脸上移开,站起身。她的脸颊上还留着刚才的手指印。

"咱们走走吧!"她说着便拉起我的手,我们沿着公路走去。

我们走到第一个路标处就折回来了。刮着风,一个个小水洼泛着微波。乌云又从西方飘来,堆满了潮湿的地平线。

我们手拉手走着,默默无语。廖莉娅只告诉我说,离开敖德萨之后她立刻去了莫斯科,想办法调到了西线的战地医院。

她没有解释为什么要这么做。但一切尽在不言中,无论是她还是我,都不想说话。我们知道,任何语言都无法准确表达我们的心意,即使最机智、最温柔的语言都会词不达意,昨天还是陌路的人,今天却生出了难言的亲近感,我们找不到词汇来描述我俩之间的这种感觉。

下午两点的时候医院开拔。救护马车一辆跟着一辆鱼贯而行。在它们最后面跟着的是瓦西里的马车。他那只毛茸茸的狗被拴在车后,一路努力跟着跑。

我骑在马上,跟一辆救护马车并排走着。车里坐着廖莉娅和一位戴金边眼镜的中年护士。有时我会慢下来,跑到瓦西里的车跟前,看看佐霞的情况。她亲切地向我点头致意,说她自己感觉挺好。但是瓦西里却神情忧郁——可能他在为以后的事做盘算。能够追上同乡,还是不得不独自在白俄罗斯的陌生人群中辛苦挣扎?

在距离巴拉诺维奇大约二十公里的路边,站着几名全副武装的士兵,他们旁边还有一位军官,骑着一匹身上溅满泥污的马。

军官举手示意。车队停了下来。

军官骑马来到主任医生跟前,向他敬了个礼,便开始汇报情况。主任医生脸色阴沉地看着他,不时咬一下小胡子。

军官和医生的谈话中有一种令人不安的东西。所有人都警觉起来。

但我们很快就弄清了,原来旁边的村子,就是从公路上能看见的那座,里面有不少生病的难民,所以军官根据司令部长官的指示,请求我们往村里派几名医护人员,以便对难民进行急救。

医生同意了。车队拨出了三辆马车。

"您和我们一起去吧,"廖莉娅对我说,"您本来的任务就是救助难民。晚上我们就能追上到巴拉诺维奇的战地医院。"

"我们走。"

我们拐到了侧路上。医院的车队继续前进。瓦西里一直站在公路上，望着我们离去的背影。他似乎在考虑，要不要跟着我们走。但后来他抖了下缰绳，朝马吆喝了一声，那辆马车就沿着公路朝巴拉诺维奇的方向驶去。

在距离公路一公里的地方，我们看到灌木丛里有一些拿着步枪和机枪的士兵。

"难道德国人离得这么近？"戴金边眼镜的中年护士惊恐地问，"去问问他们吧。"

我骑马来到士兵们跟前。

"你们过去吧！"一名肩章上有上等兵军衔条纹的士兵对我说，甚至都没有看我一眼，"允许你们过去。我们有命令，不能跟任何人说话。也不许任何人在这里停留。"

我们的马车过去了。前面就是寨门。天下起了雨。从外面看这座贫穷的村庄就像一堆摊在地上的牲口粪。

"看样子，他们是在准备迎击德国人。"我对廖莉娅说。

我向西方看去，德国人应该从那边攻过来，在向下通往峡谷的牧场坡地上，我看到了前哨警戒。士兵们或站或躺排成了一长列，但相互之间离得却很远。嗯，确实是这样！

"这可不是对付德国人的，"车夫兼卫生员说，"这是有别的事儿。瞧，看那边！"

他指了指东边。那里也有一些士兵。

"整个村子都被封锁了！"卫生员担忧地说。"整个村子都被围起来了。我觉得不太对劲，护士们。"

"有什么不对劲的？"

"我自己也弄不明白。只是我们不该钻到这里来。完全不应该。"

卫生员是对的。我们驶进了一座没有人烟的村子。寨门附近停着一辆空空的带红十字的两轮马车,属于我们不知道的流动卫生队。从马车的车夫那儿我们得知了一个惊人的消息——我们被骗了。

村子里有黑天花病。而村子周围不断有军队经过,数千名难民成群结队地在大路上行进,常会在沿路的村子附近滞留。天花很有可能蔓延到军队里去。因此上面才下令往村子里派遣一支流动卫生队,而且封锁了村子,不放一个人出去。如果有人企图离开村子,则直接下令开火。

在公路上截住我们的那名军官对于黑天花只字未提。

我们的第一感觉就是愤怒。但让我们生气的并不是我们被拖入了险境,而是他们把我们诱骗进了村子,如果他们实言相告,肯定不会有人拒绝来治疗天花病人。

"真是愚不可及,"廖莉娅恼怒地说,"如果不欺骗我们,至少我们还能把治疗天花所需的药品都带上。而现在我们简直赤手空拳,甚至连疫苗都没有!"

"愚不愚蠢的,还很难说呢。"车夫说。

"你在胡扯什么?"戴金边眼镜的护士薇拉·谢瓦斯季亚诺夫娜发火道。

"鬼知道怎么回事,"车夫咕哝道,"上头一切都有自己的考虑。上头可狡猾得很。"

农舍里根本无法驻留,到处都躺着病人。只有牧场上立着一座空棚子。陌生的流动卫生队已经安置在那里了。我们把自己的药品和东西也都搬进了棚子。

这个陌生的流动卫生队里有一名医生、一名护士和两名卫生员。

我们在棚子里只看到了那名护士,她绷着一张脸,眉毛稀稀拉拉的。从她那儿根本问不出几句话来。

"唉,这个流动队,见它的鬼去吧!"我们的几个卫生员说,"简直就是来送葬的!"

我们在棚子里把药品都开包取了出来。流动卫生队的医生来了。他并不算太老,但却皮松肉弛,脸上长满黑乎乎的硬胡子,眼睛也是浮肿的。

"真是好啊!"他看到我们之后说。看起来,遇到我们让他很吃惊,也很不高兴。"你们知道自己到了什么地方吗?"

"黑天花病区。"我回答。

"完全正确!那么,年轻人,知道什么是黑天花吗?您亲眼见过吗?"

"没有,没见过。"

"很荣幸地祝贺你们,你们太幸运了!你们有疫苗吗?没有!真是好啊!那你们准备在这儿干什么?打开留声机吗?听维亚利采娃吗?"

我们都闷闷不乐地沉默着。

"至于我嘛,"医生说,"受够了!我可不想再充傻瓜了。"

"您怎么能这么说话!"廖莉娅气愤地说。

"小姐!"医生刻薄地眯缝起眼睛说,"不要发这么大的火!这跟您倒是很相称。您在发火的时候迷人极了,不过也仅此而已。我再说一遍——仅此而已!这都没用。声音很好听,但是毫无意义。咱们现在都被困在这里了。普希金在诗里是怎么说的?'哎呀,被逮住了,可爱的小鸟,别乱动,你是飞不出罗网的'[1],是这么说的吧?"

---

[1] 实际上这是奥·普切利尼科娃(1830—1891)的儿童诗《被逮住的小鸟》(1859)中的诗句。

"您在故作丑态，医生，"廖莉娅嫌恶地说，"这真让人讨厌。"

"笑吧，小丑！"[1]医生拖着长调说，同时大笑起来，"我还能做什么呢？也许，您能给我指点迷津，告诉我怎么脱离这该死的绝境？"

"他喝醉了！"薇拉·谢瓦斯季亚诺夫娜说。

"真是好啊，喝醉了！"医生平静地回应道，一点也不生气，"你们有吗啡吗？"

"只有一点。但樟脑有很多。"

"要是吗啡够多的话，我就把所有的人都毒死。一了百了！"

"别再说愚蠢的废话了！"我粗暴地说，"把你们的东西都给我们。我们会自行开展工作的。"

"悉听尊便！去救死扶伤吧！欢迎之至！"医生故意做作地高声喊道，"我把所有的疫苗都给你们。去给已经病倒的人接种吧。这里的人可全都是病人。这会是一次绝妙的医学实验。"

"给我听着，"我走到他跟前说，"请您闭嘴，否则我就要把您从这里扔出去，尽管您是一名大尉，但这里已经没有法度可循了。"

"完全正确，"医生同意道，"法度无存。就像在鼠疫泛滥的城市里一样。把疫苗拿去吧！行动吧！我可要睡上一觉了。我已经两天没睡觉了。这一点有时也要予以注意，尊敬的理想主义者们。"

他走到棚子的一角，倒在一堆麦秸上，一边躺下一边给自己盖上了一件大衣。

"让他睡吧，随他去吧，"薇拉·谢瓦斯季亚诺夫娜用和解的语气说，

---

1 意大利歌剧作家罗·列昂卡瓦洛（1857—1919）的歌剧《丑角》中的咏叹调。

在幸运星的庇护下　195

"护士，请把你们的疫苗给我们。"

"请签字。"护士回答。她似乎对我们和医生之间的谈话无动于衷。

我签了字，护士把疫苗给了我们。

"怎么办？"廖莉娅悄声地问我。

"什么怎么办？"我回答，"情况不太好。你们留在这里，我先和卫生员去农舍里转一圈。去摸摸情况。"

"不行！我不让您单独去。这可不是因为我离不开您，"她微红着脸说，"不行！咱们一起至少不会觉得太可怕。"

我们四个人一起出发了：薇拉·谢瓦斯季亚诺夫娜、廖莉娅、我和卫生员。

灰色的雨幕笼罩着原野。菜园里土豆的茎叶被扔得到处都是，好像一堆堆黑乎乎的断骨头。秋意已浓。脚踩在泡软的烂泥里直打滑，泥里还掺杂着畜粪和腐烂的干草。

没有一间农舍冒出缕缕炊烟。但空气中还是弥漫着呛人的烟味，好像羽毛烧焦了的味道。

村后头靠近寨门的地方有一堆破衣服已经烧成了灰烬，仍在冒着余烟。呛人的烟味就来自这里。

"这是在焚烧病人的所有旧衣物，"卫生员说，"这就叫作消毒！"他沉默了片刻，又嘲讽地补充了一句。

村子里看不到一只狗，也看不到一只鸡。只有一个棚子里的一头饥饿的奶牛在哞哞地叫着。它嘴里呛着吐沫，拖长声音乏味地叫着。

"对了，"薇拉·谢瓦斯季亚诺夫娜突然说，"这就像是但丁笔下的地狱。"

我们走进了第一座农舍。在穿堂里廖莉娅给大家的口鼻都缠上了纱布绷带。

我打开了穿堂通向农舍房间的门。一股暖烘烘的臭气扑面而来。

农舍房间的窗户都被遮住了。刚进去的时候我们什么都看不清,只听到一个孩子的声音,不断单调地重复着一句话:"哎哟,爷爷,快把我的手松开。""哎哟,爷爷,快把我的手松开。"

"什么都不要碰!"薇拉·谢瓦斯季亚诺夫娜命令道,"照一下亮!"

我打开了手电筒。一开始我们什么人都没看到,只看见了一张破木床,上面堆满了破烂衣服。随后又看到炉炕上垂着一双穿乌拉鞋的脚。但却没有看到人。

"这里还有人活着吗?"卫生员问。

"我自己也不清楚,"炉炕上一个苍老的声音说,"我是活着还是死了。"

我往炉炕上照了一下。那里坐着一个穿褐色长袍的老人,他的胡子好像被拔过一样,剩下一绺一绺的。

"哪怕有人来农舍里看一眼也行,那也谢谢啦,"他说,"帮帮我,大兵们,要不我一个人可拽不动他。"

"拽谁?"

"瞧,他就躺在我身边,闺女的丈夫。昨晚就不行了。那时他热得很,像个火炉,现在再碰他,真糟糕——已经浑身冰凉了。"

"天哪!"廖莉娅悄悄说了一句,"怎么会这样?"

这时木床上那堆破烂衣服微微动了动,那个孩子的声音又呻吟起来:

"哎哟,爷爷,我受不了了。把我的手松开。"

"炉炕上那个已经没希望了,"薇拉·谢瓦斯季亚诺夫娜说,"照照这边吧。"

我照亮了木床,我们看到了一双眼睛。一双很大的黑眼睛,因为发热而变得亮闪闪的，两颊也是绯红绯红的。

破衣服下躺着一个十岁左右的小女孩。

我小心翼翼地掀开她身上的破衣服。小女孩浑身抖动起来，拱着身子，把破毛巾绑着的双手伸在胸前。

她胸前的衬衣滑了下去，我第一次看到了黑天花——深红色的斑块上散布着小黑点，好像变干的焦油。这些斑块看起来就像是贴在小姑娘发青的皮肤上一样。

小姑娘晃动着脑袋。她黑色的头发披散开来。头发上还露出一根揉皱的红丝带。

卫生员从穿堂里拿进来一些凉水。他心里挺难过，因为病人要绑着手，不然他们就会抓破伤口。

"哎呀，真是太受罪了，"他小声说，"干吗要这么摧残人呀！"

廖莉娅给小女孩喂了水。我扶着她的头，甚至透过皮手套都能感觉到她那枯瘦的后脑勺透过来的干热。

"给我樟脑！"薇拉·谢瓦斯季亚诺夫娜说。农舍里开始散发出醚的味道。

用过樟脑之后，我们给小姑娘注射了吗啡。廖莉娅还用香醋给她擦了脸。

"那行吧，"卫生员对我说，"咱们把那个死人抬出去吧。"

廖莉娅抓住了我的手，但随即又放开了。她的眼睛在祈求我不要去碰死尸，可是嘴里却说：

"不过，您要记住……那好吧，好吧！"

死人躺在一块粗麻布上。我们抓着粗麻布的角，把他拖了下来，尽量不去触碰尸体。但到门口的时候，我们还是不小心把他摔到了地上。

"把他扔到棚子里去吧,"老人对我们建议道,"那里已经躺着两个了。"

棚子的门用叉子顶着。里面的地上趴着一个老太婆,她身边还躺着一个五岁左右的小女孩。

"哎呀,战争,战争呀!"卫生员说,"应该把那些将军和政治家都弄到这个脓坑里来——让他们亲眼看看!万恶的刽子手。"

我们回到农舍。必须给它通通风,但外面已经像初雪来临之前一样寒冷了。

"能把炉子烧热就好了,"卫生员提议道,"可周围的柴火都烧光了。没剩一根劈柴了。"

他走到院子里,我可以听到他一边咒骂,一边从门前台阶上往下拽木板。

我们打开门,生起了炉子。

"老爷爷,"薇拉·谢瓦斯季亚诺夫娜说,"下来吧。我们给你注射疫苗。"

"没有用,"老爷爷漠然地回答,"反正我也活不下去了。早晚都会饿死的。把药用在我身上只是浪费罢了。"

我们还是给他注射了疫苗,给农舍通过风之后我们就走了,临行前许诺要给他送面包来。

再往前走,情况越来越糟糕。我们咬紧牙关工作着,谁也不看谁。卫生员一直低声骂着脏话,但谁也不去理会他。

似乎周围的一切都染上了各种形式的黑天花病。

"这一切都无济于事,"薇拉·谢瓦斯季亚诺夫娜最后说,"我们一个人也救不回来。这里以前从未打过疫苗。那个耍活宝的,就是那个流动医疗队的医生,说的都是对的。"

"但是怎么会这样呢?"廖莉娅问,"那该怎么办呢?"

"别让自己传染上。仅此而已。"

"那,病人们该怎么办?"

"打吗啡,"薇拉·谢瓦斯季亚诺夫娜简短地回答,"尽量减少他们的痛苦。"

卫生员啐了一口,骂了一长串很难听的脏话。

我们返回了棚子,薇拉·谢瓦斯季亚诺夫娜给每个人都注射了疫苗。

那是一段漫长阴郁、让人感到无比压抑的时光。

我们走进一座座农舍,注射吗啡,给垂死的人喂水,带着绝望的沉默眼睁睁地看着那些为数不多、一时还没被传染上的人相继被感染。

死尸都被我们搬到了棚子里。医生下令把这些棚子烧掉。每次他都亲自安排这件事情,表现得非常活跃。

卫生员们在棚子周围放上干草,点着了火。火烧得很慢,但燃烧得很旺,浓烟弥漫。

棚子里一股石碳酸的味道。我们的手都被石碳酸灼伤了,根本不能碰水。一沾水就会非常疼。

夜里稍微轻松一点。我们随便躺在干草上,用大衣和羊毛毡子当被子。到半夜我们才暖和过来,但睡得很不好。

医生平静下来了,低声讲述着自己在别尔江斯克的家,讲到妻子——一个勤俭持家的主妇,还有儿子——一个世界上最机灵的小男孩。

但谁也没听他说话。每个人都在想着自己的心事。

我躺在廖莉娅和一个不爱说话、脸上长着雀斑的卫生员之间,他是波兰人,姓瑟罗科姆利亚。夜里他经常哭。我们知道,在前线,人们只为永远失去的至亲之人痛哭流泪。但所有人都保持着沉默，甚至没有人试图去安慰他一下。这些眼泪是毫无益处的。它们不会减轻痛苦，相反，却让人更加难受。

有时在夜里廖莉娅也会紧紧抓着我的一只手无声地哭泣。我只是从她身体的轻微颤抖中才猜测到她在哭。

这时我就会轻轻地抚摸她的头发和潮湿的脸颊。作为回应，她把滚烫的脸贴在我的手掌上，随后哭得更加厉害了。薇拉·谢瓦斯季亚诺夫娜则会说：

"廖莉娅，别哭了。别让自己太软弱。"

她的话起作用了。廖莉娅平静下来。她一直把滑落的大衣往我身上拽。夜里我和她从未说过话。我们静静地躺着，听着房檐下干草窸窣的响声。

棚子里偶尔能听到一声远处传来的炮弹轰鸣。这时所有人都抬起脑袋，侧耳倾听着。要是前线快点推进过来就好了！

记不清是在哪一个晚上，廖莉娅对我说：

"要是我死了，不要把我放在棚子里烧掉。"

她浑身战栗了一下。

"说什么蠢话呢！"我抓着她的一只手说，我的心猛地抽搐了一下。廖莉娅的手像冰块一样冷。我碰了碰她的额头——额头是滚烫的。

"是的，"廖莉娅悲伤地说，"是的……我昨天就发现了。只是千万别把我一个人留在这里，我亲爱的人。"

我把薇拉·谢瓦斯季亚诺夫娜和医生都叫醒了。所有的卫生员也都醒了。

我们点起了灯。廖莉娅背过身去，避开了光线。

大家沉默了很久。最后薇拉·谢瓦斯季亚诺夫娜终于说话了：

"得去把旁边的农舍擦洗一下，消消毒，然后生上火。那里没人住。"

卫生员们相互交谈着，叹着气走出了棚子。医生把我拉到一边，低声对我说：

"只要我能办到的一切，我都会尽力而为的。明白吗？一切！"

我默默地握了握他的手。廖莉娅在叫我。

"别了！"她望着我说，异常平静地微笑着，"尽管时间不长，可是我感觉特别好……特别好。只是无法表达出来……"

"我会和您在一起的，"我说，"我不会离开您的，廖莉娅。"

她闭上了眼睛，就像当初在营地的长椅上一样摇着头。

无论我如何搜索记忆，我都无法完整地回忆起随后发生的事情。我只记得一些片段。

我记得那间寒冷的农舍。廖莉娅坐在床上，薇拉·谢瓦斯季亚诺夫娜正给她脱衣服。我在旁边帮忙。

廖莉娅闭着眼睛坐着，沉重地呼吸着。我第一次看到她少女的裸体，对我来说，它是那么珍贵，那么温柔。一想到她匀称的长腿、纤细的胳膊和动人的小乳房已经被死亡侵蚀，我就觉得无比荒唐。

在这个发着寒热的无助的躯体上，一切都是那么宝贵，无论是脑后的细发，还是晒黑的大腿上的小痣。

我们让廖莉娅躺下。她睁开眼睛，清晰地说：

"把裙子留在这里。不要拿走！"

我和薇拉·谢瓦斯季亚诺夫娜一直不离她的左右。夜里廖莉娅好像昏迷了。

她静静地躺在那儿，几乎一动不动，以至于有好几次我都吓坏了，匆忙俯下身去倾听她的呼吸。

夜漫长难熬。周围没有一点迹象可供我们判断早晨是否即将来临——既听不到公鸡的鸣叫，也听不到挂钟的报时声，漆黑的天空中一颗星星都没有。

天快亮的时候薇拉·谢瓦斯季亚诺夫娜出去了，她要到棚子里去躺一会儿。

窗外刚蒙蒙亮的时候，廖莉娅睁开了眼睛，她呼唤着我。我赶紧俯身到她面前。她无力地推开我，久久地望着我，目光中充满无限的温柔、悲伤和关怀，我无法控制自己，喉咙哽咽，我忍不住哭了起来——在我那几乎被忘记的童年时期过去之后，我是第一次哭。

"别哭，我亲爱的兄弟，"廖莉娅说，她的眼睛噙满泪水，但却没有流出来，"在凳子上放上一杯……一杯水。那边……棚子里……有酸果蔓果汁。拿过来……我想喝……喝点酸的……"

我站起身。

"还有……"廖莉娅说，"我还希望……我唯一的幸福……不要哭泣。我忘了所有人……甚至妈妈……唯有您……"

我冲到门边，给廖莉娅拿来了水，随后又飞快地走出农舍。当我从棚子里拿着酸果蔓果汁回来的时候，廖莉娅已经平静地睡着了，她的嘴巴微微张着，脸上不自然的苍白的美让我感到震惊。

我去拿果汁还是回来晚了。廖莉娅没有等到我回来，就自己喝了水。床边的地上被她弄洒了一些水。

我不记得我在廖莉娅身边坐了多久，我一直看护着她安睡。当小窗中已经透进了浑浊的光线时我才发现，廖莉娅已经没有了呼吸。我抓起她的手。手是冰凉的。我怎么也摸不到她的脉搏。

我冲到棚子里去找薇拉·谢瓦斯季亚诺夫娜。医生也跳起来,和我们一起跑进了廖莉娅躺着的农舍。

廖莉娅死了。薇拉·谢瓦斯季亚诺夫娜在凳子上她的裙子下面找到了一个装吗啡的小盒子。盒子是空的。廖莉娅把我支出去取酸果蔓果汁,就是为了偷偷服下致命剂量的吗啡。

"有什么办法?"医生低声说,"她这么轻松地死去是对的。"

薇拉·谢瓦斯季亚诺夫娜沉默着。

我坐在床边的地板上,把头埋在竖起的大衣领子里,不记得这样坐了多久。随后我站起身来,走到廖莉娅跟前,抱起她的头,吻了吻她的眼睛、头发、冰冷的嘴唇。

薇拉·谢瓦斯季亚诺夫娜把我拖开了,她命令我立刻用一种刺鼻的液体漱口,又让我洗了手。

我们在村后小丘上一棵老白柳旁挖了一个很深的墓。这棵白柳从很远的地方就能看见。

卫生员们用黑色的旧木板钉了一口棺材。

我从廖莉娅的手指上取下了一枚普通的银戒指,把它藏到了自己的野战包里。

躺在棺材里的廖莉娅看起来比临死前更加美丽。

当我们往棺材上盖土的时候,传来了步枪的射击声。枪声并不多,每隔相同的时间段就会传来几声。

就在那一天我们得知,封锁已经不存在了。部队没有通知我们就撤离了。也许,那些枪声就是在提醒我们,但我们却并未领会。

我们立刻离开了村子。周围空无一人。

我们走出约莫有半俄里远的时候,我停下来,掉转了马头。透过淡淡的雾气，透过阴沉的秋日的天光，还能看到不远处那棵掉光叶子的白柳树下廖莉娅坟前的小十字架——这是那颗满怀激情的少女之心留在世上唯一的东西了，她的音容笑貌、她的爱和眼泪都已消散。

薇拉·谢瓦斯季亚诺夫娜喊了我一声。

"你们先走吧，"我说，"我随后赶上。"

"您可以保证吗？"

"你们走吧！"

车队继续前进。我仍旧待在原地，骑在马上望着那座村庄。我觉得只要我一动，最后一根生命之线就会被扯断，我就会从马上摔下来，一切就都完了。

车队停下来了好几次，想要等我，但随后就隐没在小树林后面了。

我回到了那座坟前。我跳下马，没有把它拴起来。它不安地鼓起鼻翼，轻轻地嘶鸣着。

我来到坟前，跪在地上，把额头紧紧贴在冰冷的土地上。在这块潮湿大地厚厚的土层下躺着一个命运被幸运星庇护的年轻姑娘。

怎么办？只是用手抚摸这块贴近她面庞的黏土吗？或者挖开坟墓，再看一看她的脸庞，再亲吻一下她的眼睛？到底该怎么办？

这时有人用力地抓住了我的肩膀。我回头看了一眼。

我身后站着卫生员瑟罗科姆利亚。他抓着一匹灰马的缰绳。这是流动医疗队那位医生的马。

"走吧！"瑟罗科姆利亚用明亮的眼睛腼腆地瞅了我一下，说，"不要这样！"

我的脚好久都踏不着马镫。瑟罗科姆利亚帮我抓着它，我翻身坐到马鞍上，马踏着铅灰色的冰冷的水洼，慢腾腾地驮着我离开了那座坟墓。

斗犬

在巴拉诺维奇我没有找到救护队。它已经走了,到涅斯维日去了。铁路运输军代表这样告诉我。

我不想回到军医院去,哪怕是在那里稍待一会儿。和那些人见面会让我觉得很难受。

我在郊区通往明斯克铁路线上的一个岗亭里过了一夜,第二天早晨就动身去了涅斯维日。

我信马由缰地走着。它慢慢迈着步子,有时甚至会停下来,像是在思考什么,也或许只是停下来休息休息。休息完了之后,它又重新上路,不时地摇晃几下脑袋。

这是一个凉爽的秋日,没有雨,但天空中有一些灰蓝色的乌云。乌云低垂,笼罩着大地。

白天我来到了一个小镇。我已经记不起它的名字了。我决定在这里待到明天早上。撤退的速度已经慢下来了,我们的救护队不会离开涅斯维日再往前走的。我相信明天一定能赶上它。

小镇坐落在一座大池塘边上，拥挤在一片洼地里。池塘尽头有一座旧磨坊，旁边的水坝哗哗地淌着水。这水声到处都能听得见。池塘岸边长着几棵发黑的柳树，它们俯身在水面上，看起来像要马上失去平衡，跌进幽深的水中。

我向几个犹太老妇人打听哪儿有过夜的地方。她们给我指了指一个破旧的大车店——那是一座到处透缝的木板房，散发着一股煤油和鲱鱼的味道。

大车店老板是个矮个子的犹太人，长着一头浓密蓬松的棕红色头发，他说，这里当然有地方过夜，有一间小屋子，不过那里已经住了一名炮兵军官，希望我们不会觉得太挤。

他把我领进了一间像棺材一样狭窄的斗室。军官不在屋里，不过他的行军床已经铺开了。剩下的位置正好可以放下另一张床，不过两床之间的通道非常窄，连坐在床边都不可能。

"您就在这里过夜吧！"店老板说，"我们这里很安静，没有臭虫——一个都没有！可以煎荷包蛋吃，或者，要是老爷喜欢的话，也可以煮牛奶喝。"

"那个军官怎么样？"我问，"他会同意吗？"

"哎哟，我的天哪！"店老板喊道，"这真好玩！德沃伊拉，你听听人家问的是什么问题呀！他哪里是军官，他就是一个上帝派来的天使呀。"

我把马拴到棚子里，给它放了饲料，随后就去了镇子里。

我自己不想说话，也不想听别人说话。每一个说出或听到的词语都会拉开我和廖莉娅之间的距离。我很害怕这份痛楚会变得迟钝，渐渐模糊。我保护着它，就像保护不久前的爱所留下的最后纪念一样。

唯一不会让我生气，不会让我想逃避、远离的东西，就是诗歌。诗歌不知为何、不知从记忆深处的什么地方浮现了出来，它们那有慰藉作用的语言不会让人觉得烦扰，也不会引发痛楚。

我来到池塘边，坐在岸边的一棵柳树下，听着散发霉味的排水槽中哗哗的流水声。

黄昏时分，云朵蒙上了一层薄薄的淡黄色。暗淡的太阳在天边散发着淡淡的光芒。黄色的天空倒映在水中。柳树下变得阴暗而潮湿。

突然我记起了一首早已读过的诗歌：

> 老磨坊主打开黑柳树旁自己的家门，
> 迎接我这个夜行的旅人……

这些诗句没有什么特别之处。但它们却又包含着治愈的魔力。夜路中的孤寂感于我像是一种抚慰。

但我又一下子用双手抱住了脑袋——一个遥远而亲切的声音从远处飘来，从潮湿寒冷的多风的远处飘来，它在说着熟悉的话语。那里，在那座孤独的坟茔上正笼罩着浓浓的暮色。有一个姑娘留在了那里，此生我本不应该和她有片刻的分离。我清楚地听到了她的话音："你没有名字，春天。你没有名字，我远方的人儿。"[1]这是她最喜欢的诗句。我自己念着这首诗，但我的声音传出来，却像廖莉娅遥远的声音。但再也不会

---

[1] 引自勃洛克的诗《你没有名字，我远方的人儿》(1906)。

有人听到她的声音了。我听不到,别人也听不到。

我站起身,向小镇外的原野走去。

天空和红褐色的原野之间充满了暮色。路已经有点看不清了,但我还是不停地走着。卢尼涅茨那边升起了暗淡的火光。北方原野上有一座孤零零的昏暗农舍,它的上空亮起了一颗明星。

"幸运星!"我想,"在死前几天她很相信幸运星。"

不,一个人永远无法接受另一个人的消亡!

天黑了我才回到大车店。斗室里已经为我铺好了床。邻床上躺着一名炮兵军官,他脸色黝黑,眉毛已被晒褪了色。他正就着烛光在读书。

我一进去,就听到军官床下传来嘶哑的嗯嗯吠叫声。

"趴下,马尔斯!"军官喊了一声,欠起身来把手伸给了我,"我是维什尼亚科夫中尉。非常高兴有一个邻居。不管怎样咱们在这儿也能将就到天亮吧?"

他说这话时语气不是很自信。

"德沃伊拉!"大车店老板在墙那边喊道,"去问问军官老爷们,兴许他们想吃点儿东西。"

我不想吃饭。我喝了点茶就立刻躺下了。我的邻居是个沉默寡言的人。这让我很安心。

从他床底下钻出一条黄色的大斗犬来,它走到我面前,久久地、专注地望着我的脸。

"它在要糖吃,"军官说,"别给它。它习惯缠着别人要吃的。在前线带着狗就是一种折磨。但是扔了它又可惜——它可是个不错的守卫。"

我摸了摸斗犬。它用牙齿咬住我的手,咬了一会儿,似乎想要吓唬我,但随后又放开了。看来,这是一条挺爱和人亲近的狗。

我一直闭着眼睛躺着。从小我就喜欢这样躺着,假装睡着了,其实却在幻想各种不寻常的经历,或者闭着眼睛神游世界。

但是现在我既不想去幻想,也不想去神游。我只想去回忆。

我回忆着和廖莉娅的点点滴滴,让我懊恼的是,我们曾经在一起那么久,但却彼此相距那么远。只是在敖德萨,在小喷泉村的时候,我俩之间的一切才渐渐明了。不,可能还要更早,当我们在维普日河畔那座白色的波兰农舍里坐着听金喙云雀的故事时。不,也许还要早一些,在亨齐内,当时下着雨,廖莉娅一晚上都坐在我床边的凳子上。

随后我又想起了罗曼宁。他到底怎么了?为什么他对我的态度这么粗暴?也许,这都是我的错。我明白,我的随和让步会激怒他——他把这称作不坚定,有时我甚至在相互敌对的事物中也能看到好的一面,这也让他不高兴——他把这称作无原则。对他来说我就是个"不稳定的知识分子",这让我觉得特别委屈,因为他只对我一个人如此偏颇和不公正。"说实话,"我对自己说,"我完全不是那样的人。"但是怎么证明给他看呢?

夜里我被包着铁皮的车轮的轰隆声吵醒了。有炮兵部队从这个镇子经过。随后我又迷糊过去,也许,还睡着了。

斗室里一阵令人不安的可怕号叫声把我惊醒了。最初我以为这是那条斗犬在叫。旁边那张床在不断摇晃,咯吱作响。

我点着了蜡烛。原来是那个军官在号叫和哼哼。他的身体不断向上颠动,嘴里还流出了黄色的泡沫。

这是癫痫发作了,也就是抽羊角风。这种发作我在后方的救护列车上见过很多次,知道在这种情况下应该怎么做。

这时应该往军官嘴里塞一把勺子,把他的舌头按住,否则他有可能咬破舌头，或者被舌头卡死。

盛着冷茶的玻璃杯放在窗台上。杯子里有一把勺子。我抓起勺子，准备塞进军官的嘴里，但床缝之间太挤，他又不断地剧烈抽搐和扭动着身体，所以我怎么也塞不进去。

我紧紧压住了军官的肩膀，但这时却突然感到后脑勺一阵剧痛。有一个重物吊在了我的后背上。我还没有明白过来是怎么回事，使劲甩了一下脑袋，想要把这个重物甩掉，这时我才清楚地感觉到刺入脖子的锋利的犬牙。

那只斗犬从背后无声地扑到了我的身上，来保护他的主人。很明显，它以为我要掐死他。

斗犬咬紧的颌骨做了一个吞咽的动作。我脖子上的皮肤绷紧了，我明白，再过一瞬间我就会失去知觉。

我用尽最后一丝力气，拼命从枕头下掏出勃朗宁手枪，贴着自己的耳朵就朝后开了一枪。

我没有听到枪响。我只听到狗摔到地上的沉重响声，于是回头看了一眼。斗犬已经躺在地上了。血从它龇着牙的嘴脸上流了下来。随后它痉挛地抽搐了一下，就再也不动了。

"救命啊！"店老板隔着墙喊道，"救命啊，来人呀！"

"安静！"我朝他喊了一声，"快过来！我需要帮忙。"

店老板穿着一身内衣走了进来，手里的银烛台上点着一根很粗的蜡烛。他的眼睛都吓得发白了。

"扶住他，"我对店老板说，"我要往他嘴里塞一把勺子，否则他会把自己的舌头咬掉的。这是羊角风。"

店老板抓住军官的肩膀，用力按着他。我把勺子塞进他的嘴里，随后把它侧立起来。军官使劲咬住了勺子,下颌骨发出咔咔的响声。

"老爷,您后背上有血。"店老板轻声对我说。

"这是狗咬的。它扑到我身上来了。我打死了它。"

"唉,这世上造的都是什么孽呀!"店老板喊道,"人都把人逼成什么样了呀!"

军官的身体一下软了下来,安静不动了。这次发作结束了。

"现在他会睡上几个小时,"我说,"得把狗弄出去。"

店老板把狗拖出去,埋在了菜园里。德沃伊拉进来了,她是一个瘦瘦的女人,长着一张善良温顺的面孔。我从挎包里拿出急救包,德沃伊拉帮我清洗了脖子上的伤口,随后又包扎好。

我告诉店老板说,不想再跟军官见面了,天一亮我就走。

"对,是该这样!"老板同意道,"不然他也不高兴,您也不愉快,尽管这件事上谁也没有错。到我们屋里去吧。德沃伊拉,把茶炊烧上。喝杯茶再上路吧。"

我坐在店老板那半间屋里喝淡茶的时候,德沃伊拉说:

"想想都可怕!再有一分钟,它就把您给扼死了。一想起来我就浑身哆嗦。"

脖子很疼。转头非常困难。

"如今的生活哪叫生活呀!"老板叹了口气说,"钱也不算钱了,跟垃圾一样。要是您在和平时期来我们这里就好了。每天这里都秩序井然,人们安乐满足。一大早我就把大车店的门打开了,善良的人们赶着马车都过来了——有人去赶集,有人去磨坊。方圆五十俄里的人我全都认识。他们顺路就来大车店吃点喝点——有的喝茶,有的要伏特加。看着人们吃普通的食物也是快乐的:面包,或者洋葱,或者香肠和西红柿。

谈话也很愉快。谈谈价格，谈谈收成和磨好的粮食，再谈谈土豆和干草。我知道的不就是这些嘛！这就是世上的一切。太平日子让人心里安乐，我从来也没为了铜板唯利是图。只要钱够过日子、够给警察局长上供就行了。我只有一个念头——让孩子们受教育。如今他们也都接受了教育——军队里士兵的教育。一切都毁了，咱们的生活都被碾碎了。"

天开始亮起来了。浓雾笼罩着大地。雾中的树木看起来比它们本身粗壮多了。雾预示着这一天会是一个晴天。

我和店老板告了别。他请求我给军官留一张便条。我写道："请原谅。我不得不打死了您的狗。"

我离开镇子几俄里后，太阳升起来了。四处都闪着露珠的光芒。赤褐色的小树林被初升的太阳照亮。从远处看，小树林好像在隐隐燃烧，呈现出一片暗红色。

空气异常清新，好像它被囚禁了很久，在这个清晨第一次获得了自由。

我停下马，从野战包里掏出了那枚银戒指，把它戴到小手指上。我觉得它特别温暖。

在涅斯维日附近的扎米里耶村，我赶上了自己的救护队。

潮湿泥泞的冬天

十月份前线的战事暂时平息。我们的救护队驻留在扎米里耶村，它位于从巴拉诺维奇到明斯克的铁路线附近。救护队在扎米里耶待了整整一个冬天。

我此生还从未见过比这座村庄更让人觉得无聊沮丧的地方。低矮破旧的农舍，平坦光秃的原野，周围连一棵树都没有。

这幅阴郁的画面中还要加上肮脏的辎重马车、鬃毛蓬乱的瘦马和完全失去"雄赳赳的战士威仪"的辎重兵们。他们褪色的人造羔皮帽已经戴破了，帽耳向外支棱着，好像被打断的鸟翅膀，棉衣上闪着油渍的光，大衣拦腰绑着绳子，而且几乎每个辎重兵的嘴里都叼着一根马合烟，烟皱巴巴地粘在他们嘴唇上。

晚秋天色阴暗，不见日光。我们农舍的窗户上整天都蒙着一层水汽。水珠顺着窗户不断流淌下来，窗外一片模糊，什么都看不清。

辎重车深陷在泥地里。风不断从门缝灌进来。皮靴从大街上带进来黏糊糊的烂泥。农舍因此而变得更加不舒服。我和罗曼宁对此厌恶极了。我们清洗、收拾了农舍,没有必要就不放任何人进来。

当我回到救护队的时候,罗曼宁紧紧地拥抱了我,仿佛我们之间从来不曾有过任何隔阂一样。很明显,这一切都是疲惫引发的。

他别过脸去想掩饰泪水,他骂我是个"十足的畜生",说他为了我头发都白了。他把头上的一绺白发指给我看。他那绺头发过去也是白的,不过现在的确白得更多了。

我把廖莉娅的死讯告诉了罗曼宁。他坐在桌旁,不停地擤着鼻涕,眼睛也红了。我尽量不去看他。随后他出去了,回来的时候喝醉了,但是很安静。这在他是从来没有过的。

我再也没有看到格隆斯基。他得了精神障碍症,被疏散到明斯克去了。

上面给我们派了一位新的特派员来接替格隆斯基,他叫凯德林,是立宪民主党的著名活动家和公职律师。他是个矮个子老头,留着花白的山羊胡子,戴一副中规中矩的眼镜。他穿着灰色的旧式大衣,很像一只聪明的大老鼠。所以他就得了一个绰号:"最最受人尊敬的老鼠"。

他说起话来挺客气,但很枯燥,对于战事他简直是无知到极点,不懂农村,也不了解真正的生活,只擅长政治算计,善于"分析既成形势"。总之,在迅速变为一盘散沙的扎米里耶的军人们中间,他就像一只白乌鸦一样扎眼。

难民已经为数不多了。他们大部分都在附近的村子里安顿下来。我们无事可做,于是罗曼宁就打算在扎米里耶建一座澡堂。

建造澡堂的工作渐渐吸引了许多苦于无事可做的人。这项工程变成了一个具有史诗性质的重大事件。从明斯克,甚至从莫斯科都来了特派员，还有技术人员、军事工程师、修建澡堂和懂炉子的专家。罗曼宁和所有的人都进行着讨论，不断争吵着，甚至还把其中的一个给赶走了。

长满虱子的后方在期待澡堂的落成，就像期待奇迹一般。大家都把罗曼宁当父亲和恩人一般看待，甚至辎重兵们见了他都敬礼，愿意听从他的调遣。

凯德林就建造澡堂一事在晚茶时发表了一篇宏大的演说，演说高屋建瓴，甚至上升到了总结的高度。澡堂建设不仅从哲学方面有理有据，而且还成了立宪民主党的先进政治主张中必要的一环，该党终将带领苦难深重的"罗斯[1]母亲"走向幸福的未来。

凯德林的演讲花里胡哨，充满了各种名人名言。他提到了杜冈-巴拉诺夫斯基[2]、司徒卢威[3]，甚至还提到了拉萨尔[4]。按照罗曼宁的说法，这样的演讲就是到国家杜马的讲台上去"亮亮相"也不丢人。

总之，凯德林的所有演讲都为我们提供了丰富的笑料，来嘲笑他这个老牌的立宪民主党人。凯德林总是把笑话当真，所以每一次都激动得要命。

而我则受罗曼宁的差遣四处跑着去找澡堂的建筑材料，有时去涅斯维日，有时去米尔，有时去斯卢茨克和明斯克。

有一天，我们的农舍来了一位肩上披着军大衣的红胡子男人。他的

---

[1] "罗斯"为古代俄罗斯的称呼。
[2] 米·伊·杜冈-巴拉诺夫斯基（1865—1919），俄国经济学家、历史学家，"合法马克思主义"的代表人物之一，后来成为资本主义的公开辩护者。
[3] 彼·司徒卢威（1870—1944），俄国经济学家、哲学家、历史学家、政论家，"合法马克思主义"的理论家，立宪民主党的领导人之一。十月革命后流亡国外。
[4] 斐·拉萨尔（1825—1864），德国小资产阶级社会主义者，机会主义拉萨尔派的首领，全德工人联合会创始人。

毛皮帽子以不可思议的方式扣在后脑勺上。他的眼睛笑盈盈的。他说起话来声音很吵，但却挺悦耳。

他自称是建造澡堂和灭虱间的专家。没有人知道他的姓名。所有人都叫他"红胡子"。

他闯进了我们的农舍，随后便住了下来，从这时起关于澡堂问题的讨论就完全变了性质。

最初大家讨论罗马澡堂的构造，随后回忆起了莫斯科的桑杜诺夫澡堂和梯弗里斯热气腾腾的澡堂，又讲到普希金曾经很好地描写过梯弗里斯的澡堂，后来又说到了普希金的小说，从这儿又开始谈起了小说，红胡子把小说称作"艺术之神"，于是大家开始讨论谁的小说写得更好——是普希金呢，还是莱蒙托夫，又谈到《战争与和平》的写作提纲，似乎莱蒙托夫曾简略地写过一个草稿，后来落到了列夫·托尔斯泰手里，由此又谈到托尔斯泰在雅斯纳雅·波良纳的葬礼，谈到《安娜·卡列尼娜》，谈到列文打大鹬的狩猎过程，后来又扯到了打猎和契诃夫的《海鸥》。最后大家发现，原来红胡子还到过契诃夫在雅尔塔的家，他在外省的剧院里排演过契诃夫的戏剧，能说一口流利的法语，而对于建造澡堂一事他根本一窍不通。

我们怎么也弄不清他到底是干什么的。关于这个问题他用马克西米利安·沃罗申的诗歌做了回答。按照他的说法，这些诗句能很好地揭示他生活的实质：

  诗人，漂泊者和流放犯，
  渴望成为他们，却无一而成。
  飞鸟归于巢，走兽归于洞，

而手杖和贫苦就是我们的约言。[1]

　　红胡子出现两天之后我们感觉到，如果没有这个人的存在，我们在可恶的扎米里耶简直无法待下去。

　　红胡子完全不在乎凯德林。每次当凯德林开始又臭又长的演说，妨碍大家正常谈话的时候，红胡子总是带着友善的微笑对他说：

　　"老头儿！等一下！外面有人找。"

　　有时，常常是在夜间，我们的谈话变得激情四溢。谈话的内容是关于革命的。

　　罗曼宁倾向于社会革命党的观点，凯德林则以立宪民主党人老学究的派头大发议论，而红胡子则说，工人革命会把罗曼宁和凯德林统统扫到魔鬼的姥姥家去的。列宁和"英特纳雄耐尔"这两个词的出现频率越来越高。

　　当红胡子说话的时候，大家都不作声了。大家似乎已经听到了人民群众喧嚣的声音，听到了革命隆隆的轰鸣声，这声响犹如冲毁堤坝的海浪，向着俄国大地滚滚而来。

　　甚至连凯德林都没有打断红胡子的话。他只是用抖动的手指擦着眼镜，使劲从鼻孔里喷着气，仿佛要给鼻子通通气，肩膀也一耸一耸的。这是凯德林极端愤怒的表现，就像他说"劳——驾"一词时一样。说这个词的时候他总带着傲慢而挑衅的神情。但凯德林的火气通常到此也就发泄完了，他去睡觉了，一边伤心地喃喃自语，一边把自己那身全俄地

---

[1] 引自马·沃罗申（1877—1932）的组诗《星星冠冕》(1909)。

方和城市自治会联合委员会的制服整齐地叠放在凳子上。

但是有一次我们这里来了一位客人,她是邻近的一个救护队的护士,外号叫"油橄榄",凯德林见到她之后表现出了另一种样子,完全成了一个无可救药的向女人献殷勤的人。

他从自己的箱子里拿出一瓶"柯蒂"牌巴黎香水送给了这个护士。护士快活地转动着眼睛,幸福得不断低声呵呵笑。凯德林在她周围迈着小碎步,乐得直搓手,直到红胡子冲他喊了一句:

"老头儿!停停吧!外面有人找!"

二月革命后凯德林在西线当了一段时间临时政府的委员。很容易想象得出,他肯定又发表了很多软弱无力而又令人作呕的演说。如果士兵们没有因此而把他打死,就只能算他幸运了。

那个冬天我走遍了很多小城和镇子,有时候骑马,有时候坐火车。

当时的白俄罗斯看着就像一幅古老的风景画,这种画常常出现在前线附近车站中肮脏的小吃部里。尽管到处都残留着过去的痕迹,但也只是表象而已,里面所包含的内容早已消失了。

我看到了波兰封建主们的城堡,拉吉维勒公爵家族[1]在涅斯维日的城堡尤其富丽堂皇。我还看到了一些小庄园和犹太人的小镇,这些风景如画的镇子建筑拥挤,如今也荒废了。还有古老的犹太会堂和哥特式的天主教堂,这些天主教堂在周围干涸的沼泽地的包围下,看起来就像是显眼的外国人似的。尼古拉一世时代留下的条纹路标柱子依然矗立着。

但那些从前的大封建主早已作古,他们那豪华而毫无节制的生活也

---

[1] 立陶宛公爵家族。

随之烟消云散,一并消失的还有那些忠顺于他们的"农奴",那些并不高明的拉比哲人,犹太会堂里可怕的末日审判和第一次起义[1]期间插在会堂祭台上的破烂的波兰旗帜。的确,涅斯维日那些年长的犹太人还能讲述拉吉维勒家族的各种消遣活动,讲述几千名"农奴"怎样举着火把,从俄国边境沿路一直排到涅斯维日,就是为了帮拉吉维勒迎接自己的情妇——女冒险家金斯通。他们还记得那些热闹非凡的狩猎,一场场盛宴,各种任意妄为和贵族的傲慢自大,这种傻里傻气的臭架子当年曾被认为是"老爷阶层"特有的标签。但是这些讲述人也早已不是事件的亲历者了。

如今,在战争期间,那种约定俗成的生活方式和褪色的历史记忆都被战争彻底抹杀了。战争践踏了这种生活习俗,把它驱赶到偏僻寂静的洞穴中,用嘶哑的谩骂和慢吞吞的炮火声淹没了它,即使冬天也在开炮,虽然那只是为了疏通海湾峡口。

但在一片混乱和战争的嘈杂中,新的转折时期的面貌却渐渐轮廓清晰,人们心中充满了恐惧和不安,就像等待慢慢逼近的大雷雨一般。

冬天非常潮湿。雪一飘下来就化作了泥泞。这样黏糊糊的状态可以持续好几个星期。大地被一层肮脏的雪糊给盖住了。潮湿的风不断从波兰方向吹来,吹动着白俄罗斯农舍上霉烂的麦秸。

我很喜欢到处跑,因为这样我就可以独处了。秋天那件事之后,我还没有摆脱痛苦的记忆,与大家仍有点格格不入。每天的生活在不断撕扯、不断混淆着我对廖莉娅的记忆。我已经想不起她的声音了,这让我

---

[1] 指1830年波兰反抗沙俄、争取独立的起义。

觉得很可怕。

在这些出行的过程中我带着一股莫名其妙的倔强劲，非要让自己经历各种折磨：浑身淋个湿透，把自己冻成冰棍，睡在棚子里，甚至直接席地而卧，有时几乎什么都不吃，却一根接一根地抽着受潮、发酸的烟卷。

任何一件小事都能引发我内心的战栗，带来忧伤的思绪和失落感。

比如说，在莫洛杰奇诺的时候就出现过这种情况。我在备用线上一节没烧暖气的空荡荡的三等车厢里过夜。黎明时分我醒了。这种冷飕飕、慢吞吞的黎明大家再熟悉不过，它很不情愿地排挤着同样慢吞吞的黑夜。冬天的主人，毫无疑问是黑夜，而冬天的白日，就像食客一样，尽量不出来惹人烦。

我盖着大衣躺在木头长凳上，甚至有点暖和过来了。备用线上传来了号手吹号的声音。车站上可能停着一辆军用专列。那号声如泣如诉，清脆嘹亮。我浑身战栗，听着这哭泣的号声，我突然意识到，我所处的整个环境是多么无助，我的整个生活都被破坏了，它是那么不舒适，那么孤单。我想起了妈妈，想起了在附近前线打仗的两个哥哥，想起了廖莉娅，我觉得我的心由于缺乏关爱、缺乏人类的柔情而变得冷酷无情起来。

这种被遗弃感从何而来？我很想弄明白它。很明显，原因就在于我们是从书本、从朦胧的诗歌和温情的思想走到生活中来的，人民从我们身边路过的时候很漠然，甚至都没有注意到我们，——大概，他们需要的并不是我们这样的子弟和帮手。

十二月初的一天，我从一次例行的外出中骑马返回扎米里耶。途中我迷了路，拐到了前线附近的一条大路上。

天色已晚，天空阴沉沉的。路上结了一层冰。马慢步走着，小心翼翼地避免滑倒。天很快黑了下来，连路边的灌木丛都看不见了。

前方从远处传来了轰隆隆的声音。马警觉起来，在原地踏着蹄子。我侧耳倾听，听出那是辎重车队熟悉的轰隆声。尽管车队离得很远，但我还是让马拐到了路边上，——因为大家都知道，辎重兵们赶路的时候是什么都不看的。

突然我听到一声尖细的呼啸声。一颗榴霰弹闪着微光，在前方道路上爆炸了。接着又爆炸了第二颗，第三颗。德国人是沿着道路轰炸的——这一点显而易见。

在爆炸的间歇可以清晰地听到，辎重车队已经开始急驰狂奔。那边，可能已经出现了常有的骚乱情况。

一颗榴霰弹在我旁边爆炸了。我没有在意它。但是我的左腿却跟着出了状况。它不能动弹了。

我迅速用手朝靴子方向摸过去，手指摸到了温暖的液体。我举起手来，感到腿上有一股剧烈的疼痛，仿佛腿被劈开了一般，我赶紧抓住马鞍，但还是没有抓牢，一下摔到了路面上。我可能是摔到了受伤的那条腿，所以瞬间失去了知觉。

当我醒过来的时候，辎重车队猛烈的轰隆声已经近在耳旁。我赶紧抓住马镫，冲着马吆喝了一声。马打着响鼻，小心地倒着蹄子，把我从路上拽到了路边的沟里。

我躺在地上抓着马镫，距离我的脸两步开外的地方就是疾驰的辎重车队，呼号声、口哨声和轰隆声响成一片——疯狂的马打着响鼻，包铁皮的车轮不断驶过。我觉得，他们的队伍简直没有尽头。

随后一切都沉寂下来。马仔细嗅了嗅我，不安地嘶叫起来。我耗费了五分钟的工夫才从口袋里掏出手电筒，随后打开了它。这之后我就什么都不记得了。很明显,我再次失去了知觉,但手电筒却在我旁边一直亮着。

看到手电筒的光亮,几个乘坐两轮马车前往涅斯维日的电话兵发现了我,他们把我抬到车上,为我进行了简单的包扎,随后把我带到镇子里,交给了战地医院。

在涅斯维日的医院里我躺了将近一个月。伤势并不重,没有伤到骨头。我一个人躺在病房里。周围没有其他伤员。

罗曼宁常过来看望我。澡堂终于开张了,他看起来容光焕发。

"最最受人尊敬的老鼠"凯德林也来探望过我两次。他四下里瞧瞧,随后便对我讲起了拉斯普京[1]和"帝王家族的腐化",由于恐惧和气愤,他那灰白色的山羊胡子索索发抖。

在这期间尼古拉二世来西线视察。他"访问"了扎米里耶。他到来之前上头下令把村庄整治一番。于是有人从森林里运来了很多枞树,用它们把最破旧的农舍都遮掩了起来。

在医院里我读了很多书。那时所有人都被斯堪的纳维亚半岛的作家们吸引了——易卜生、斯特林堡[2]、汉姆生[3]、邦[4]。我读了易卜生的作品——他是一位人类心灵的伟大的勾勒者。后来我偶尔弄到了一本穆拉托夫的《意大利圣像》,于是我又置身于意大利博物馆和教堂那略带苦味的空气中了。我在想象中看到了佩鲁贾那些高耸的山岗,淡蓝色的雾霭环绕着它们,太阳的柔光使它们熠熠生辉。

---

1 格·叶·拉斯普京(1872—1916),沙皇尼古拉二世及其皇后的宠臣。
2 奥·斯特林堡(1849—1912),瑞典作家、剧作家。
3 克·汉姆生(1859—1952),挪威作家、剧作家。
4 格·邦(1857—1912),丹麦作家。

随后我开始阅读列昂尼德·安德烈耶夫的《人的一生》，但这本书很快被我放到了一边，因为契诃夫那篇简单而纯净的《草原》吸引了我。

我开始思念起俄罗斯来。我经常回想起布良斯克的森林，那对我来说就像是世间最幸福、最安乐的角落。我想起了森林中的峡谷、河流和采伐场，采伐过的林地长满了幼松、白桦、鲜红的柳兰，还有长着一片片银白色冠状叶子的植物。那里是一片福地，可以轻盈地呼吸、安静地休息。我无限渴望着这份宁静。但是谁能把它赐给我呢？

很快我就能拄着拐杖慢慢走动了，我甚至被许可去镇子里转转。我常去熟悉的钟表匠那里坐一坐。周围的钟表小心翼翼地嘀嗒作响，窗台上的天竺葵在盛开，钟表匠一边看着黑色的放大镜，一边向我讲述着镇子里的新闻。

人们有时会给我一些报纸和杂志看，多半是《星火》。我仔细看着杂志里那些斯瓦罗格[1]画的单调的军事题材绘画，还有数十张前线阵亡军官的照片。报纸中则充斥着对尼古拉和阿丽萨、拉斯普京和戈列梅金[2]的各种模糊的暗指。乌鸦不祥的黑色羽翼笼罩着俄国。

罗曼宁常常给我寄一些小包裹——奶酪、香肠、白糖。

有一次我闲来无事，于是开始浏览起一张揉皱的旧报纸。它是用来包奶酪的，所以上面浸满了油点。

在阵亡士兵一栏里我看到了下面的字样："工兵营中尉鲍里斯·格奥尔吉耶维奇·帕乌斯托夫斯基于加里西亚前线阵亡。"稍微往下一点还有一行字："纳瓦金步兵团准尉瓦季姆·格奥尔吉耶维奇·帕乌斯托夫斯基

1　瓦·谢·斯瓦罗格（1883—1946），俄苏画家。
2　伊·洛·戈列梅金（1839—1917），曾任俄罗斯部长会议主席。

在里加方面的战斗中阵亡。"

这是我的两个哥哥。他们在同一天阵亡了。

尽管我的身体还很虚弱,但医院的主任医生还是同意让我出院。他们给我派了一辆救护马车,把我送到了扎米里耶。傍晚的时候我就从扎米里耶出发,乘车去莫斯科,我要去看望妈妈。

悲伤的忙碌

妈妈整个人都消瘦了,甚至连个子都萎缩了。但她脸上依然保留着从前那种委屈的神情和无人能理解的孤独的痛苦。

我到家的时候,哥哥们已经阵亡一个多月了。妈妈很少哭。她不是个爱流泪的人。

只要一提到哥哥们,加莉娅就开始浑身战栗,但也只是妈妈不在的时候才会这样。当着妈妈的面她都克制着自己。

那个时候人类的痛苦我已经看得太多了,我发现人们几乎总是努力去缓解悲痛。老年人在这方面做起来要容易得多,因为他们相信死后会重逢,相信死人的灵魂已经进入了天堂。

什么能够减轻痛苦呢?回忆、朋友、大自然、亡人留下的美好记忆,还有就是对活着的亲人的关怀。

妈妈和加莉娅的痛苦是无可缓解的,无人可以分担的。

必须要活下去。妈妈得为了加莉娅活着,而加莉娅呢,她活着是为了让妈妈能多关心关心她。

我不知道该怎么帮助她们。家里一下子发生了两起死亡事件，我自己也感到无比压抑和沮丧。我们兄弟之间共同之处很少。我们每个人都有自己的特点。但这种不同更加剧了我对亡兄的怜悯。

解脱的机缘来得很偶然。有一次我问加莉娅，她和妈妈是否知道哥哥们是怎么牺牲的。看来，她们对此一无所知。

"必须打听清楚。"

"怎么打听？"加莉娅问。

"给他们服役的部队写信。找他们的战友，找他们牺牲那天跟他们在一起的人。请求那些人把哥哥们的信件、日记、文件——所有的遗物都寄回来。"

我毫不怀疑这些话产生的效力。生活的目标出现了。任务就摆在眼前。

加莉娅把这些话都告诉了妈妈，于是第二天，一场顽强、狂热、坚定不移的行动就此展开。

加莉娅和妈妈给现役部队写了几封信。她们到处寻找季玛和鲍利亚的战友，甚至包括那些躺在军医院里的伤兵和离开军队的士兵。她们打听哥哥们手下带的士兵的名字。她们往很多地方发了问询函。

除此之外，妈妈还在设法申请抚恤金。

回音开始传来了。如今妈妈和加莉娅的所有时间几乎都花在了这件事上，她们对回信进行讨论，对比各种事实，力图弄清哥哥们牺牲时的状况，对于信中不清楚的地方再次发函询问。

季玛原来还记日记——总共只有几页撕下来的笔记而已。辨认这些日记的内容花费了好几天的工夫。

许多人加入了通信的行列。每一位写信的人，尽管只是匆匆几笔，多少也提及了自己本人的生活状况。如此一来，因为对哥哥们的共同回忆，她们又结识了很多素未谋面的新人。妈妈和加莉娅真诚地关心着新朋友们的生活。妈妈按照自己喜欢教育他人的习惯，总会说，"要诚实理智地生活"，她给信友们寄去了一封封长信，在信中写上了自己的建议、忠告，还援引了不少自己生活中的实例。

从旁观者的角度来看，这些行为很感人，也很让人心情沉重，因为一个不幸的老妇人自己尚处于一无所有的境地，却在努力教他人如何正确地生活。

渐渐地，失去亲人的痛苦在与他人的交往中被冲淡了，在不安的忙碌中、在处理各种痛苦琐事的过程中消散了。为此我感到高兴，尽管我知道，清醒的时刻很快就会到来。到那时又该怎么办呢？

住在基辅的姨妈维拉·格里高利耶夫娜在普里皮亚季河畔有一处小小的林中庄园，名叫科帕尼。维拉姨妈早就为庄园荒芜、无法打理而发愁了。她几次建议妈妈带着加莉娅搬到科帕尼去住，但是妈妈想跟季玛和加莉娅一起待在莫斯科，所以一直没答应。

现在维拉姨妈又写信来叫妈妈和加莉娅去科帕尼了。妈妈很乐意地应允了。

行程定在了开春。决定下来之后妈妈立刻安下心来，甚至还高兴起来。生活中又有了一线光明。

妈妈已经开始筹划未来的生活了，她要把庄园整治一新，花最少的钱让庄园重新繁盛起来，这种繁盛"自然是不善料理的维拉从来都不曾想到过的"。

妈妈对我一点也不担心。有一次我听到了加莉娅和妈妈的对话。

"为什么科斯季克比咱们更加平静呢？"加莉娅问。

"他过的是另一种生活，"妈妈回答，"他去过很多地方，见过各种各样的人。而且他还有自己的兴趣。永远的漂泊者！像你们的父亲一样。"

在这段评语中还是有批评的成分的。父亲那种"喜欢变换地方的习惯"[1]，按照妈妈的看法，导致了我们这个家庭的贫困和衰败。

对于妈妈而言生活中只有义务。没有比履行义务更高的人生目标。尽职尽责地履行自己设定的义务是她全部的快乐。

而父亲，按照妈妈的说法，"毫不吝惜地享受生活"，显然只有无可救药的利己主义者才会这样做。

这就是妈妈在老年时的生活哲学。

城市联合会给了我两个月伤后康复的假期。三月份我就得回到救护队去。

在我养伤期间，他们给我安排了一个活儿，在城市联合会里负责从莫斯科往前线发运药品和食品。这个活儿会另付我工资，所以我答应了。我得为妈妈去科帕尼的行程积攒一些钱。

我的任务很简单，就是雇用一些赶大车的，和他们一起去各个仓库，把药品和其他物品都装上，随后拉到货运车站，在那儿交割，把东西发送到城市联合会的各个救护队去。

每天早晨我都要去瓦尔瓦拉广场。那儿是赶大车的和雇主的交易市场。

雇车的规则很严格。私下和任何一个赶大车的单独定交易都是不可

---

1 引自普希金的长篇诗体小说《叶甫盖尼·奥涅金》。

以的。为此很可能被暴打一顿。

赶大车的是一群留着大胡子的彪形大汉，他们都穿着皮袄，外面还罩一件粗帆布围裙，他们都是大嗓门，好骂街，也好说俏皮话，在广场上成群结队地站着。他们每个人都要在组长的视线所及之内，为的是防止有人半道儿截住雇主，蒙骗劳动合作组的其他人私自交易。

要到赶大车的那儿去得先穿过一群群被喂得肥肥的鸽子。

只要雇主一出现，组长就会立刻摘下自己的帽子，所有车夫都把自己的铜牌扔进帽子里，而组长则一边摇晃着哗啦作响的帽子，一边向雇主迎过去。

雇主需要多大的"团队"——运货马车，就从里面取出多少张号牌。

在抽签之前通常都会有一番激烈的讨价还价，尽管装货和运货的价格几十年来早已约定俗成了。

工作的一个月间，我几乎弄熟了莫斯科所有的货运站，还有城里众多的货栈和仓库。

这是一个庞大而鲜为人知的世界，它有着一套自己的行事规则。总的印象是，所有人都在偷——仓库管理员在偷，看守、装卸工人、车夫在偷，货运站的司磅员则偷得尤其多。车夫们都是明目张胆地偷，一旦被发现，他们立刻采取屡试不爽的解决办法——一边骂着不堪入耳的脏话，一边冲上去要打架。没有人愿意卷入这样的斗殴，因为车夫们都是身强体壮的大老粗，而且相互包庇，一呼百应。

什么东西都有人偷，从旧钉子到破蒲席他们全不放过。

这些都是下边的人之所为。至于上边会发生什么事，那就只能靠猜测了。

这一切黑暗、卑鄙、贪婪的行为，受到拉斯普京这个榜样的激励，发展到歇斯底里的地步。到处都在谈论这个人。

这个托博尔斯克的盗马贼和眼神淫荡的富农掌控着整个国家，端坐在俄国的王位上。

"我们哪里比格里什卡·拉斯普京差了？"赶大车的大声狂笑着说，并在路过的妇女身后不断地吹着口哨，"捞吧，伙计们！趁着还有，赶紧拿吧！拉斯普京会保护咱们的。咱们大概也知道，大家是怎么私酿白酒的，怎么在集市上偷马的。"

所有这些小偷群体都有一条不可动摇的神圣准则——分赃。卷入偷盗事件的人都会被纳入分赃的行列，会分得"法定的"一份。

仓库的情形一样惊人！我看到的地下室都很大，里面堆满了各种军用物资：有一拿到手里就散架的毛皮高帽，有粗麻布似的呢子做的能透得过风的军大衣，有帽檐和帽徽都损坏得完全变形的制帽，有用烂皮革做鞋掌的足球鞋，还有能把皮肤磨出血来的粗平纹布内衣——这种粗布里不知有多少扎人的芒刺。

所有这些物资都被缝进散发着强烈气味的新蒲包里，发送到前线去。大概，在这一大堆破烂和次品中，蒲包倒是唯一结实耐用的物品了。

我无法等到假期结束，我想快点回到救护队去。它离得那么远，但对我来说却既亲切又可爱。似乎只有在那里，在前线，才汇聚着一个健康而诚实的俄国该有的一切，而这里，一切都已腐烂衰朽。

莫斯科的冬天很好地呼应了这些想法——它常常化冻，到处是脏雪，有时是毛毛细雨，有时又结上薄冰。

动物园里的池塘已经融化了。有一只水鸟在其中一个池塘上尖声鸣叫着，似乎在问："到底怎么了？我的天哪，到底怎么了？"这叫声在屋子里听得很清楚。

我只需要上午工作，每天很早就能回家，吃过简陋的午餐之后，我就躲进自己的斗室。

妈妈和加莉娅在穿针引线，为出行做准备。缝纫机一直忙碌到深夜。地板上到处都是碎布和线头。

我坐在自己屋里，不停地写。写战争，写自己这一代人。我相信这一代人一定能够改变世界。

这一代人的生活中充满了动荡不安和朦胧的幻想。我天真地认为，这些特性注定了我这一代人不会毫无光彩地度过一生，不会一事无成地退出舞台，不会像罗曼宁常说的那样，只是"往整个宇宙释放一股烟雾"。

尽管怀有这份自信，我还是越发清楚地看到，与这一代的知识分子和一些不愿隶属于任何阶级、把自己视为"民族精英"的人并行的，还有一个庞大的平民阶层，就是那千百万自称"我们工人兄弟"的人，他们正过着一种我所不熟悉的繁重的生活。

他们身上蕴含着真正的生命活力，他们毫不妥协，他们因劳累而变弯的脊梁上扛着清醒的真理。最美妙的诗歌旋律也无法掩盖这种真理，时髦的柏格森的朦胧哲学也无法使其失色。它的存在无法被忽视，就像一道专注而执拗的目光。一切显而易见，如果不厘清自己对待工人阶级的态度，不理解他们的斗争和他们的渴望，那就无法在俄国安然地生活和工作下去。

我在着手写一部关于当代青年的中篇小说。我写了很久，进展缓慢。它陪着我辗转经历了革命年代和国内战争，在长久的存放中慢慢成熟。最终我发表了它，名曰《浪漫主义者》，但那已经是很久之后的三十年代了。

当时我写了几首诗歌,把它们寄给了一位大诗人[1]。我并不期待回音,但他却回复了。我收到了他的明信片。他用很大的字在明信片上写了一句话:"您是旁观生活的歌者。"

这句话占据了整张明信片。

那时我过的是一种双重生活——真实的生活和虚幻的生活。真实的生活我都写在了这本书里。虚幻的生活独立存在于真实的生活之外,把其中没有发生和不可能发生的一切都补足了。而这补足的一切对我来说既美好又充满吸引力。

虚幻的生活中充满了漂泊的旅程,我在其中会遇到各种不平凡的人,经历许多不平凡的事。这种生活笼罩着一层爱的薄雾。其实,它就是一长串连贯的幻梦。

当然,我现在可以对当年的那种状态报以宽容的嘲笑。这再容易不过了。我们在经验中变得练达起来,似乎有权嘲笑。至少,头脑清醒的人们都是这么想的,他们认为只有自己从事的才是唯一严肃的事业。

但实际上他们无权嘲笑。他们无权嘲笑那些年轻的幻梦,因为正是这些幻梦为许多心灵播撒下了第一颗诗意的种子。在这些梦和虚幻中有纯真,有高尚,这些美德的光辉会在人的一生中长存不衰。

凡是在青年时代拥有过这种幻梦的人都会赞同我的观点:他曾拥有无尽的财宝。

他拥有整个世界。对他而言既不存在时间的界限,也没有空间的限制。这一刻他可以呼吸着原始森林中蘑菇的气息,下一刻则在巴黎街心

---

[1] 指伊·阿·布宁。

花园的空气中沉醉,欣赏正在熄灭的万盏灯火。他能邀来雨果和莱蒙托夫畅谈,也能邂逅彼得一世和加里波第。他可以拜倒在一个穿着褐色制服裙、由于激动而不断摆弄发辫的十七岁女中学生的脚下,也可以把爱献给绮瑟[1]。他能和米克卢霍-马克莱一起住在新几内亚的热带森林里,也能和普希金一起纵马驰骋在埃尔祖鲁姆。他可以在议会中开会,也能在佛罗里达的森林中披荆斩棘,开辟新路。他可以和小杜丽[2]的父亲一起因欠债而蹲监狱,也可以护送拜伦的尸骨返回英国。

幻想是没有止境的。我很想见到一个怀疑主义者,即他不认为这第二个世界能够丰富人的内心,能对人一生的思想和行为发生影响。

这就是我所写的东西。我趴在宽大的窗台上写作。屋子里没有桌子。我常常会停下笔来,望着窗外,看着动物园里冻雪覆盖下的椴树枝条。我听到一只鸟儿在池塘上忧愁而孤独地鸣叫着。"到底怎么了?我的天哪,到底怎么了?"

我在写作正酣的时候收到了一封来自城市联合会的信。全权总代表、立宪民主党的著名活动家谢普金让我去见他。

第二天早上我就去了谢普金那儿。城市联合会设在艺术剧院旁边的一栋很大的房子里。

一个头发花白的小个子老头接待了我,他态度非常和善,但脸上却带着嫌恶的表情。

"是这么回事,亲爱的年轻人,"他说,"必须告诉您一个很不愉快的消息。"

---

1 欧洲中世纪骑士传奇《特里斯丹和绮瑟》中的女主人公。
2 英国作家狄更斯的长篇小说《小杜丽》中的人物。

他用的词儿来自果戈理的《钦差大臣》，显然，他本人很喜欢这么说，因为随后他大声咳嗽起来，在空中挥动着两只胖乎乎的手，又重复了一遍：

"很不愉快的消息！当您和咱们的救护队一起待在扎米里耶时，陛下曾去过那儿。"

"对，"我说，"是有这么回事。"

"不错，"他说，"但还有另一件事。事情是这样的，救护队有一名工作人员用饱含讥讽的手法描述了陛下莅临扎米里耶这件事。在给自己的朋友写信时，由于年少轻狂，他忘记了还有战时书信审查制度。有这么回事吗？"

"有。"我回答。

当我躺在涅斯维日医院的时候，听说了不少关于尼古拉二世这趟行程的传闻，于是就给自己在基辅的中学同学写信讲述了这件事。

"巧的是，"谢普金继续说，"战时书信审查机关正好打开了这封信。由于信中的署名太过潦草，但信封上却是你们救护队的戳，所以审查机关认为最好交由我们来处理这件事，以便找出这封信的真正作者，一旦找出此人，今后就不准许他再去前线了。这是您写的信吧？"

谢普金把一张纸递给了我。

"是我写的。"

"便宜您了，"谢普金说，"总之，尽管根据对您的评语来看，我们将失去一位优秀的工作人员，但是毫无办法——只能请您立刻交出证件，您被解雇了。"

我非常渴望回到救护队去，所以这个打击对我来说是沉重而残酷的。以后该怎么办呢？

从城市联合会出来我没有回家,而是去了特列季亚科夫画廊。画廊里没有什么人。女看守坐在角落里打着盹儿。温暖的风不断从炉子的通气口往外吹。

我坐在弗拉维茨基[1]的《塔拉卡诺娃公爵小姐》对面,一直望着这幅画,看了一个多小时。我看着它是因为画上的女子长得很像廖莉娅。

我不想回家。现在我彻底明白了,我已经无家可归。

1　康·弗拉维茨基(1830—1866),俄国学院派画家。

切切列夫卡郊区

二月份妈妈和加莉娅启程去了基辅。我留在莫斯科，期望能找到一份工作。

正巧这时候我的舅舅尼古拉·格里高利耶维奇从布良斯克调到了莫斯科，他是一名枪炮工程师，被暂调到法国军事代表团供职。这个代表团被派到俄国来的目的就是协助制造法国爆破榴弹。

和科利亚舅舅一起来莫斯科的还有舅妈玛露霞。他们在第一小市民街的一栋小房子里分得了一套公家的住房。

代表团的工作人员都是法国的大炮专家，他们常常到科利亚舅舅家吃午饭。

我有幸参加了一次这样的午餐聚会，带着好奇心观察着这批法国人。他们的蓝制服散发着浓郁的香水气息。几乎所有军官都会给玛露霞舅妈送鲜花，而且对她非常彬彬有礼。但是在这份彬彬有礼和文雅礼貌的谈话背后却隐含着大仲马笔下火枪手的某种气质。

这"某种气质"在几杯俄罗斯伏特加下肚后就会暴露出来。喧闹声越来越大,俏皮话和响亮的大笑不绝于耳,随后军官们开始合唱起一首关于火车站站长的歌曲。这是法国的火车乘客们最钟爱的一首歌曲,编此歌的目的就是要把火车站站长气疯。

当站长走到月台上送别火车的时候,车厢里的乘客们就在打开的车窗前站成一排,在起初很慢、后来越来越快的车轮声伴奏下唱起了这首歌。与此同时,所有人都像中国木偶一样,一起隔着窗子向站长频频点头。

整首歌都是在不断重复一句话:"塞列科丘,列舍夫德利亚加尔!""塞列科丘,列舍夫德利亚加尔!"翻译过来就是:"瞧他正站在那儿,戴绿帽子的丈夫,火车站的站长!瞧他正站在那儿!"

军官们把整首歌演绎得惟妙惟肖。中年上校——"科洛内尔"[1]——表演得尤其出色,他留着黄胡子,逼真地模仿着那个勃然大怒的站长。

有时军官们也会争论起来,每逢这时科利亚舅舅家那间低矮的餐厅里就开始弥漫出火药味,似乎马上就要剑拔弩张了。他们的眼睛闪闪发亮,细细的小胡子紧张地颤动着,他们用粗鲁的喊声互相打断对方,直到"科洛内尔"从圆袖口里举起一只手来。

这时所有人都安静下来。

按照科利亚舅舅的说法,这些人都是知识渊博的工程师。而"科洛内尔"甚至被公认为杰出的法国冶金专家,是好几本学术著作的作者。

科利亚舅舅和很多冶金工厂都有联系。我请求他把我安排到一家工

---

[1] 法语"上校"(colonel)一词的音译。

厂当工人。他对此毫不惊讶，把我安排到叶卡捷琳诺斯拉夫的布良斯克工厂当了一名炮弹检验员。

正式工作之前我必须先在莫斯科的一家工厂学习检验技术，同时还要熟悉水压机的工作原理。当时炮弹的弹壳都是用这种水压机制造的。

我学习的地点是位于索菲娅滨河街的古斯塔夫·利斯特工厂。

学习是从看图纸开始的——图纸是蓝色的，上面模糊地画着水压机的组件。看这些图纸简直会让眼睛变瞎。

除此之外，我还要学习操作用于验收弹壳和定距引信的精密测量仪器。

从工厂下班之后，我就回到那套空荡荡的、像畜栏一样的住宅里。所有简陋的家具都被妈妈卖掉了。屋子里只剩下一张行军床和一把椅子。

我喜欢这份空荡。谁也不会来妨碍我，我可以一直看书看到半夜，抽烟，思考问题。我一直在琢磨那几本以后一定会写出来的小说。后来我写出来的是完全不同的作品，但现在计较这些已毫无意义。

很快我就出发了。我坐错了火车，过了库尔斯克之后他们让我在勒扎瓦站下了车。我在车站里坐了好几个小时，等待我该坐的那辆火车——它正从后面往这里驶来。

我一点也不生气。坐在三等候车室等车挺好，可以读读列车时刻表，听听铃声和电报机断断续续的敲击声，还可以到站台上走走，看路过的快车怎样疾驰而过，把小站震得摇摇晃晃。

我还在车站附近的田野上溜达了一会儿。这儿已经过了库尔斯克，春天也降临了。雪开始融化下沉，变得像泡沫岩一样疏松多孔。寒鸦成群结队地鸣叫着。我有种渴望，这种渴望后来也曾多次出现：我想走入这片春天的湿润原野，融入其中，不再回来。

到叶卡捷琳诺斯拉夫之后，我在离布良斯克工厂不远的切切列夫卡郊区租了一个安身的角落。

当时我身上只剩下十二卢布。

我租的是一个鳏居的机床旋工家厨房的一角。和旋工一起生活的还有他的独生女格拉莎——一个二十五岁左右的姑娘，害着结核病。

除我之外，厨房里还住着一名布良斯克工厂的铆工——一个身材高大的小伙子，眼神有点羞涩。我从未听他说过一句话，问他问题，他也不回答，因为他是个聋子。

每天晚上从工厂回来的时候，他都会带回一瓶浑浊的叶卡捷琳诺斯拉夫出产的布扎——一种黄米酿制的有度数的饮料，喝完之后，不脱衣服就直接倒在地板上的破床垫上，一直死睡到第二天早晨第一声汽笛声响起。

房东留着黑色的小胡子，也是个沉默寡言的人，对待我们——他的房客们，态度极其冷漠。但有一次他还是对我说了一些话：

"你看起来像个大学生。给我本文学书读读吧。我想让脑子清醒清醒。"

我手头没有什么书。房东沉默了一会儿，又说：

"要是格拉莎身体健康，我就会让她嫁人。嫁给你。你毕竟还是有前途的。我常看到，你夜里一直在写东西。那你就别躺在洗脸池下面的地板上了。水龙头里的水一直在流，不断滴答，大概让你睡得不安稳。"

他用枯燥的腔调说着这些话，只是"为了聊天"，他自己都不相信这种谈话能谈出个什么结果来。

晚上我听到格拉莎在隔壁房间里责备他：

"你干吗用自己那套愚蠢的谈话去纠缠所有的房客?!你干吗见个人就想把我塞出去?!我可没有坐在家里吃闲饭。家务事我一样都没少干。"

"笨蛋,"父亲一点也不恼火,甚至很温柔地说,"傻瓜,你就是个傻瓜!我是在替你的幸福操心。你不能一辈子就待在这间小屋里盯着墙纸发呆啊。"

"我的幸福留在那个世界了,"格拉莎说着哭了起来,"你自己都不知道干吗要把我生下来。你根本不明白。我活不过明年春天了。"

父亲气呼呼地走了。格拉莎哭了一会儿,随后走到厨房来,问我有没有书可以读一读——那种写忠贞不渝的爱情的书。

她出来的时候脸上搽了厚厚的一层粉。即使不搽粉她的脸也是苍白的,搽了粉之后她的脸看看就像一张廉价的纸板面具。她身上散发出一股甜丝丝的、糖果般的花露水味。

我回答说,我没有爱情小说,尤其是关于忠贞不渝的爱情的小说。

"都是些什么房客!"格拉莎说,"跟你们在一起我简直无聊透了。"

随后她就把自己锁在房间里,打开那台老旧的留声机,放出一首小丑比姆和包姆所唱的激昂俏皮的歌曲:

卢克列齐娅
在当铺煮甜饺,
而蒙娜·乔万娜
用香水给鸡洗澡。

夜里格拉莎常常咳嗽,一咳就咳很长时间,经常喘不上气来,这时候她总是自言自语:

"上帝啊,要有个大好人把我像条狗一样一枪打死就好了。"

我很可怜她。我在切切列夫卡的免费图书馆里找到了一本雨果的

《海上劳工》，把它带给了格拉莎，这是一部描写水手吉里亚特忠贞不渝的爱情的小说。她以不可思议的速度读完了这本小说，仅用了一个晚上。

我正躺在自己的床垫上读书。铆工在睡觉，不时咯吱咯吱地磨着牙。突然格拉莎房间的门一下子敞开了，随后那本雨果的小说飞越了整间厨房，啪的一声落到了我床垫跟前的地板上，飞的过程中有好几张书页散落下来。

"拿走！"格拉莎喊道，"把这本下流的书、这本害人的东西拿走！但愿这本书把您那位法国作家压死。满纸瞎话！他在撒谎，这条狗！根本就没有这种人，也不可能有。要是世上有这种人的话，难道我还会像现在这样活着吗？我会把他捧在手心里的。"

"这样的人是有的，"我说，"您别嚷嚷。"

"哎哟，'别嚷嚷'？那您讲讲吧，够新鲜的！我该怎样做，是要为您唱一首《所有的人都说，我是个轻浮的女人》吗？或者给您跳一曲玛特奇什舞？我恨！"她大喊道，把留声机从桌子上扔了下去，"我恨，眼不见为净才好，让地狱的烈火把一切都烧光吧！"

她从墙上扯下一条脱落的墙纸。一阵灰尘弥漫。铆工跳起来，冲到水龙头下洗起脸来。大概他朦胧中以为第一声汽笛已经响了。

这时旋工回来了。他一把抓住格拉莎的手，而她则咬紧牙关，脸色苍白，眼睛里冒着火，继续一条一条地往下扯墙纸，眼看着整个房间变得黑乎乎的，墙壁的外层剥落，仿佛里朝外翻了过来。

窗外已经透出了春天淡蓝色的柔和霞光。

这场闹剧以格拉莎的吐血而告终，一大早她就被送到工厂医院去了。旋工开始酗酒。铆工继续灌他的布扎，随后倒头就睡，完全不关心屋子里混乱不堪的状况和房主人的命运。

格拉莎死后不久，铆工就搬到别处去了，旋工的房子变得空荡荡的，没有一点儿人气。

有一天晚上，我一个人待在屋里，像往常一样，我正躺在自己的床垫上看书，这时传来了轻微但执拗的敲门声。

我打开门。门外站着的是我们车间的工人布加延科，一个稳重又好嘲笑人的人。但他这时看起来却有点发窘。

"我是来找您的，"他说，"得跟您聊一聊。"

他仔细打量了一下外层剥落的黑乎乎的墙壁，叹了口气。

"您可不走运。您给一个空虚的人当了房客，应该换一家。"

"我在叶卡捷琳诺斯拉夫这个地方不会待很久，"我答道，"不值得折腾。"

"一个空虚的人，"布加延科重复道，"他脱离了生活，脱离了同志，投入了伏特加的怀抱。这种人只会给无产阶级队伍造成混乱。总的来说我们这里的人还是很坚定的。"

"我知道，"我说，"你们这里的人是先进的。"

"我要聊的就是这件事。我们已经观察您很久了。您好像根本没有发现。"

"为什么要这样做？"我不知所措地问。

"为了判断您，"布加延科微微一笑，答道，"现在看人都要很小心才行。我指的是信任问题。"

"那又怎么样？"我问。

布加延科坐下来，抽起一支很粗的香烟，慢慢地讲了起来，好像在自言自语。他说早就在观察我了，直到确信，按照他的看法，我尽管目前来说还远离革命运动，但却是个很可靠的人。现在有这么个事儿，针对国内接连不断的专横行径需要散发传单，却没有能写传单的人。要是可以这样就好了：如果我，一个一看就有文化的人，能写一份传单，而他们，这些工人，只需要检查一下，就可以"发起行动"了。

我同意了。我写了一份传单，把自己擅长的全部激情都融入其中。形象地说，当我写这份传单时，简直就如维克多·雨果附身，文采飞扬。但布加延科却彻底否定了这篇稿子。

"这不是为传单写的，"他说，"无可指摘，弄得很漂亮，打磨得很好。这种文字美，您知道，有时会削弱不该削弱的东西，会缓解人的情绪。写东西必须要因人而异。传单这种东西需要的就是通俗易懂。要使最没有文化的大老粗也能看懂它。要使读过它的人愤怒起来，准备行动。要让人们不由自主地攥紧拳头。我明白，这也许要比写得漂亮难多了。请您再试着写一篇吧。"

这次谈话之后，我花了好几个晚上倒腾这份传单，真是绞尽脑汁，直到把它写得既简单又明了。

传单印了很多份，在各个车间里都张贴和散发了不少。我为此非常骄傲，可惜的是，我不能告诉任何人，我——就是传单的作者。我想留一份当作纪念，但布加延科却拿走了，他还因此数落了我，说我是一个很糟糕的秘密工作者。但他对传单很满意，他那两撇被烟熏黄的剪短的小胡子绽放着微笑，他说：

"瞧瞧，知道了吧，在咱们扎波罗热的窝棚里长大的可都是棒小伙。"

在工厂里我的工作是忙着检查榴霰弹的弹壳质量。弹壳成堆摆放在未刨光的木板长桌上。我要用一盏小电灯照亮弹壳内部，检查一下侧壁是否有气孔和烧损的地方。随后用卡尺测量弹壳的直径。

碰到不合格的弹壳，我都要在上面用粉笔打个叉。次品非常多。一些中年女工会把这些淘汰的弹壳用小车推去回炉。

我工作的位置旁边有一把圆锯。它锯铁时的尖叫声让人难以忍受。听到这种尖利的声音人会觉得毛骨悚然，心里简直要发疯。这尖叫声像钻头一样，直往你的脑子里旋。

我觉得自己快变聋了，眼睛也看不清，如果可能的话，真想炸毁这把锯子。再也想不出还有什么比这更厉害的折磨人、人的神经、大脑和心灵的方式了。

而当锯子停下来的时候，感觉会更加糟糕：所有人都在焦躁不安中等待它再次发出尖锐的叫声。这种等待本身就让人觉得恶心。很快，锯子又带着胜利的呼啸用它那疯狂转动的钢齿切割起铁来，滚烫的火星像喷泉一样四处乱溅。

我不用听命于工厂的领导，而是要服从彼得格勒派来的韦利亚米诺夫大尉的指挥，他是军械部派驻布良斯克工厂的代表。

每隔三四天我都要去他那儿一趟，向他汇报自己的工作情况。

我好久都想不起韦利亚米诺夫大尉到底像谁，后来终于想到了：像十二月党人雅库博维奇[1]。因为韦利亚米诺夫也长着一张枯瘦的脸，留着两撇下垂的黑色小胡子，额头上还束着一根黑布带。

韦利亚米诺夫住在大道街上。从他房间的窗户可以看到第聂伯河和几座花园。花园里的草木已经抽芽了。树木上空，就像早春常有的那样，笼罩着一层朦胧的淡青色薄雾。

---

[1] 亚·伊·雅库博维奇 (1792—1845)，俄国十二月党人，大尉。

韦利亚米诺夫的房间里堆满了各种图纸、书籍，还有很多与他的炮弹专业毫不相关的各类东西。

韦利亚米诺夫痴迷于摄影和方志学。他的窗台上挤满了各种量杯、装显影液的玻璃瓶、印照片的框子。屋里弥漫着一股定影液的酸味。

一张圆桌上铺着旧旧的丝绒桌布，上面放着一盆喜林芋和一些照片。这些都是外省城市的风光照——波尔霍夫、格多夫、瓦尔代、洛耶夫、罗斯拉夫利和许多其他的城市。在每个城市中韦利亚米诺夫都能找到一些有趣的东西。他叼着烟卷，一边吞云吐雾，一边故作谦逊却又带着明显的满足向我讲述着他的这些发现，并把相关的照片展示给我看。

有时他的发现是彼得大帝时代留下的一座木质大门或阳台上一段别出心裁的栏杆，有时是一排排货摊或果戈理笔下的瞭望台。

每个假期韦利亚米诺夫都会在远离城市的偏僻地方度过。他在破败的地主庄园里拍摄画作、瓷砖砌面的炉子、房间或花园里保存的雕像，随后他会带着这些照片去彼得格勒，把它们展示给精通艺术的朋友们。

他带着矜持的骄傲向我讲述，他是怎样在卢加附近的绥达村找到了普希金的奶娘阿琳娜·罗季奥诺夫娜的坟墓的，除此之外，他还在切列波韦茨附近的一栋被钉死的房子里发现了著名雕塑家科兹洛夫斯基[1]创作的一尊半身像，还有法国画家普桑的两幅画作。

我端详着这些照片，在韦利亚米诺夫那儿一坐就是很久。他从一个暖水瓶里给我倒茶喝，还用夹香肠的面包片来招待我。

他堆满东西的房间非常温暖。我迟迟不愿离开那里，回到自己在切

---

[1] 米·伊·科兹洛夫斯基（1753—1802），俄国雕塑家、画家，古典主义的代表。

切列夫卡的那间破烂的厨房去，厨房墙壁上总有些饿得透明的褐色蟑螂在互相追逐着爬动。

有一天，韦利亚米诺夫对我说：

"您在切切列夫卡也苦闷够了，锯子把您的耳朵也折磨得差不多了。我要派您去塔甘罗格。那可是一座享有盛誉的城市。但是，在去塔甘罗格的路上您要绕道去尤佐夫卡的新罗西斯克工厂一趟，在那儿完成弹壳的检验工作。这要耗费两三个星期的时间。您同意吗？"

我当然同意了。

韦利亚米诺夫把薪金和路费都发给了我，并许诺夏天会到塔甘罗格去，于是我们就告别了。

在切切列夫卡的屋子里我辗转反侧，几乎一夜未眠。我们从不熄灯，因为只有这样才能对付蟑螂。黑暗中它们会纷纷从墙上下来，在你的脸上和手上到处乱爬。

我躺在那里，脑子里冒出了一个疯狂的想法——延迟五六天到尤佐夫卡去，利用这段时间去一趟塞瓦斯托波尔。韦利亚米诺夫是不会发现的。

我小时候曾去过塞瓦斯托波尔，当时我们全家从基辅去阿卢什塔时曾路过那里，从那时起我就从未忘记过这座城市。我甚至常常梦到它——整个城市闪着海水粼粼的波光，城市不大，但风景如画，空气中飘荡着海藻味和轮船释放的烟味。

水龙头里的水在不断滴落，蟑螂在地板上的小水洼里喝着水，外面大街上的一个醉汉在号啕大哭地喊叫："射死我吧，犹大！往心脏这儿打！"但这些我都浑然不觉。我渐渐睡着了，朦胧中仿佛呼吸到了扁桃盛开的花园里芬芳的空气。

可惜仅仅一天……

叶卡捷琳诺斯拉夫的售票窗口要求我出示去塞瓦斯托波尔的通行证。我没有通行证,所以只好买了一张去巴赫奇萨拉伊的票。我相信,从巴赫奇萨拉伊我能设法去到塞瓦斯托波尔。

售票的老头甚至有点同情我。

"严厉的措施啊!"他叹了口气说,"这都是'玛利亚皇后'号事件闹的。"

黑海舰队最具威力的战列舰"玛利亚皇后"号的倾覆是个谜。当时全世界都在谈论这场惨剧。战列舰好好地停泊在北海湾,不明原因就突然发生了爆炸,最后底朝天倾覆了。

爆炸发生前不久,一批"至尊的皇室客人"视察了这艘战列舰。这些客人中有几位是皇后亚历山德拉·费奥多罗芙娜的亲信。也许,他们中有人在军舰最容易受到攻击的地方偷偷放置了几枚香槟瓶塞大小的定时炸弹。

"玛利亚皇后"号事件并不是唯一的一次惨剧。在大西洋上，装运武器驶往欧洲的军运船时常由于这种不易被发现的炸弹而发生爆炸或起火。在装煤的时候，有人把炸弹和煤一起偷偷带进了轮船的煤舱里。

在火车上我一直站在车厢连廊的窗户旁。温暖而漆黑的南方之夜降临了。每到一站我都会打开外面的车门，侧耳倾听周围的声音。黑暗中传来模糊的沙沙声。也许，这是融雪后仍旧潮湿的大地慢慢变干的声音。

路上每一次停车都会让我懊恼，而行驶中每一根飞驰而过的路标都会让我欣喜不已，它们不断后退，隐没在车窗透出的模糊灯光中。

当时火车上还没有电，点的都是蜡烛。在昏暗的车厢中很适合畅想自己的未来，它总是那么迷人和多姿多彩。我不久前提到的那个虚幻的第二世界以惊人的力量焕发着异彩。此刻我可以毫无顾虑地沉浸其中，不受任何良心的折磨。反正在旅途中既不能工作，也无法阅读，有大把的空闲时间可以用来幻想。当然，前提是没有喋喋不休的旅伴。

幸运的是，真没有遇到这样的旅伴。除了我，车厢连廊上还站着一个穿黑大衣的年轻水兵。他不断哼唱着一首歌，但唱着唱着就突然停下来，随后又重新开始唱，在我的记忆里只留下几句歌词片段：

  曾经有过这么件事
  发生在小站占科伊……

最终我也没弄清在占科伊站发生过什么事，只记得我们的火车到那里时已是午夜。

过了占科伊之后我仔细凝望着窗外的黑暗，期望能看到克里米亚山的支脉，但看到的只有辛菲罗波尔的灯火。

辛菲罗波尔的站台上空空荡荡。天快破晓了。一阵风从山地吹来。车站小花园里的杨树叶在沙沙作响。

车站小卖部的窗户灯火通明。长桌子上放着几个装香槟的银白色桶，还摆着几个花瓶，瓶里插着扁桃花枝。一个皮肤黝黑的年轻水兵坐在桌旁，用胳膊支着头，漫不经心地抽着烟。当火车开动的时候，他不慌不忙地走出饭馆，灵活地跳上了最后一节行进中的车厢。

列车员熄灭了蜡烛。静谧的蓝色晨曦中，一片古老的大地展现在我的眼前：被霞光照亮的连绵山峰、在卵石间哗哗流淌的清澈小河、高大的悬铃木，还有远处闪烁着神秘微光的天空，我们的火车正向那里驶去，身后留下了一条长长的淡粉色蒸汽。

在巴赫奇萨拉伊我下了车。列车员告诉我，夜里这里会有一趟从辛菲罗波尔开来的当地火车，乘上它很快就能到达塞瓦斯托波尔。只需要给宪兵三个卢布就可以了。

我不得不在巴赫奇萨拉伊停留一整天。

这个小城布局紧凑，到处铺着磨损的石板路。喷泉的水声潺潺作响。

妇女们用铜罐在喷泉下接水。随着罐中的水越来越多，水的声响也相应地变化着——从高音变成了最低音。

铜罐和水流奏出的音乐让我惊叹。它仿佛来自我想象中的虚幻国度。我想，也许我的幻想根本就是真实的存在，世界上本来就有这样的国度，那里的一切都跟我想象的一模一样。

这里的一切都是新鲜的，最新鲜的要数喷泉了。这些喷泉和我以前见过的完全不同，以往的水流都是从青铜鹭鸶或海豚的嘴里喷射出来的。这里的喷泉就在砌入严实墙壁内的石板上。水流从这些石板的洞孔中懒洋洋地流出。

巴赫奇萨拉伊宫中那座著名的"泪泉"看起来也不像喷泉。水珠像眼泪一样,一颗颗慢慢滴落,从一个贝壳盆落入另一个贝壳盆,发出轻微的声响。

我顺路走进了一家狭小的咖啡馆。它开在一处装着玻璃的旧凉台上,每当有四轮马车经过的时候,它都会摇晃起来,叮当作响。鸽子在晃动的小桌下摆动着身子走来走去,不时发出低沉的咕咕声。

窗外看得见远处的峡谷,还有一片长满带刺灌木的黄色喀斯特凹地。一条道路穿过凹地,通往洞穴之城丘福特-卡列。

"生活真奇妙呀!"我坐在凉台上暗自想道。花盆里的倒挂金钟悬垂在桌布上方,暗红色的花朵在静静绽放。

"生活真奇妙呀!无怪乎罗曼宁常说,有时我们经历的根本不是生活,而是'各种意想不到的事件'。"

我渴望多姿多彩的经历。现在梦想成真了。

的确,在生活的急速变化中悲伤总是多于喜乐。但在各种苦难之上依然挺立着永不言败的青春,就像远方如一堵蓝色的墙壁一般矗立的大海一样。这种信念缓和了失败和挫折的感觉。

我付清了咖啡的钱,就出发去丘福特-卡列。

我一直不明白洞穴之城是什么样的,直到眼前出现一处像蜂巢一样密密麻麻地布满洞孔的黄色峭壁。

顺着陡峭的小路,我爬上了这座顶部平缓的峭壁,觉得自己仿佛一下来到了如梦似幻的古代。

长满苔藓的发黄的石灰岩上被开凿出一条条深深的道路。沉重的车轮在路上轧出了两道车辙。低矮的入口通向洞穴房屋。小小的地下柱厅的祭坛上有蜥蜴在爬动。

是谁凿出了这样一座城？没有人能解答我的疑问。周围一个人影也没有。

淡紫色的小花仿佛地毯一样，铺满了岩石间小块的多石空地。花朵的形状很端正——恰好是五瓣，但大概只有用放大镜才能看得清楚。

一匹瘦弱的枣红马正在岩石间吃草。它常常停下来，打个小盹儿，每当黄蜂停在它身上时，枣红马就抖动一下皮肤。

我攀上山岩，坐了下来，把双手撑在岩石上。手掌下的石头被晒得暖烘烘的。

展现在我眼前的是像丘福特-卡列一样平缓的群山，它们形成了一个雄壮的半圆形。

在这高高的空旷的荒原上只有我一个人。下面远远的地方可以看见一群绵羊，像一个个脏线团。还能清楚地听到羊脖子上铃铛的响声。

我一动也不想动。我仰面躺在岩石上，打起了盹儿。天空闪烁着蓝色的光。七彩的刺眼光线在睫毛上不断波动、折射。一只老鹰在高空盘旋，仔细观察着我，似乎在揣摩——要不要落到我身边来。

随后我听到了水滴微弱的滴答声，回过头去，发现旁边的岩石缝隙中渗出一股如线的细流，珍珠般的小水滴不断急速滴落着。我慢慢睡着了。

当我醒来的时候，天空中一片火光，但已不是蓝色的光焰了，而是变成了赭石色——一种浓烈的血红色。整个天穹布满了各种形状的深红色云朵，有的像羽毛，有的像扇子，有的像柱子，有的像雄伟的山峰，有的像岛屿。

太阳正在西沉。它犹如一个铜盘,给群山罩上了一层暗淡的反光。

这场罕见的傍晚时分的大火每时每刻都在变得更亮、更旺。它似乎要熊熊燃尽最后一丝光热,然后再把自己瞬间熄灭。

结果也正是这样。太阳下山了,黑刺李丛中立刻便吹起了微微透着寒气的风。

我下了山。巴赫奇萨拉伊的喷泉听起来比白天声音更响一些。

我在先前那家咖啡馆喝了一杯咖啡,由于囊中羞涩,所以只好饿着肚子,但出发去火车站的时候却脚步轻盈、精神焕发。

火车是凌晨五点到的。我没有买票就上了车。

我站在车厢的连廊处。一个高大的宪兵紧跟着我也进来了。他肯定是看见我了,因为我是在巴赫奇萨拉伊上车的唯一乘客。

"您的通行证呢?"宪兵微笑了一下,问道。

我给了他三个卢布。他收下纸币,把手指放到蓝色制帽的帽檐处向我微微致意,随后就走开了。我独自留在了连廊上。

我一直望着窗外。什么时候才能看到大海呢?天已经亮了。路两边陡峭的石堑发出雷鸣般的轰隆声。出了石堑,火车立刻冲到了横跨峡谷的轻型桥梁上,桥体被压得哐当作响。随后车厢侧倾,火车开始急转弯。一片开满黄花的斜坡一闪而过。葡萄园中卷曲的叶丛一簇簇飞逝过去,随后低沉的轰隆声又把火车带入了石堑。断岩从车窗外很近的地方不断掠过,把手伸出窗外是很危险的。

冲出隧道后,迎面扑来一片淡绿色的水域,这就是辽阔的北海湾,它的水流奔腾而去,蜿蜒曲折,消失在被凝滞的烟雾所笼罩的远方。

窗外的一切都是静止不动的。但是火车在行驶,所以我觉得好像外面的一切都在叮当作响,摇摇晃晃,闪闪发亮:无论是被弃置于岸上、底朝天的黑色纵帆船，还是灰色巡洋舰、长长的雷击舰、浮标、旗帜、哨舰、桅杆，甚至包括瓦屋顶、渔网、木桩、金合欢和卵石岸上刺眼的闪光——白铁罐头盒反射的阳光。

随后，一座城市宛如一个蒙着一层青铜光辉的半圆形露天剧场，透过缓缓飘荡的烟雾呈现在眼前。

火车发出吱吱叫的刹车声，勇敢地闯进了小街道、斜坡、院落、阶梯和挡土墙组成的迷宫，最后终于停在了装饰华丽的车站跟前。

命运让我到过很多城市，但我还没有见过比塞瓦斯托波尔更美好的城市。

黑海的水波几乎与一座座房屋门口的台阶平齐。屋里充满了海浪声、海风和海水的气息。敞篷小电车小心翼翼地沿着坡道爬行，生怕一个不小心就掉进海水里。号笛浮标的嗡鸣声不时从海上停泊处传来。

集市上摆着包锌皮的大柜子，还有成堆的鲽鱼和粉红色的羊鱼，旁边就是哗啦哗啦不断拍溅的浅浪，还有船舷互相磕碰、不时嘎吱作响的小驳船。

从宽阔的大海翻滚过来的拍岸浪不断撞击着圆形的要塞炮台。装甲舰在停泊处喷吐着烟雾。

海上长鸣的汽笛声和每隔半小时一次的钟声与岸上电车的铃声、教堂齐鸣的钟声彼此呼应。客运船不满地呜呜叫着，锚链拖长声音哗啦啦地响个不停。夕阳西下，夜间降下舰尾旗的军舰上传来了铜号的声音。号声透着忧郁，在寂静下来的水面上传得很远。很快，这号声就被滨海林荫道上平缓的华尔兹乐声所取代。那声音听上去似乎不是乐队在演奏，而是黄昏在鸣唱，在不断安抚着沉船纪念碑旁不肯安静下来的最后一批浪涛。

我一直在城里漫步，尽管已经疲惫不堪，但一个个美丽如画的角落仍使我流连忘返。

我尤其喜欢连接城市高处和低处的石阶。它们都是用多孔的黄色砂岩铺就的。

石阶两侧的斜坡上矗立着一栋栋房屋。一条条爬满常春藤的吊桥从阶梯平台通向房屋大门。窗户和阳台的门都是敞开的，站在石阶上就能清楚地听到屋里的动静：孩子的笑声、女人的说话声、餐具的碰击声、不熟练的音阶声、歌声、狗吠声和鹦鹉清脆响亮的叫声。不知为什么，当时在塞瓦斯托波尔有很多鹦鹉。

夜里整座城市都黑下来了。害怕德军舰队会突袭。

灯火管制不是特别严格。各商店窗户上还挂着发光的招牌，透过放下来的窗帘依稀可辨。"糖果点心店""矿泉水""啤酒""鲜果"等泛着红光的招牌字样在大街上投下了一层模糊神秘的光。

饶舌的女人们在人行道上卖大筐装的紫罗兰，一直到很晚。她们旁边的凳子上点着提灯和蜡烛。蜡烛的火苗几乎不摇曳——夜里风就停了。

一群群海员——军官和水兵们——挤满了傍晚的街道。如果没有灯火管制，没有在远处来回搜索的探照灯的灯光，人们是不会联想到战争的。

大概，十九世纪初的海滨城市在遭遇封锁期间都是这样的，当时战争的威胁并没有那么大。笨拙的敌方浅水重炮舰在岸边喷吐着烟雾，用铜炮不断向长满黑刺李的古老炮台开炮。当时其实并没有发生真正的战争。但轻微的危险感却使人们的神经兴奋起来，使他们心中衍生出一种无忧无虑的欢愉情绪，而这种状态还被认为是勇士必备的品质。

从黄昏到夜晚，我一直坐在一八五四年建的那些棱堡附近的历史林荫道上。

下面就是南部湾，南部湾过去就是船舶区。周围扁桃正在盛开。

没有哪一种树能开出比扁桃更美丽动人、更纯洁的花朵了。每一根枝条上都开满了粉色的花朵，宛如穿着透明婚纱的新娘。

城里没有亮起灯火，暮色渐浓，城市笼罩在一片变幻无常的薄雾中。

这片薄雾最初反射着夕阳的金光，随后开始变换成纯净的银色，最后银色彻底挤走了金色。但很快，银色也开始暗淡起来，不再透明，被一层浓重的、无法穿透的蓝色淹没。当这层蓝色也熄灭的时候，夜晚就降临了。

我从历史林荫道向火车站走去，想要弄到一张票，这样可以不用通行证就能坐上火车离开。火车是夜里出发。

遇到的第一个搬运工答应不用通行证就帮我买票。

"离火车开车还有三个小时，"他说，"您可是个年轻人。您没必要在火车站干耗着。再去逛逛吧，欣赏一下我们的城市。"

于是我就朝电车的方向走去，边走边想着南方人的善良和淳朴，但是在电车站附近却看到一支海军巡逻队——两个挎着步枪、戴着袖标的水兵，他们朝我径直走来。他们要求我出示证件。我出示了。

"您住在哪里？"其中一个水兵问，"住在哪条街？"

我承认我不是塞瓦斯托波尔本地人。

"明白了！"水兵说，"您不必非是本地人。但我们得把您带到海军准尉那儿去。您不用担心，他一眼就能看穿别人的底细。"

我们出发了。路上一个水兵问我：

"您给了那个搬运工多少钱？"

"十卢布。"

"把钱还给您。"水兵递给我十卢布。

我回头望了一眼，但周围很黑，我没有看见那个搬运工，尽管我相信，他一定正幸灾乐祸地目送着我。

水兵们把我带到了一栋位于纳西莫夫大街附近的小房子里。在一间拱形房间的窗台上坐着一个长着鹰钩鼻的精瘦的海军准尉，他旁边还有一位穿方格短裙的姑娘。两条淡褐色的发辫垂在她的胸前，她不停拨弄着发辫，同时晃荡着一条腿。一只旧便鞋被她的大脚趾钩着，耷拉在脚上。

桌边还坐着一位海军准尉，一身行军服打扮——穿着大衣，戴着制帽，漆皮腰带上别着一把黑色的手枪。

水兵们报告了我的情况后就退到外面的走廊上去了。

穿行军服的海军准尉接过我的证件，抽起了烟，烟雾熏得他眯缝着眼睛，他开始看这些证件。

"是啊！"他终于开口说，"'一只小鸟在灾难的小路上快活地徘徊，没有料到这会带来怎样的后果。'[1]"

姑娘笑了起来，她晃荡着一条腿，快乐地看了看我。

"就这么办吧！"他说，"请您诚恳地告诉我，您是谁，您想干什么，您到塞瓦斯托波尔来的目的何在，为什么您想不知不觉地从我们眼前溜走。您的证件一切正常。但是，一般来说，鬼才搞得清这些证件的真假。"

我难为情起来，但还是对准尉说了实话。

"啊哈！"他满意地说，"明白。这就是那种浪漫的诗人天性吧？"

---

[1] 引自十九世纪下半叶一位无名作者的诗。

"萨沙,"坐在窗台上的鹰钩鼻说,"别闹了。"

带手枪的准尉毫不理会鹰钩鼻的话。

"如果您能证明,"他对我说,"您具有诗人的天性,流浪远方的诗情使您着迷,那么,也许我们可以网开一面。"

我不明白他是在奚落我呢还是在认真地讲。但我决定假装把他的话当真。

"要是海军上将埃贝哈特,"鹰钩鼻又从窗台那儿发话了,"知道你的侦查天分,萨沙,你肯定得去驳船上了。"

当时塞瓦斯托波尔的海上监狱被称作"驳船"。

"诗人,"带手枪的准尉仍旧没有理会鹰钩鼻的话,带着训诫的口吻说,"应该能出口成诵。您能在这方面向我们提供些什么证明呢?"

我没明白他的意思。

"请给他朗诵几首诗歌,"姑娘向我解释道,"他本身就是个诗人。"

"'乌鸦不知在哪儿弄到一小块奶酪'。"[1]鹰钩鼻讥讽地提示了一句。

"不,"我说,"如果必须这样的话,那我就给您朗诵一首勒孔特·德·李勒的诗歌。"

"瞧瞧啊!"带手枪的准尉惊奇道,"拐到哪儿去了!真是个机灵鬼!不,您最好还是给我们朗诵一首勃洛克的诗歌:'永难忘怀'[2]。但不能有遗漏的地方。如果您想得到通行证的话。"

"玩笑开得有点过了,年轻人。"鹰钩鼻说,但带手枪的准尉依然不理会他的话。

---

[1] 引自伊·安·克雷洛夫的寓言《乌鸦和狐狸》。
[2] 引自勃洛克的诗《在饭店里》(1910)。

我朗诵了勃洛克的诗歌。我本人也很喜欢这首诗。走廊上的水兵把步枪弄得哗啦直响。可以想到，他们有多么惊讶。

"瞧，多么荒唐呀！"带手枪的准尉假装悲伤地说，"在塞瓦斯托波尔就没有什么人能为您担保吗？"

"没有。"我回答。

"我为他担保，萨沙，"鹰钩鼻说，"胡闹够了。一眼就能看出他是什么人。开通行证吧。担保书我明天写给你。"

带手枪的准尉微微一笑，认真写起了通行证。趁他写字的时候，我们几个聊起了诗歌。鹰钩鼻喜欢福法诺夫[1]，而姑娘则偏爱米拉·洛赫维茨卡娅[2]。

姑娘脸红了，她恳切地说，如果有时间就好了，那她就会朗诵自己的长诗，可惜那首诗太长了。

"给您！"准尉把证件和通行证递给我，叹了口气说，"可惜您就要走了。不然有空的时候我们还能聚聚。总能谈点什么。"

我向他表示感谢，对他说，塞瓦斯托波尔真是一座充满奇迹的城市。因为在任何地方我的这次被捕都不可能像在这里一样，以如此不同寻常的方式收尾。

"我亲爱的年轻人，您还有几分天真气，"带手枪的准尉回答我说，"这里可没有什么奇迹。请您记住，密探和各类可疑人员是从不会对搬运工实言相告的。怎么样，这算是一条好格言吧？"

我走了出来。姑娘和鹰钩鼻主动提出要把我送到去火车站的下坡路

---

1 康·米·福法诺夫（1862—1911），俄国颓废派诗人。
2 米拉·洛赫维茨卡娅（1869—1905），俄国女诗人，原名玛·亚·洛赫维茨卡娅。

那儿。带手枪的准尉有点不快。看得出来，他本人也很愿意和这位淡褐色头发的姑娘在塞瓦斯托波尔夜晚的街道上并肩散步。

在路上姑娘对我说：

"到我们这儿来吧。我住在绿冈街，五号楼。我叫丽塔。那里的人都认识我。哎呀，多可惜呀，您就要走了！在塞瓦斯托波尔，我们这样的人太少了！"

"你们这样的人？"

"就是诗人。除了他俩还有我。再加上一个哈尔科夫来的大学生。"

在车站里那个熟悉的搬运工来到我跟前。他开朗而亲切地微笑着。

"您看，"他说，"没事了吧？这样您也从容些，我也坦然些。请给我五卢布吧。我这就把票给您送过来。"

一股海藻的气息从车厢敞开的窗户透了进来。探照灯投射出的白色长光一直流泻到大海幽暗的远方，随后在那里消散无踪。告别这座城市让我惋惜不已——这可是最近令人疲惫的几个月中一次短暂而快乐的停留。

"大不列颠"旅馆

在尤佐夫卡我住在"大不列颠"旅馆的一间廉价房间里。这栋破宅子之所以叫这个名字，是因为休斯和贝尔福这两个英国人，他们曾在顿河矿区拥有几处大工厂和矿场。

如今，过去的那个尤佐夫卡已经难觅踪迹了。原地建起了一座设施完备的城市。过去这里曾经是一片脏乱差的工人居住区，到处都是小破房和土窑。

这些土窑的聚集区有各种称呼：私搭屋、狗窝棚、狗洞子。这些阴郁的幽默称呼很好地描绘出了当年这些土窑令人不快的外观。

居住区旁边的凹地中就是那座整天浓烟滚滚的新罗西斯克冶金工厂，我就是被派到这里来验收弹壳的。

烟不仅来自工厂的烟囱，车间本身也在冒烟。烟是黄色的，像狐狸的毛色，同时散发着恶臭，像烧煳的牛奶味儿。

炼铁炉的炉口上方晃动着让人感觉很不真实的暗红色火焰。

从天空不断飘落油乎乎的煤灰。由于烟雾和煤灰的缘故，在尤佐夫卡看不到白色。本应是白色的东西都蒙上了一层脏兮兮的灰色，还混合着黄色的污点。旅馆里的窗帘、枕套和被单是灰色的，衬衣是灰色的，最后甚至连白马、白猫和白狗都变成了灰色。

尤佐夫卡几乎从不下雨，热风日夜不停地吹卷着垃圾、煤粉和鸡毛。

大街上和院子里到处都散落着葵花子的壳。每逢节日过后瓜子壳就堆积得特别多。

吃葵花子按照当地的说法叫作"嗑"。所有居民都在嗑。很少能看到一个下巴上没沾着葵花子壳的当地人。

他们嗑的技艺很高超，那些在篱笆门跟前扯闲话的妇女尤其如此。她们以飞快的速度嗑着，根本不用把它送到嘴边，而是用指甲远远地把它抛进嘴里。

嗑瓜子丝毫不耽误妇女们搬弄是非，也只有南方的小市民妇女才如此善于说人坏话：带着天真的厚颜无耻，用词既肮脏又恶毒。她们中的每一个显然都是"自家的头号人物"。

除了造谣和嗑瓜子之外，妇女们还很擅长打架。只要有两个妇女发出野兽般的嚎叫，互相撕扯起对方的头发，立刻就会有一群哈哈大笑的人聚拢过来，于是打架变成了一场赌博——人们会在自己认为将获胜的人身上押两个戈比的赌注。通常坐庄的都是一些酒鬼坐地户。钱都收在一顶破便帽里。

人们故意挑逗和怂恿妇女们去打架。

这种斗殴经常会发展到把整个街道都卷进去。一些连腰带都不系的男人纷纷走了出来。带铅头的短皮鞭和铁指环都派上了用场，软骨被碰得咔咔作响，鲜血也流出来了。这时一排哥萨克士兵就会从矿场和工厂

"行政管理处"所在的"新世界"小区骑马跑出来,他们会用马鞭把斗殴者纷纷驱散。

很难一下弄清楚,在尤佐夫卡究竟住着些什么样的人。冷静的旅馆看门人告诉我,这里住的都是"谄媚拍马之徒":收旧货的、放小额高利贷的、集市的小摊贩、富农、卖私酿酒的男女小贩,他们都是些靠附近居住区里的工人和矿工谋生的人。

周围各个工厂都是浓烟滚滚的。视野范围内是一个个矿井,一个又一个落满尘土的灰色锥形矿物堆是它们的标志。

"大不列颠"旅店就像一块早已僵死的化石一样,值得描述一番。

旅馆的墙壁被漆成了脏兮兮的肉色。但它的主人觉得这种色调太枯燥。于是他下令用当时流行的颓废派装饰画来点缀墙面——画上白色和浅紫色的鸢尾花,还有从睡莲丛中探出的娇媚的女人头。

廉价的脂粉味、厨房的油烟味和药味飘散在旅馆中,无法消除。电灯很昏暗,在它昏黄的光线下根本无法阅读。所有的床都被压得中间凹陷下去,像一个个洗衣盆。

兼职做房间服务员的姑娘们不分白天黑夜,随时"接待客人"。

楼下,几个歪戴便帽、系着蝴蝶领结的瘦弱的年轻人正在玩"三角"——打台球,台球桌上铺着的呢子补丁摞补丁。每天晚上都会发生有人被台球杆打破脑袋的事。

打台球者下的赌注很大。钱一般都放在球袋里,但必须得不错眼地盯着,以防那些台球室里的卑鄙小人,也就是所谓"顺手牵羊者"把钱偷走。

旅馆里各个房间之间的墙壁非常薄。夜里我总能听到叹息声、呻吟声、粗鲁的讲价声,有时还会听到妇女凄惨的叫声。这时就会有人叫来看门人，于是房间的门被撬开，从里面跑出一个衣冠不整、号啕大哭的女人，通常都是该旅店里的某个熟悉的房间女服务员，而她身后被拖出来的则是一个醉醺醺的、刘海儿潮湿的小伙子。他含糊不清地嘟囔着，用力向左右挥舞着拳头。

大家把他捆起来带走，一路上边踹他的后背边数落着：

"又故意少给姑娘钱，缺德鬼！已经多少次了！掐死你都嫌不够！"

女友们都跑到痛哭的姑娘身边。她哽咽着把拳头里攥着的钱拿给她们看——这就是少给钱的证据。

姑娘们一起重新数了一遍钱，不断哀叹着，说应该往所有男人身上都泼硫酸。

花白头发的矮个商品推销员是这些闹剧惯常的参与者——他是"曼德尔公司"成衣商号的代表。他常穿一套樱桃红的西服和一双鞋尖翘起的黄皮鞋。

他总是会安慰那些受了委屈的姑娘。

"你呀，穆霞，"他说，"应该以一种哲学般的宁静来对待一切。学学我的样子吧。"

"滚吧您哪！"穆霞泪眼婆娑地回答，"让您的建议把您噎死吧。我可知道您那套哲学般的宁静是怎么回事！"

但是老头儿却并不难为情。

"古希腊人认为，"他说，"宁静是幸福的根本条件。根本条件呀！乌里季马，拉齐奥！[1]明白吗？想一想，他少给了你多少钱？"

---

[1] 拉丁语"Ultimaratio"（关键的一条）的俄文译音。

"整整一个卢布,恶棍!"姑娘不再哭泣,回答道。

"给你一个卢布。擦干眼泪,洗洗脸,穿好衣服,变得跟以前一样迷人,然后把葡萄酒、博尔若米矿泉水和饼干送到我房间里来。"

"滚吧您!"姑娘愤怒地说,"想用一个卢布就让我去您那儿?好一只老耗子!"

但老头儿一点也不生气。他在走廊里来回走着,手揣在兜里,还哼着小调:

> 在阿根廷炎热的天空下,
> 女人们如画中的女仙,
> 南方的天空如此湛蓝——
> 在那儿乔爱上了卡洛!

旅馆里有一位公认的宠儿,大家都叫他"安静如水的格里沙叔叔"。

他是一个说话口齿不清、备受生活折磨的人,留着淡褐色的胡须,长着一双孩童般的蓝眼睛。他常光着上身直接套一件茧绸上衣,常常难为情地掩着衣襟,而且总是浑身哆嗦,好像怕冷似的,其实是因为饮酒过度。

大家都说,格里沙叔叔是一位彼得堡枢密官的儿子,毕业于皇村中学,在巴黎挥霍掉了一笔可观的家产,后来就成了电影院(当时叫"幻影园")里的伴奏乐师[1],而现在他则靠大家的施舍度日,时不时还能在晚

---

[1] 电影默片时代,放映厅里有时会请乐队为之现场配乐。

会上弄到一两个卢布，因为他是高超的吉他演奏者，还善于唱抒情小调。

格里沙叔叔非常不幸，就连旅馆的主人——一位戴圆顶礼帽、穿一条提得很高的方格裤子的胖先生——都同情起他来，给了他一份工作，让他在开水间烧泡茶用的水。因为这个活儿，格里沙叔叔就能免费住在开水间里。

他那间狭窄的小屋成了某种意义上的旅馆俱乐部。"长期房客"们都往那儿聚集，大家玩傻瓜纸牌和多米诺牌，算命，讨论各种新鲜事，而姑娘们则在那儿织长袜，缝缝补补或者熨烫衣服。

有一天，在格里沙叔叔的小屋里，我们为三层的房间女服务员柳芭举办了一场生日庆祝会。这次庆祝会"尊请"了四位房客，其中就有我。另外三位是牙科医生法伊娜·阿卜拉莫夫娜——一位中年女性，哈尔科夫一家报纸的撰稿人——一个拄双拐的高个子男人，还有药房的学徒阿尔贝特——一个皮肤细嫩、脸上长着雀斑的年轻人，他的脸上总是挂着心领神会而又略带鄙夷的微笑。

老商品推销员也想闯进生日庆祝会，但姑娘们不放他进来。

姑娘们都打扮得很漂亮，而柳芭则穿了一件黑色的连衣裙，面色苍白，沉默寡言，按照阿尔贝特的说法，她很像"玛戈皇后[1]"。

激动不安的柳芭只是偶尔抬起浓密的睫毛，认真端详着我们，每一次她眼中闪动的纯净光辉都令我惊叹。

真不敢相信这就是从前的那个柳芭，不久前的一个深夜里她还号啕大哭，一只手捂着胸前被撕破的细麻布衬衫，紧夹着赤裸滚圆的膝盖，

---

[1] 原名玛格丽特，法国国王查理九世的妹妹，后嫁给波旁家族的亨利，亨利于1589年继位成为波旁王朝的第一代君主，即亨利四世，玛格丽特便成了"玛戈皇后"。

扯着嗓子咒骂敦实黝黑的34号房的房客，用她的话来说，那就是个无赖和下流胚。

格里沙叔叔刮了脸，穿了一件并不合身的粉红色衬衫，衬衫上还别着一枚履带形状的佩针。

大家都围桌而坐，桌上摆满了旅馆饭店里做的那些并不新鲜的小吃，还有几瓶花楸露酒。桌子中央摆着一大束紫色的纸玫瑰。

柳芭走到格里沙叔叔跟前，捋平了他稀疏的头发。格里沙叔叔则匆忙抓住了柳芭的手，握了握它。柳芭把他颤抖的头在自己胸口紧抱了一会儿。与此同时，她的目光望着格里沙叔叔头顶上的窗户，她的眼神和平常一样，十分平静。

姑娘们已经面颊通红，心满意足的她们再三款待我们吃东西。她们亲切地望着我们的眼睛，不断说道：

"请吃点东西吧，祝愿柳芭永远幸福、健康。千万别客气！这些菜都是新鲜的，刚从厨房拿过来的，你们可别以为不新鲜。"

柳芭坐在格里沙叔叔和我中间。

"我想问问您，"柳芭对我说，"您一直在写什么东西？每次我收拾您的房间时，到处都散落着纸张。您在写些什么？是写感人的生活吗？"

"是，"我回答，"写幸福的生活，柳芭。"

"要是我是个有趣的人，"柳芭叹了口气说，"您也许就能好好地写写我了。那会是一部完整的长篇小说。人们会读着它落泪的。"

"喝点酒吧，柳勃卡[1]！"穆霞冲她喊道，"趁痛苦还没有把你毁掉。"

---

[1] 柳勃卡是柳芭的爱称。

柳芭的眼睛黯淡下来。

"你别吵！"她静静地说，"无论如何我都不会一直带着痛苦生活下去的。"

"我只是那么一说，"穆霞回答，"我是真心同情你，柳勃卡。"

"您也写歌吗？"柳芭又问了我一句，"对了，穆西卡[1]这个傻瓜，您不要在意她。"

"不，我不写歌。但曾经写过诗。我知道很多诗歌。"

"是伤感的吗？"

"对，好像是。"

"那您朗诵一首吧。"

"那好吧，"我回答，喝进去的花楸露酒已经让我有点"晕头转向"了，"我就为您一个人朗诵。因为今天——是您的好日子。"

"真的只为我一个人吗？"柳芭问，她轻轻地捏了捏我小手指上的银戒指，"这是谁的戒指？"

"我的。"

"说谎，不是您的。"

大家喧闹得很厉害。我想了一会儿：朗诵一首什么样的通俗易懂的诗呢？

"无所谓了，"我想，"管她懂不懂呢！"于是我稍微拖长调子朗诵起来：

不，我热爱着的并不是你，

---

[1] 穆西卡是穆霞的爱称。

> 不是你光彩照人的美丽容颜,
> 我爱的是你身上往日的苦难,
> 还有我已消逝无踪的青春印迹。

桌边的喧闹声安静下来。

> 有时我端详着你的面庞,
> 久久凝望着你的双眼,
> 我正在进行秘密的交谈,
> 但你却并非我倾诉的对象。

我停下了。

"瞧吧!"柳芭生硬地说,"既然您开始朗诵这样的诗,那就让人心碎个够吧。"

> 我的谈伴是青春时代的女友,
> 在你的面容中寻找她的留痕,
> 在活的唇上寻找早已无言的双唇,
> 在你的眼中寻找早已熄灭的明眸。[1]

其中一位姑娘大声吸了一口气,抽泣起来。

---

[1] 引自莱蒙托夫的诗《不,我热爱着的并不是你》(1841)。

"这是诗人莱蒙托夫的诗,"格里沙叔叔调着吉他的弦说,"与其朗诵,不如唱出来。"

他弹了一个柔和的和弦,用悦耳有力的男高音唱道:

> 独自一人开始我的游历,
> 石子路在雾中闪烁光亮……[1]

"跟着唱!"他命令道,吉他又一次在他的手指下忧伤地轻吟起来,"所有人都跟着唱! '深夜静谧。荒原聆听上帝,星星与星星互诉衷肠'。"

所有人都轻声吟唱着诗节的结尾部分。柳芭坐在那儿,胳膊肘支着桌子,下巴靠在交叠的手上,眼睛望着窗外吟唱着。她的眼睛在熠熠闪光。格里沙叔叔昂起头弹奏着,他的腮边挂着一颗闪亮的泪珠。

门突然被打开了,闯进来的是34号房的房客——那个敦实黝黑的男人,长着一双带有甜甜笑意的东方人的眼睛。

"柳芭奇卡[2],小可爱,"他用讨好的语气说,"我来找您。请您出来一小会儿吧。我非常非常想和您好好聊聊呢。"

"聊聊?"柳芭回过头问,"你想和我聊聊?在你的房间里?"

"这样也不错。我的小房间很合适的。"

柳芭站起身来。

"你很清楚,今天是我的什么日子。即便如此还来烦我,忍一下都不行,下流东西!从这儿滚开!"

---

[1] 引自莱蒙托夫的诗《独自一人开始我的游历》(1841)。
[2] 柳芭奇卡是柳芭的爱称。

"柳勃卡！"穆霞突然尖叫了一声，但已经来不及了。

柳芭抓起一瓶花楸露酒，用力把它扔向了那个黝黑的男人。

酒瓶击中他的脑袋，碎了。他用双手捂着脸，抹得肥胖的腮帮子上全是混合着花楸露酒的鲜血，随后他向走廊退去，在门槛上绊倒，一声未哼就仰面摔在了地上。

"我要杀人！"柳芭疯狂地喊道，"把所有人都像宰疯猫一样统统杀掉。杀光所有人！别碰我！别烦我！我要去西伯利亚，去服苦役，我要跟你们，跟你们这帮坏蛋，清算干净！"

她跌坐在椅子上，把头俯伏在桌上。

"姑娘们！"她带着默默的忧伤说，"我亲爱的女友们呀！难道我们连洗净自己的机会都没有啊！姑娘们呀！"她全身颤抖地喊道，"我好像做了一个光明的梦……谢谢你，格里沙叔叔，谢谢，我的亲人儿。谢谢你们所有的人。"

她哽咽地泣不成声，大声咳嗽起来。格里沙叔叔站在她身旁，浑身哆嗦，不断咽着口水。

我抓住柳芭的双肩。即使隔着连衣裙，我也感觉到它们的灼热。

我清楚，有些重要的话应该对她说，那种为了救一个人、在这个人的一生中只能对他说一次的话。但我却说不出那些关于爱和帮助的暖心话来。无论我多么想说，都说不出来。也许，我应该撒个谎，如果确信这样做能让柳芭好受一点的话。可是我的话早已说尽了，那是在白俄罗斯那边，在廖莉娅临死之前，噙着满眼不肯流出的泪水，轻轻推开我的时候。

而且，柳芭也并不需要我来安慰。这些话应该让格里沙叔叔来说。但他又能说些什么呢？他就是一个酒鬼，一个哆哆嗦嗦、脆弱不堪的老头儿，一个靠别人的怜悯苟活于世的人。

到最后我什么话都没说。我抓住柳芭的一只手,握了握它,而她则透过被泪水打湿的睫毛飞快地看了我一眼,并用手抚摸了一下我的脸颊。

不管正人君子们会怎样嘲笑,不管他们怎样对多愁善感不屑一顾,我都会终生铭记这匆匆的一瞥,永远不会忘怀。

走廊里响起急促的脚步声、马刺的磕碰声和大声的说话声。我回头看了一眼。整个走廊都挤满了惊恐的旅馆房客。

瘦弱的警察局长带着几个警察走进屋来。警察们很有礼貌地轻轻按着自己的军刀。

"请吧,小姐。"警察局长严厉地说,语气中似乎还带着同情。

柳芭迅速站起身来,走了出去,没有看任何人一眼,甚至都没有回一下头。

黝黑的男人被带走了。姑娘们互相抱着哭了起来,而格里沙叔叔则猛然喝起了花楸露酒——一杯接一杯,就像喝水一样。

这时那个拄着双拐、整晚都沉默不语的男人走到门跟前,关上门,说:

"我们——都是证人。在法庭上做证时就说,这个人是突然冲进来对柳芭横加打骂的,于是她才用瓶子砸了他,进行自卫。而这位老人家,"拄拐的人指着格里沙叔叔说,"在法庭上应该保持清醒,毫无醉态。说得要跟大家都一样。"

这时格里沙叔叔站了起来。他凝神望着那个拄双拐的人,坚定有力地说:

"阁下!不需要您来教我对待女性的高尚法则。我从母亲的乳汁里就吸收了这些品质。也许命运使我堕落了,但这并不意味着别人有权利来侮辱我的人格。我原谅您,只因为您的行为像个骑士。"

说完后格里沙叔叔紧紧握了握那个拄双拐的人的手。

从那天晚上起，我意识中的某种想法发生了剧烈的转变。以往我极力回避的东西，现在我不再害怕了。我对待人的态度也不再像从前那样浮于表面、浅尝辄止。

从那时起我明白了一个道理，应该在周围人身上寻找人性的每一个闪光点，即使这些人对我们来说似乎是陌生的、乏味的。

每一颗心灵中都有一根琴弦。即使是一声微弱的美的召唤，也一定能让它产生共鸣。

柳芭的事过后不久，我就从"大不列颠"旅店搬到工厂去了，住在炮弹车间的绘图室里。

在这件事上绘图员格林科帮了大忙。他是一个有点萎靡的肺痨患者，曾经的社会革命党人。有一天他顺路到我的房间里来，旅馆的臭气让他大为吃惊，所以他劝我搬到绘图室去，尽管我待在尤佐夫卡的时间已经没有多久了。

在绘图室工作的只有格林科一个人。通常我从车间回来得很晚，就睡在木质沙发上。

工厂的生活和令人窒息的旅馆生活差别很大，感觉似乎工厂和"大不列颠"之间相隔千里一般。

每天晚上下班之后，我都会去酸性转炉炼钢车间看看。我可以在那儿一连看上几个小时，看熔化的钢铁如何从三层楼高的、像铁梨一般的巨大回转炉中不断流出。

夜里我常常去看炼铁炉里每一次出铁的过程。那个场面真令人惊恐不安。熔铁顺着地上的沟槽流淌，不断冒出深红色的热气。周围的一切都被涂上了两种浓重的色彩——黑色和红色。在熔铁的反光中工人们看起来就像是地狱的幽灵一般。

有时我也会去轧制钢轨的车间看看。巨大的辊压机震颤着,摩擦着,不断吞下烧至白热化的钢锭,在自己冰冷的金属大嘴里挤压着,最后吐出的不再是厚重的钢锭,而是长钢条了。这些钢条快速地从一台辊压机进入另一台辊压机,不断被拉伸抻长,直到变成暗红色的钢轨为止。

制好的钢轨就在脚边沿着铁滚轮滚过去,一路迸射着火星子。

周围的一切都在轰隆作响,不断发出摩擦声、哗啦声,蒸汽在嘶鸣,到处热气腾腾,火星子飞溅,轰鸣声和叮当声不绝于耳。透过轰隆隆的响声传来拖长调子的叫喊声:"小心啦!"工人们用钢制独轮手推车快速运送着烧热的钢锭。如果对面的人没有及时跳开,那他身上的衣服就会慢慢着起火来。吊车像螃蟹一样,用两只钢螯在空中夹着同样炽热的钢锭,在人的头顶上移动。

格林科总是很晚才离开绘图室。他是个单身汉,不用着急回家。

通常格林科走了之后,我就躺在木质沙发上看书。在绘图室里能听到工厂里离我不远的轰隆声,这让我很喜欢。一想到附近有几百号人在整夜不眠地劳动,心里就特别宁静。

我躺在那里,读会儿书,看会儿挂在墙上的老头儿的肖像。这个老头儿是贝色麦[1],新型炼钢法的发明者。随后我便慢慢睡着了,朦胧中我似乎觉得自己正睡在火车上——透过梦境我听到了火车的晃动声、轰隆声和叮当声。

坐在自己那张斜面绘图桌前的格林科鼻子显得很长,头发垂落在脖子上,看起来酷似果戈理的漫画像。使他们更相似的还有穿着打扮:格

---

1 亨利·贝色麦(1813—1898),英国发明家,酸性转炉炼钢法的发明者。

林科常戴一顶黑礼帽，穿一件黑色的旧斗篷，斗篷上的搭扣是狮子头形状的。海军军官们有段时间都穿这样的披风。

有一天我对格林科讲述了救护列车上的事。他则向我讲述了索科洛夫斯基是如何把他从监狱里放出来的事。

我尽量不和格林科谈论政治话题。让我感到很不自在的是，这位前社会革命党人竟然被招进工厂的军备车间工作，而且还当了绘图员。

格林科谈到所有问题时都带着一种轻蔑的冷笑，表现出明显的不耐烦，只是偶尔他的眼中才会燃起一道短暂而凶狠的亮光。

我发现工人们都是带着嘲笑的态度看待格林科的。他们背地里叫他"废人一个"，显然是暗指他脱离革命工作一事。

有一天，当我正在用小电灯检查弹壳的时候，发现弹壳里塞着一张纸条：

"不要信任绘图室里的那个人。请把纸条烧掉。"

我烧掉了纸条，从此开始认真观察那些递送炮弹的工人。但从他们的脸上却看不出什么蛛丝马迹。

就在我要离开尤佐夫卡的前一天，我在弹壳中发现了一张胶版印刷的传单。它的右角上印着一句话："全世界无产者，联合起来！"

这是布尔什维克的传单，号召大家变帝国主义战争为国内战争[1]。

我读了传单，随后又把它塞回那个弹壳。午休之后我回到车间，弹壳里的传单已经不见了。工人们不时瞅瞅我，微笑着，但谁也没说一句话。

---

[1] 指停止参加第一次世界大战，而参加国内革命战争。

开往塔甘罗格的火车晚上出发。我向格林科道别。

"您没必要怕我,"他无精打采地坐在自己那张斜面桌前,眼睛也不抬地说,"没错,我曾经是个社会革命党人。但现在我是个无政府主义者。"

他沉默了一会,好像完全不相信自己的话一般,又沮丧地补充道:

"无政府主义,这是人类社会唯一合理的制度。"

"那好吧,"我说,"愿上帝保佑您!"

"您或者是个机会主义者,"格林科依旧轻声地说,但语气中却透着凶狠,"或者是个犬儒主义者。而我还以为,我是在跟一位先进青年打交道呢。"

"我的证件上写的是'基辅省瓦西里科夫市市民'。您想要从我这里得到什么呢?不管怎样,我都感谢您的热情接待,所以我不想和您进行任何争论。"

"您,看起来,应该会前途无量。"格林科换成了粗鲁的语气,毫不掩饰地说。

"但像您那样的前途,我不会去追求的!这一点我可以保证。再见了。"

我提起了自己的箱子。格林科依旧那样无精打采地坐着,用一双小眼睛瞅着我,呼哧呼哧地喘着气,一句话也没有说。

我就这样走了。

夜里我在亚西诺瓦塔雅车站一间昏暗的小吃部里等着开往塔甘罗格的火车,我在想,生命中又一个不长的阶段过去了,苦恼也随之增加。但奇怪的是,这苦恼不仅没有扰乱,反而增强了我对美好的日子必将到来、全民族解放必将实现的信念。

它一定会实现的,我对自己说。它不可能不到来,因为即使是等待它的过程就已经蕴含了巨大的正面力量。

关于笔记和记忆

作家们常常会被问到这样的问题,他们是会记笔记,还是仅仅依靠记忆来写作。

大部分作家都会记笔记,但在写作中却很少用到它。笔记文本在文学中是作为一种独立的体裁而存在的。所以它常常与作家的长篇小说或短篇小说一样,是单独出版的。

中学时代的"俄国文学课"教师、老头儿舒利金常爱对我们重复一句话:"文化——是一种记忆。"最初我们不太理解为什么舒利金会这么说,但随着年龄的增长我们明白了,事实的确如此。

"我们,"舒利金说,"在自己的记忆中保存了各个时代。全部的世界历史、各种想象、人类的思想——所有这一切都保存在记忆中,推动我们的智慧不断运转。如果没有记忆,那我们会活得像瞎眼的鼹鼠一般。"

对于作家来说,记忆几乎就是一切。它不仅保存了积累下来的素材，还像神奇的筛子一样，留住了最珍贵的东西。灰尘和碎屑被筛了出去，随风消散，筛面上留下了一层金沙。很显然，艺术作品就得自于此。

我不是随便就谈起笔记来的。

几年前有人把一位已故作家的笔记拿给我看。刚一开始读它的时候我就确信，这不是那种通常的笔记或日记里所写的零散、简短的记事，而是对某个海滨城市所做的相当连贯的描述。下面我会尽可能详尽地再现这些文字。

我越是深入地阅读这本笔记，记忆中就越发清晰地浮现出某些曾被遗忘的色彩和气息，还有某些曾经熟识的地方。但我一时却想不起来，我是在哪里见到过这些地方，这又是何时发生的事。这些记忆的碎片仿佛从迷雾中，或者从遥远的梦境中浮现出来，而你则试图根据它们来复原梦境，就像黏合一座破碎的雕像一样。

这些笔记中究竟写了些什么呢？

首先，它详细描述了金合欢树和它的花朵。

　　这些花朵蒙上了一层淡黄和粉红的色调，看起来好像有点干枯。

　　金合欢羽状叶片的影子投映在白色的墙上，即使不易觉察的微风都能使它们晃动起来。只要看一眼这晃动的树影就能立刻明白，你身处南方，大海近在身旁。

　　当金合欢花凋落的时候，风会带着成堆的落花滚过街道。它们像干枯的拍岸浪花一样，沙沙作响，沿着马路滚滚而来，撞在花园的围墙和房屋的墙壁上。

笔记中还有关于港口斜坡的描写。斜坡通向港湾，通向海船停泊区和辽阔的海面——对于文学描述来说，这可不是能够一挥而就的文字。

港口斜坡上铅灰色的马路被比秋格马[1]的马蹄打磨得闪闪发亮。路边撒落的燕麦和小麦已经在石缝间抽出了芽。陡峭的挡土墙上长满了染料木。它们从高处垂下，像一道由枝条、叶片、刺钩和黄花织成的密不透风的静止的瀑布。

落满尘土的绿树丛中有些地方被开辟出来。小咖啡馆和小店铺掩映其中。那里会出售塞尔查矿泉水和果仁饼——一种希腊式的蜂蜜多层饼。

咖啡馆正面的墙壁一般都是玻璃的。透过玻璃可以看见里面的人穿着褪色的海魂衫，正激情投入地玩着纸牌。

但这还不是全部街景。这里还有一些老太太坐在矮板凳上，正在兜售炒板栗。火盆中的炭烧得正旺，伴随着不时传来的轻微的噼啪声——板栗壳爆裂的声音。

一个急转弯——在它的下方，出现了一个很小的港口，小得仿佛是儿童画册中的那样。

窄窄的防波堤上杂草丛生。它们把铁轨都覆盖了。这有点遗憾。不然的话，我们就能看到因生锈而变红的铁轨和洋甘菊的花朵了——这些白色的花总是依偎着铁轨绽放。

每一尊港口的铁炮炮口都像杯子似的，盛着一汪微咸的

---

[1] 比秋格马，马身高大，善拉重载，因比秋格河而得名。

水。只要你俯下身去，就能嗅到一股让你心跳加速的气息——大海和艾蒿的气息，这种气息能让人神清气爽，联想到有益身心的畅游。

淡绿色的细浪汩汩地拍打着木桩。

燕鸥从高处看到了一群毫无防备的小鱼，不断发出刺耳的叫声，贪婪地哈哈大笑着。

浪涛不断冲击着防波堤尽头一座小信号灯塔的基座，铁塔架不时发出嘎吱嘎吱的响声。

港口的桅杆上挂着一些神秘的信号标志物——一些圆球体和圆锥体。

这些黑色的球形标志物预示着什么呢？也许，是令人不安的狂风暴雨。也许，是风平浪静。当时空气明净澄澈，仿佛与海水融为了一体。吸收了这种纯净感的大海，也变得澄清无比。

不，可能还是会有暴风雨。渔民的平底渔船上的黑帆在不安地颤抖着。暮色中船舷上的灯也在不断闪烁着。

出海远行的想法早已深深铭刻在心底。但是要离开这座舒适的城市仍旧会有几分遗憾，这儿风吹动蓝色或绿色的护窗板，噼噼啪啪地拍打着墙壁，灯光明亮的房间中可以看见书架上摆着一本本厚书，也许是成套的《田地》、《环球》和《祖国》杂志。

但反正哪儿也去不了，因为港口没有轮船。它们都停在远处的停泊场里。

难道这个港口真的没有船吗？当然有，有一艘港口拖船。它在码头上泊着，不时温和地呼哧几声。还有一艘老旧的纵帆船

"海上劳动者"号。此外还有两艘拆除了军事装备的三桅战船。

很早以前就有人把这两艘三桅战船拖到这里来,准备拆掉,但它们暂时还停在港口,沉重的锚链沉在水里,就像伸着长长的手臂一样。透过梦境,战船回忆着自己的往昔岁月,那时它们曾穿越麦哲伦海峡,艏柱不断劈开群岛油亮的水面。黑暗中虽然模糊,但战舰上弯曲呈弧形的舰首冲角、首斜桁和烟囱依稀可辨。

白天的时候可以乘着小船驶到其中一艘战舰跟前,只要给看守一包"茨冈女郎阿达牌"香烟,就可以坐在甲板上的烟囱阴影下,想读什么书就读什么,想读多久就读多久。当然,在这种地方最好还是读诗歌或者游记——诸如《巴拉达号三桅战舰》[1]或《库克船长日记》[2]之类的东西。

总而言之,您可以自由选择,但老旧泛白的甲板和吃水线处生满流苏般海草的铁船舷的气息会引导您找到想看的书。

这两艘战舰曾是环球荣誉的见证者,如今在它们的甲板上可以一览海上的风光。

大海没有闪现出天蓝色、绿松石色、蓝宝石色、蓝晶色和其他南方大海特有的光彩。

大海微带绿色,十分安静。它唯一的装饰就是白云。大海很乐意映出云影,因为它知道,云朵会让它无垠的疆域生动起来。

白云从南方缓缓升起。它们的形状就像中世纪的城市,其

---

[1] 伊·阿·冈察洛夫的长篇小说。
[2] 詹姆斯·库克(1728—1779),英国航海家及探险家。

中有要塞塔楼、教堂、柱厅、凯旋门、华丽的骑士旌旗，还有勃朗峰与玫瑰山组成的雪山远景。

　　不知哪位行为乖戾的艺术家别出心裁地要为这些虚幻的城市增添异彩。于是云蒸霞蔚，各色霞彩在日落时分纷纷燃亮缤纷的光色——从蓝到金，从紫红到银白。

　　当我阅读这篇笔记的时候，有一种熟悉的感觉始终纠缠着我。我在其中寻找着线索，哪怕是一个地名、人名也好，只要能让我想起这座城市。内心深处我已经猜到这是哪座城市了，但还没有最终确定答案。

　　啊哈！瞧啊！终于出现了！"令人惊奇的是，我国的一位著名作家，一个在这座城市出生的人，其作品中却丝毫没有写到上述所提的内容——没有大海，没有港口，没有金合欢，也没有黑色的船帆。"

　　谜底就在这些文字中。这一切描写的显然就是塔甘罗格——契诃夫的故乡。

　　一旦我猜到了答案，之前读过的内容就都鲜活起来，阅读时体会到的那种疏离感消失了，一切都变得异常鲜明，真实无比。

　　是的，这就是塔甘罗格。一九一六年，当我从尤佐夫卡过来，在这里一直住到深秋的时候，我看到的塔甘罗格就是这样的。

　　我看到的塔甘罗格之所以如此，是因为当时我还青春年少，满腔浪漫情怀，沉迷于诗歌和航海类的书籍，所以我看到的都是我想要看到的东西。

　　因此，成年之后很长一段时间我都不敢再去塔甘罗格，因为害怕会失望，害怕看到的城市和初次相见时完全不同。

有什么办法呢!随着年龄的增长我们会渐渐失去这种神奇的夸张本领。

但一九五二年秋天我还是偶然来到了塔甘罗格,此行印证了青年时代对这座城市的印象。塔甘罗格仍旧那么美好。它并没有丧失自己的迷人魅力,虽然这种魅力已经与以往不太相同了。现在这座城市属于好学的年轻人——小伙子和姑娘们,街道上都是他们响亮的呼唤声、笑声,他们手中拿着一摞摞的书,欢唱着,争论着。

一九一六年那些毫不起眼的郊区,如今已经变成了新型的美丽小城区——附近新工厂的工人居住区。这些小城区像一个喧闹的圆圈围绕着塔甘罗格的老城区。

但塔甘罗格老城区里的生活还是像以前一样清净、舒适而安宁。渔民们的渔船挂着黑帆,离开岸边后便平滑地驶向大海,如果从矗立着彼得一世青铜像的山上往下看,行驶的渔船就像一片片被风吹散在海面上的黑色的秋叶。

一九一六年我住在塔甘罗格的库姆巴鲁利旅店里,旅店很大,又空旷又凉爽。它是在那些传奇般的年代建成的,当时塔甘罗格还是亚速海上最富有的城市——是希腊和意大利的大宗买家会聚的中心。

当时塔甘罗格的意大利歌剧非常出色,加里波第和爱上埃拉达的诗人谢尔比纳[1]都曾在这里居住过,衣着讲究的秃顶的亚历山大一世也曾在此停留,并最终死于此处。

但很快,敖德萨和马里乌波尔就夺走了塔甘罗格的财富,于是这座

---

[1] 尼·费·谢尔比纳(1821—1869),俄国诗人。

城市安静下来，变得寂静和荒芜了。

库姆巴鲁利旅店的房间非常高，一到晚上天花板就没入一片黑暗之中——因为灯光照不到那里。墙上色彩发暗的壁画描绘了一个古希腊罗马式的国度：有古建筑遗址，有瀑布，还有穿着红裙子的慵懒的牧女。牧女们自然都在编织花环。

前两个月我在涅夫-维尔德锅炉厂工作。这家工厂属于一家比利时股份公司。

工厂坐落在城外炎热的草原上。在厂房里可以听到螽斯的鸣叫声。

我到来的时候，工厂里正在装配唯一一台用于制作炮弹壳的液压机。比利时工程师们戴着巴拿马草帽，穿着花色吊带裤，在明亮而空旷的厂房里走来走去。他们对待我们这些俄国工人的态度是傲慢而不信任的。无论何时，他们脸上都挂着一副不满的神情。

工厂里实际上正在进行一场持续的意大利式罢工。大家干起活来无精打采，萎靡不振，工作进展得很慢，两个月的时间里我们才勉强把液压机的机身组装起来。

城里已经开始闹饥荒，面包也不总是够吃。物价上涨，我们的主要食物就是塞尔查矿泉水和干饼。这种出海常备的咸味干饼被整箱整箱地从军需库的地下室里搬出来，随后均分给我们车间的工人。

住在旅馆里太昂贵，所以我很快就租了一间屋子，房主名叫阿布拉沙·弗拉克斯，是一个举止随意、说话聒噪的经纪人。

阿布拉沙·弗拉克斯深信，除了工厂的工作之外，我还在写关于开膛手杰克和著名的美国侦探尼克·卡特、纳特·平克顿的小说。

别的文学作品阿布拉沙一概不承认。他那凌乱的房子里堆满了各种破烂的杂书，这些书都是用糟糕的劣质纸印刷的，但封面却都是彩色的，描绘的要么是强盗们骇人听闻的大罪，要么是侦探们让人匪夷所思的丰功伟绩。

其中有本书的封面我记得特别清楚，画的是陷入黑人杀手魔爪的纳特·平克顿。黑人伸长的手抓着平克顿的腰，平克顿脚下就是无底的深渊，但他却冷静地用两支手枪指着那名凶手。这幅画的寓意一目了然：如果黑人松开手，让平克顿摔下去，那么这位侦探也完全来得及把两颗子弹射入黑人的身体。很显然，无论对侦探还是对黑人来说，互相杀死对方都是划不来的。阿布拉沙·弗拉克斯对这张封面简直赞叹不已。

阿布拉沙有个妻子，她个头矮小，很爱哭，一头黑色的卷发，说话的声音带着悲腔，看人的眼神很挑剔。

"您别光看她个头小，"阿布拉沙用信任的语气对我说，"可是您看，她像只发疯的母猫一样凶恶。跟这种女人一起过，还不如淹死在海里呢。"

阿布拉沙没有把自己淹死，但却在外面寻欢作乐。有一天，我在小船码头上看到了他，他带着一位扭捏作态的大眼睛姑娘。姑娘的帽子上摇晃着几朵红色的天鹅绒罂粟花。她顽皮地转动着肩上的日本小伞，伞上画着一群游泳的女黑人。

阿布拉沙租了条小船，就和姑娘去海上泛舟了。当小船离岸稍远一些之后，姑娘开始发出阵阵令人生疑的哈哈笑声和刺耳的尖叫声。

船夫拉古诺夫，一个严肃的人，对一切都有点不满，他说，阿布拉沙·弗拉克斯就是个倒卖贩子和好色之徒，早晚他都会因为自己的猥亵行为而被人痛殴的。把船租给这样的人去划——简直就是玷污大海。

每次当弗拉克斯夫人发现阿布拉沙又有了新的背叛行为时，这栋房子里就会掀起一场暴风骤雨。

首先，弗拉克斯夫人会穿着居家长袍跑到院子里去，把枯瘦的双手举向天空，扯着悲腔大喊大叫：

"听一听吧，正直的女人们！大家都来听听啊！他又跟那个贱货，跟那个坏透的柳西卡混到一起去了！要是我不杀死那个蛇蝎女人，要是我不服毒自杀，就叫我不得好死，回不了家门。给我毒药！给我吧！"

喊叫完之后，弗拉克斯夫人就冲到街上去了，显然是冲去药店买毒药，但也可能是去找柳西卡了。几个富有同情心的主妇跑出院子，追上了她，把号啕大哭的她拖回家，随后又争先恐后地安慰她：

"您别太激动，弗拉克斯夫人，这会把心脏折磨坏的。可怜可怜自己脆弱的神经吧！每个男人都有自己的缺点。"

"请把我妈妈叫来！"弗拉克斯夫人放声大哭道，"把我好心肠的老妈妈叫来。电报胡同，五号！还有我妹妹贝尔塔。还有我姨妈索福奇卡。还有我那聪明的鲍列奇卡。让他们对他进行最后的审判吧！给我把他本人，把那个坏蛋也带过来，要不，我真不知会做出什么事来。"

她开始在地板上打滚，用脚跺地，不停地尖声叫喊。女人们唉声叹气，急得跑来跑去，忙着给她灌缬草酊，直到最后她那好心肠的妈妈——一个嘴上长着银白色绒毛、严厉的胖老太太出现，这一切才告终结。还在前厅，老太太就用雷鸣般的嘶哑严厉的声音吼道：

"给我安静下来！吵吵嚷嚷，简直像茨冈人的市场，像什么话！往她身上泼一桶冷水！"

弗拉克斯夫人瞬间安静下来，不过仍旧轻声呻吟着，好像一只受伤的小鸟。

"我已经厌烦透了，"好心肠的老妈妈怒气冲冲地说，"整天就为你这个精神失常的傻瓜忙活！住嘴吧，你这个癫痫病人！你这是像谁呀！

像个蠢透了的疯婆子。起来,洗脸去,别再让我听到你蹦一个字儿,白痴!"

一两个小时后,就在院子里我房间的窗户下,一场家庭审判开始了。所有人都到齐了,包括妹妹贝尔塔和那个聪明的小鲍列奇卡。

令人难解和厌恶的是,这场尖声刺耳的家庭闹剧却一定要公之于众,在大院里进行,在邻居们强烈的好奇心之下被公开讨论。

院子里放了一张铺着针织桌布的圆桌子,还有几把摇摇晃晃的维也纳椅子。所有人都围着桌子坐在椅子上。只有阿布拉沙坐在一边,一副绝望的样子,像个被告似的。

审判并没有立刻开始。大家都在等拉比。暂时所有人都沉默着,时不时用责备的眼神瞅瞅阿布拉沙。

每次审判时阿布拉沙都是一副邋遢憔悴的模样——穿着没领子的衬衫、吊带裤和一双鞋带散开的皮鞋。也许,他想以这副模样博得同情,也许,这副样子表达的,按照阿布拉沙的说法,是一种悔过,它代替的是古时候往头上扬灰的传统。

随后和善温厚的老拉比来了,他擤鼻涕的声音响彻了整个院子,他坐在软和的圈椅里,用方格手帕擦了很久的胡子,然后才说:"又开始耍花招了。"于是审理开始了。审理过程完全按照犹太人的规矩进行,但这丝毫不妨碍人数众多的俄罗斯观众体验这出家庭剧的所有跌宕起伏。

最终一切以和解结束。拉比被请进屋里接受款待,于是平静的生活又得以维持一段时间。

涅夫-维尔德工厂里的活儿并不多。我很早就能回到住处,有很多时间写作、看书。

我在市图书馆办了个借阅证。那里有几个书架上摆着的都是契诃夫的赠书。这些书都不外借,但有时会展示给读者看。

这些书的作者几乎被人遗忘:波塔片科[1]、谢格洛夫[2]、埃尔杰利[3]、伊兹梅洛夫[4]、巴兰采维奇[5]、穆伊热利[6],书上还有作者的题词或者契诃夫的题赠——他的笔迹清秀,没有粗笔道,很像是医生开的处方。

生活过得很从容,我甚至制定了一些固定的日程。我在家里写作,阅读则去港口,在其中一艘拆除了军事装备的三桅战船上,通常是"扎波罗热人"号。

我和看守成了朋友,所以任何时候他都会让我上船。有时在天气暖和的夜晚,我甚至就留宿在"扎波罗热人"上。

我从船夫拉古诺夫那里租了条小舢板,划到战船跟前,把它系在垂直的铁舷梯上,顺着舷梯登上高高的甲板。

我随身带了一些吃的,而喝的茶我会和看守一起煮。

我觉得,但也许,确实如此,在晒太阳和轻微挨饿的过程中我变得健壮起来——那时我常常会有饿的感觉。

我不停地阅读,背会了从图书馆借来的所有诗人的诗歌。

诗歌的韵律美使我倾倒。只有在诗歌中,俄语丰富的旋律美才得到了彻底的展现。

---

[1] 伊·尼·波塔片科(1856—1929),俄国作家。
[2] 伊·谢格洛夫(1856—1911),俄国作家、戏剧家,原名伊·列·列昂契耶夫。
[3] 亚·伊·埃尔杰利(1855—1908),俄国作家。
[4] 亚·叶·伊兹梅洛夫(1779—1831),俄国作家。
[5] 卡·斯·巴兰采维奇(1851—1927),俄国作家。
[6] 维·瓦·穆伊热利(1880—1924),俄国作家。

在诗歌中每个词似乎都重新获得了生命,似乎是第一次被发现,第一次被说出来。我震撼于这些词汇的准确性、表现力和熠熠的光辉。

我可以没完没了地反复吟诵一些喜爱的诗节。每天这样的诗句都会不同。前面的诗节很快就被后面的所代替。

有时我想起的是莱蒙托夫的诗歌"静默的草原一片碧青,高加索用银色的花环将它拥抱"[1],有时是普希金的诗句"每一天都带走生命存在的一部分"[2],有时是丘特切夫笔下的春雷"轻佻的赫柏,一边饲喂着宙斯的雄鹰,一边微笑着对着大地,倾倒下酒杯中的万钧雷霆"[3],有时又是费特关于春天的描写"飞离冰的王国,飞离暴风雪的王国,你的五月飘然而至,清新又纯净"[4]。

我被诗人们围绕着。我和他们交谈着。他们那些多姿多彩的思想,他们所塑造的饱满而珍贵的形象,这一切都充斥着我的头脑。所有这一切都似神来之笔,生自多么光明而热烈的心灵深处啊!

我感觉自己像是宝藏的拥有者。和我交谈的人是勒孔特·德·李勒和海涅,维尔哈伦和彭斯[5]。而且他们和我谈论的都是他们能够说出的最美好的东西。难道这还不算幸福吗?无论是在我的青年时代还是现在,那些无法理解或者根本发现不了这些宝藏的人都让我觉得不可思议。

我坚信,外国诗人的诗译成俄语比在原本的语言中更加优美动人。

1　引自莱蒙托夫的诗《纪念奥陀耶夫斯基》(1838)。
2　引自普希金的诗《够了,我的朋友,够了!》(1834),原句为:"每个时辰生命都在流逝"。
3　引自丘特切夫的诗《春天的雷雨》(1828)。
4　引自费特的诗《又一个五月之夜》(1857)。
5　罗伯特·彭斯(1759—1796),苏格兰诗人。

那时埃雷迪亚[1]的诗让我尤其记忆深刻。这些诗歌就像产自亚速海边,里面有它陡峭的海角、草原和古老的气息。埃雷迪亚的很多诗我都烂熟于心。

此时此刻我也忍不住要再吟诵一遍:

> 海角悬崖下古代的庙宇已崩溃,
> 死亡早已将大理石女神和青铜英雄
> 融入荒野上的红土之中,
> 他们的荣光在灌木丛中昏睡。

而几乎被忘怀的梅伊[2]的诗句紧接着在耳边响起:"金发的福玻斯[3]把自己的金盾抛入大海,大理石上漫溢出春天绯红的彩霞。"[4]亚历山大·勃洛克宛如清晨的呼吸一般辽阔而明快的诗句也随之响起:

> 啊,春天辽远,没有边际——
> 同样辽远而无际的还有梦想!
> 我认识你,生活!欢迎你!
> 向你致敬,我在把盾牌敲响![5]

---

1 何·马·埃雷迪亚(1803—1839),古巴诗人。
2 列·阿·梅伊(1822—1862),俄国诗人、剧作家。
3 福玻斯,即太阳神阿波罗。
4 引自列·阿·梅伊的诗《伽拉忒亚》(1858),"金发的"一词在原诗中为"疲倦的"。
5 引自勃洛克的诗《啊,春天辽远,没有边际》(1907)。

诗歌对我来说就是现实，如同面包和工厂的工作一样真实，如同太阳和空气一样必需。它们使我始终处于一种精神紧张的状态，置身于一个充满意外的多彩世界。它们裹挟着我，就像浪花飞溅的水流裹挟着一根从树干上掉落的树枝。我无法抗拒这种力量。

我透过一层透明的诗性观看着周围的一切。最初我觉得，周围的一切有时会因为与诗歌的接触而获得一种它不曾有过的内容，蒙上一层异样的神采。

但诗歌赋予世界的并非假象。无论是当时还是现在，对于自己年轻时醉心于诗歌的态度我都不曾有过丝毫后悔。因为我知道，诗歌——就是尽情绽放的生活，就是完整呈现的世界奥秘，而这种深度是我们凡人怠惰的目光所无法企及的。

在塔甘罗格我第一次不是作为一个匆匆的过客而住在海边。海边给我留下的印象不再是走马观花的景致，而是慢慢沉淀、逐渐加深的内涵。因此我尤其喜爱那些充满了海滨生活特色的诗歌。我用周围发生的一切来不断验证着它们。

我常常在傍晚时分，下班之后，划着小船驶向远处的大海。夕阳西下。我把小船停在大海之中。一颗颗水珠从木桨上不断滴落。

落日的美景勾起了记忆中的诗句："太阳的金轮离开蔚蓝的荒野，慢慢沉入波浪晶莹的怀抱……"[1]

这些诗句的准确性令我惊讶。一切如诗中所述，太阳的金轮离开了广漠的天空，慢慢沉入轻盈的大海碧波之中。这些诗句中没有华丽的辞

---

[1] 引自布宁于1895年翻译的法国诗人勒孔特·德·李勒的诗歌《金轮》。

藻，也没有刻意的雕饰，但却包含着一种辽阔的庄严。这份庄严是何时在诗中产生的？我无法找到那个瞬间，但随后这份庄严却又自由奔放、雄浑有力地流淌在诗中。

我喜欢码头上那些小小的轮船事务所，烟草的雾气使屋内变成灰蓝色，墙上总挂着几张时刻表。这些事务所里的职员大多是希腊人。我会不由自主地把诗歌的内容和他们联系在一起："我常常投出审视的目光，也常常遭遇审视的对视，轮务所昏暗中奥德修斯们的目光，酒吧台球计分员中阿伽门农们的注视。"[1]

我相信，在这些希腊人中一定能找到我的奥德修斯。事实也是如此。他叫格奥尔吉·希里格斯。他是一个轮船公司的代理人，身形枯瘦，长着一张褐色的脸庞和一双忧伤的黑眼睛。干瘦的手上戴了一串琥珀念珠。

不管什么天气希里格斯都会划着小舢板到停泊地的轮船那儿去。他被公认为熟悉亚速海的行家。根据天空的颜色，他就能说出明天刮什么风，鲱鱼群会不会游到顿河的河口岔流去。他能准确地判断出风向，误差不超过一度。任何一个罗盘都不会比他更精准。

希里格斯有一个美丽的女儿。她常到轮务所来找父亲，坐在窗台上，如饥似渴地看书。当有人叫她的时候，她不会立刻应声，而是先抬起头来，仿佛刚走出深沉的梦境一般。她那双蓝色的眼睛从来都不笑，长长的黑色发辫散发着薰衣草的味道。

她纤细的手腕上戴着一个海员的锡手镯。她从不跟任何人交谈。

---

[1] 引自古米廖夫的诗《现代性》(1912)。

有时我在港口也能看见她。她垂着双腿，坐在防波堤上。波浪撞击着岸堤，浪花溅在她黑色的裙子上。像所有希腊女子一样，她也喜欢黑色。有很多海员向她求亲，但她全都拒绝了。

希里格斯和他的女儿都曾让我久久着迷，我不知虚构过多少浪漫的故事，其中的主角就是希里格斯、他的女儿和我。

在距离塔甘罗格大约一海里的宽阔海面上有一处低矮的礁石堆，上面矗立着一座闪光信号灯塔。大家都叫它龟塔。

我常到龟塔那里去。在风平浪静的天气里我会把小船系在龟塔的铁栅栏上，然后在船舷边钓鱼。钓到的几乎都是表情专注的黑色鰕虎鱼。它们似乎对自身的不幸并不感到伤心，而只是极力想弄清这一切究竟是怎么发生的。

石间漫溢着清澈的海水。远远可以看到海角处的塔甘罗格，看到教堂圆顶、灯塔和红褐色的海岸斜坡。

有一天我在龟塔附近沉迷于垂钓，没有发现暮色已经降临。我是背朝大海坐着的，突然听到背后传来低沉的波浪冲击声。我回头看了一下，海上起风了。天边悬着一片灰蒙蒙的雾幕，迷雾中划过一道不太亮的闪电。

周围的海水一下变黑了，海面晃动着铁灰色的波纹。

我驾着小船驶离龟塔，向塔甘罗格的方向划去。风势变得强劲起来，才几分钟的工夫，波浪就开始劈头盖脸地朝小船打过来。

风开始转向，在大海上常会出现这样的情况，尤其是在亚速海上。风从塔甘罗格的方向反刮过来，把我吹向了开阔的大海。一股小旋风夹着波浪，喧哗着从小船旁边掠过。

天色迅速暗了下来。塔甘罗格的灯塔亮了。

这个灯塔的设计是这样的：距离港口远近不同，看到的灯光颜色也不相同。现在我已经记不清灯光的变化次序了，似乎觉得，离港口最近时灯塔会发出红光，稍远一点是绿光，最远的距离是白光。

我转头看了一下。灯塔发出的是白光。距离港口还很远。

风势凶猛狂暴。疾风一阵阵地猛吹过来，又突然冲向一边，不断盘旋着，在船桨间幸灾乐祸地呼啸个不停。

波浪猛烈地拍打着船头，小船在黑暗中不断腾起，我听到大海使劲往小船里抛灌着一桶桶海水。

我的脚已经浸在水里了。必须把水舀出去。我扔掉船桨，摸索着找到了长柄勺。但一排浪涛立刻把小船打得侧转过去，我感到一阵眩晕，我明白，只要一个大浪过来，就会漫过小船，把它打翻。

我赶紧抓住船桨，使出最后的力气重新划了起来。打湿的衬衫紧贴在身上，非常碍事。手掌火烧火燎地疼——手上的皮应该已经磨破了。

我转头望了一下，灯塔发出的是绿光。码头已经不太远了。"再加把劲，"我对自己说，"加油！马上就会出现红光了。那时你就有救了。"

我已经失去了时间感。也许，快接近午夜了。沉重的黑暗不断喧哗，在我周围狂躁不已。连奔涌而来的巨浪掀起的浪花都看不见了。

我不停地划着船，由于紧张而呻吟着。打湿的头发糊在了眼睛上，但我没有把它们撩开——反正周围什么也看不见，而且我根本不敢放开船桨，哪怕一秒钟也不行：风会立刻把小船吹回大海的。

我又转头看了一眼，不由得骂了一声：灯塔又变成白光了！我的小船被迅速地吹跑了，看来好像没有什么力量能够带领小船冲破这肆虐的狂风了。

我把船桨扔到一边，又开始往外倒海水。一种奇怪的无所谓心态控制了我。我一边倒着水，一边不知为什么突然想起了妈妈和加莉娅，想起了卢布林那条狭窄的小街，我曾在那儿给廖莉娅折过冰冷的丁香花，想起了去巴拉诺维奇的路上天空中那些潮湿的乌云，还想起了温柔抚摸过我的脸颊的那个女人温暖的手掌，还有科布林犹太会堂里的篝火。

这些回忆毫无规律地冒出来，凌乱混杂，一个排挤着另一个。一时之间我似乎什么也听不见，什么也看不见了。

当我抬起头来的时候，发现灯塔已经远在天边了。它就像一颗即将沉没的星星。

我抓起船桨，开始慢慢地划起来，划得不急不缓，整个人还处于麻木状态。我很吃惊，自己居然还没有被淹死。海浪折磨得我精疲力竭，此时我的头脑里几乎一片空白。

我转头又看了一眼，看到了绿色的灯光。但我心中没有任何喜悦，而是升起了一股莫名的愤怒。我开始拼命地划起桨来，弄得船桨咯吱作响。我站着划桨，压上了身体的全部重量。我咬紧牙齿，透过牙缝咒骂着，随后又毫无意义地重复着同样的话："决不！我不会向你屈服的！"

时间在流逝，我觉得夜晚永远也没有尽头。

突然我听到背后又传来新的肆虐的咆哮声，转头一看，却看到了灯塔的红光。港口就在跟前了。咆哮声是拍岸浪发出的，它奔向防波堤，退回来的时候又撞上了迎面而来的波浪。撞击形成的黑色水柱和浪花直冲天空。港口入口处的风浪最凶险——水手们称它为"可恶的开锅浪"。要冲进港口的大门，就要经过这道沸腾狂暴的海浪形成的险阻。

在防波堤的尽头亮着灯。我掉转船头冲灯光划过去。对危险的意识一下子回来了。

根据灯光的位置，我判断着海浪在把小船撞向何方，于是疯狂地划起桨来。为了感觉轻松一点，我大声地喊叫着。

小船被风浪抛来抛去，就像瀑布裹挟着的一块软木塞。它不断飞起，船头乱转，船底由于波浪的撞击而咔嚓作响。

一道耀眼的白光在头顶突然亮起。我当时自然猜不到，这是照明弹，防波堤上的人已经发现了我。

当我看到防波堤的黑墙近在眼前时，才突然感觉到奔涌的海水平息下来了。防波堤尽头的灯火慢慢向后退去，浪涛一下子就不再抛掷和撞击小船了。我看清了前方熟悉的三桅战船上高高的首斜桁，不断浮动的灯光倒影，还听到有人拖长声音在喊：

"喂，船上的人！船上的人！"

防波堤上有人在晃动灯光。我把小船划到灯光跟前，靠近石头台阶，随后便扔掉了手里的船桨。

港口守卫们把我从小船里拖了出来，带到了守卫室，在那儿的耀眼电灯光下我看到了自己——衣衫破烂、浑身湿透、发青的双手血迹斑斑。

"您真是幸运，"长着一对凶悍眉毛、头发花白的港口看守对我说，"下午两点就挂起了风暴信号标，您为什么还要出海呢？"

"我看不懂信号标。"我承认道。

"原来如此，"港口看守把银色的烟盒递给我说，"请记住，每个人都应该熟悉风暴信号标，无论是出海航行，还是在个人生活中，以备出现不测。"

粉刷农舍的艺术

我从涅夫-维尔德工厂转到了瓦克索夫的榨油厂工作。一九一六年的夏天就要过去了。

榨油厂的老板,一个有点傻乎乎的年轻的胖子,在塔甘罗格算是个百万富翁。他总是穿一套脏兮兮、皱巴巴的茧绸衣服,爱用五个手指头不断梳理那副乱蓬蓬的淡红褐色大胡子,说起话来让人费解,磕磕绊绊,慢慢吞吞。

瓦克索夫想要证明自己的爱国热情,于是就在榨油厂安装了一套水压机,开始压制炮弹壳。但这个主意显然是失败的。瓦克索夫的水压机制造出来的都是糟糕透顶的残次品。

瓦克索夫当然值得书写一番,但可惜,我不能在这里描写他,因为在中篇小说《大海的诞生》的引子部分我已经写过他了。

在瓦克索夫的工厂里我无事可做。于是我就给自己在叶卡捷琳诺斯拉夫的直接上司韦利亚米诺夫大尉写了一份离职申请。过了一个星期我收到了回复，申请被批准了。

我能如此有底气地辞去工厂的工作是有原因的，我在塔甘罗格集市上认识了一个来自彼得鲁沙沙嘴的老渔民梅科拉，说好了要去给他当帮手。

赶着牛车把我带到彼得鲁沙沙嘴的是一位懒洋洋的"大叔"[1]，他要去的是更远处的一座"该死的小村庄"。

尘土厚得都淹没到车轮的轮毂了，为此"大叔"对我说：

"瞧这该死的尘土，让它都见鬼去吧！顺便说一句，有一种法子可以让尘土消失。古老的法子。"

"什么法子？"

"用盐水泼到路面上。盐能让尘土凝结得像水泥一样。咱们这儿的婆娘们都往农舍的泥地板上浇盐水，所以这些地板都硬得跟石头一样。打谷脱粒的时候，大家就用盐水浇灌打谷场，为了让地面更坚固一些。就是这样的，少爷！明白吧，这世上就是一物降一物。弄不好的话，您就会无意中干出傻事来。"

他在去彼得鲁沙沙嘴路上的一个下坡处把我放下，随后继续驾车前进，懒洋洋地吆喝着若有所思的犍牛：

"喔——喔，该死的愣犊子！让鬼把你们都带走吧！"

从陡坡向下望，可以看见一小片沙嘴，那里有几座白得耀眼的农舍。岸边的撑杆上晾着浅粉色的细网。清澈的水面上摇荡着几只黑色的平底渔船。

1　原文该词为乌克兰语。

除此之外周围什么也没有了,如果不算深蓝色的天空、大海、太阳和黄色的野草的话。那些野草在风中摇曳着。

当我顺着陡坡往下走的时候,看到两个浅色头发、光着脚的小男孩,还有一个同样浅色头发、八岁左右的小女孩。他们飞快地迎着我跑过来。小姑娘跑在最前头,不时回头望一下,对小男孩喊道:

"快点!我们要先藏起来!快点!"

随后三个小孩就不见了,好像钻进地缝消失了一样。但当我走过高高的飞廉丛时,里面传出了轻微的抽泣和急促的低语声:

"你别哭了!那个叔叔会听到的。我回头一下子就能把刺给你挑出来。"

孩子们藏身在飞廉丛中。我走过去之后,他们便钻出来跟在我身后,但却保持着相当的距离。一个小男孩一瘸一拐的:大概是被刺扎伤了。

我停下脚步,召唤了孩子们一声。他们很腼腆,慢吞吞地走近我,低垂着眼睛,鼻子大声地抽着气。走在前头的是那个小姑娘,两个男孩则躲在她身后。

"你好,"我对小姑娘说,"梅科拉爷爷住在什么地方?"

小姑娘全身抖了一下,抬起一双亮晶晶的蓝灰色眼睛望着我,对我微微一笑。

这一笑里融合了使她那张晒黑的小脸容光焕发的所有东西——热诚、自豪和羞涩。自豪是因为一个神秘的城里人是向她,而不是向小男孩们问路。

"我带您去,叔叔!"她勇敢地说,同时抓起了我的手,幸福洋溢又满脸通红,领着我来到最边上一座依水而建的小农舍跟前。

各个农舍的门口,好像听到命令似的,一下子冒出来很多女人——

有年轻的，也有上了年纪的。她们慌忙整理着自己的头巾，亲热地和我打着招呼，故意说着逗趣的话：

"这是打哪儿呀你，娜塔尔卡，抓到一个这么漂亮的客人？你可真是个有趣的丫头呀！我们还在想，她这是把谁领到咱们沙嘴来了！一定是'刻赤'号的船长吧。"

"刻赤"号是一艘明轮小轮船。它的航线是从罗斯托夫到马里乌波尔。如果有货物的话，"刻赤"号偶尔也会顺路拐到沿途经过的一些沙嘴渔村来。

显然，对于孩子们来说，"刻赤"号不啻一艘童话里的船。

娜塔尔卡骄傲地走着，不去理会妇女们不是很得当的玩笑话。但绯红的脸颊暴露了她内心的喜悦。而小男孩们则意识到了自己的卑微，慢腾腾地跟在后面，保持着深沉而恭敬的沉默。

就这样我们来到了梅科拉爷爷的农舍。在那儿娜塔尔卡手把手地把我交给了一个用探寻的眼光打量着我的干瘦老太婆——梅科拉爷爷的老伴儿雅芙多哈奶奶。

在各种美好的预兆之下，我在彼得鲁沙沙嘴的生活开始了。

梅科拉爷爷很乐意雇我当帮手。所有年轻的渔民都被迫参军打仗去了，所以在沙嘴，用梅科拉爷爷的话说，"出奇地缺少人手干活"。"出奇地"一词在梅科拉爷爷的话语里具有多重含义。它既有"完全正确"的意思，也有"毫无疑问"的意思，还有"很多"的意思，甚至还单纯地表示"是的"。在回答问题的时候梅科拉爷爷经常说："真出奇！"

他收我当帮手的条件是"只管伙食无工钱"，换句话说，梅科拉爷爷必须供给我吃喝，但卖鱼的钱我是分文不取的。我吃得很少，所以对于梅科拉爷爷来说我是一个非常合适的帮手。

我分文不取,还"吃得很少",这种情况尽管对梅科拉爷爷来说是很合算的,但还是让他感到很不好意思。他常和雅芙多哈奶奶讨论我这两个令人费解的特点,当然,他认为我有点古怪——"脑子有点问题"。

我研究起了"渔民的科学"。这的确是一门独特的科学,非常复杂的技艺。这种技艺"出奇地"需要具备丰富的经验和特别的、书本中根本没有的知识。这些知识都是渔民们代代相传下来的。

梅科拉爷爷不紧不慢地把这门科学传授给我,用自己生活中的实例和事件向我讲解捕鱼的知识。

慢慢地我认识了亚速海里生长的所有鱼类,熟悉了它们的习性,知道了主要的水下鱼群通道。我还知道了很多天气征兆和各种各样的风(亚速海上的风种类可真不少)——越山风、干冷的东北风、山风、河口风、落潮风、从海上刮入河口的风、从河口刮向大海的风、刻赤风、利凡特风,还有其他一些更为少见的风。

每个渔民在大海上都有自己固定的下网("撒网")"地盘"。每次下网前都必须非常准确地把船划到这个位置。

梅科拉爷爷教会了我如何利用岸上的固定物体在大海中定位,或者,按照渔民们的说法,教我"定点出海"。按照海洋术语来说,这门技艺叫作"定方位"。

"就这样,"梅科拉爷爷说,"你瞧,要让那棵陡坡上的枯树遮住塔甘罗格教堂的十字架。这就是咱们要走的路线。我们要沿着它前进,出奇地笔直前进,就像沿着琴弦一样,直到左边草原上那座近处的丘岗遮住远处的丘岗。它们的交叉点就是咱们下网的'位置'。"

在风平浪静的日子里"定点出海"很简单,但是刮风的时候我却要拼命摇桨,才能成功地把笨重迟缓的渔船划到下网的位置。

我们一般是晚上撒网,第二天清早,不管天气如何都会去收网。只有在强风暴天气渔民们才不会出海。但他们却从不肯承认这是因为有危险,而是另有托词,认为海浪把鱼搅和了,就算出海也一无所获。

我看到了海上的很多次黎明。

有些黎明是温暖柔和的。朝霞从夜晚的静谧中慢慢浮现出来。东方的天空一片柔蓝,星星还在闪动(它们不会一下熄灭,而是渐行渐远,慢慢变小,渐渐暗淡,最后隐没在天空的深处),清澈的水面上薄雾缭绕。

当我们划到渔网附近的时候,太阳已经升起来了。渔船的影子倒映在水中。阴影下的海水变成了深深的孔雀石绿色。周围非常安静,船桨敲击船舷的响声在海面上传得很远,回声很大,就像在房间里一样。

这样的黎明渔民们称之为"天使的黎明"。

但也有寒冷、阴沉、潮湿的黎明。海风驱赶着浑浊的浅红色波浪,暗白色的雾气缭绕在天际。

还有天昏地暗、风暴肆虐的黎明,天空仿佛被撕成了碎片;还有海水浑浊发绿的黎明,浪花直往人的脸上拍溅。

如果天空红通通的,寒风刺骨,那这样的黎明带来的就是连绵的阴雨。

但是糟糕的黎明还是挺少见的——因为正值八月当今,它是亚速海上最安静、最温暖的一个月份。

梅科拉爷爷会把鱼卖给女鱼贩们——一群活跃机敏、喜欢斗嘴的妇女。有时逢到星期天,他也会自己把鱼拉到塔甘罗格的集市上去卖。

梅科拉爷爷是个不爱说话的老头儿,外表看起来甚至有点愁眉不展,完全不像沙嘴上的其他老渔民。雅芙多哈奶奶是个有病的温顺的老太太,在丈夫面前不爱说话,还时常唉声叹气,但在丈夫不在跟前时却喜欢向人抱怨他的小气。

沙嘴居民有一起粉刷农舍的习惯。他们经常粉刷农舍——一般在节日之前或者雨后进行。

女渔民们一大早就聚集在一起,从最边上梅科拉爷爷家的农舍开始,依次粉刷所有的农舍。

这是非常快乐的日子。女人们都把裙子掖到腰里,露出晒黑的矫健的腿,她们面颊绯红,牙齿洁白,一路说说笑笑,互相招呼着,脖子上的项链叮当作响,她们开着各种玩笑,不断哈哈大笑,不时从低垂的睫毛下狡黠地朝人瞧上一眼——就像雅芙多哈奶奶所说的那样,"妖气迷人"。

房子刷得最好的是娜塔尔卡的妈妈克里斯季娜——一个清瘦和蔼的女人,黝黑的脖子上戴一串珊瑚项链。她丈夫在军队服役,她带着娜塔尔卡,驾一艘小渔船,独自出海打鱼。

克里斯季娜用一把简单粗糙的树皮刷子就能准确利落地在窗户周围勾出一圈天蓝色或绿色的缘饰来。

我想起了和那个车夫关于盐的对话,于是就建议妇女们往白垩灰浆里再撒一些盐,这样墙壁就不容易被涂脏,而且白垩也附着得更牢固一些。妇女们很喜欢这个法子。作为对这个建议的回报,克里斯季娜在梅科拉爷爷家农舍的炉子上画了一些大朵的蓝色月季和几只雄鸡。

每逢星期天我都会带上两个小男孩和娜塔尔卡,一起划着渔船出海。我们在离岸不远的地方放下锚,开始钓鰕虎鱼。谈话的时候我们总是悄声细语。

娜塔尔卡总是低声说个不停,想到什么说什么,诸如沙嘴上的所有新鲜事,还有一些传闻,比如,草原的大道上有个长着铁眼的老太婆在走来走去,她要是朝谁看上一眼,谁家就会有人在战争中死去。

还有,大坟丘上的飞廉丛每天晚上都会燃起红色的火焰("我自己可没瞧见,但大家都是这么说的"),有个从马里乌波尔来的水手用三个卢布打赌,说他要去用这丛飞廉的火点根手卷烟抽。

"他点了吗?"小男孩们惊恐地问。

"那还用说!"娜塔尔卡漫不经心地答道,"而且他也没有死。水手什么都能办到。昨天一夜都在打闪电。但那不是闪电,是前线死者的灵魂在和我们交谈,想要来看看我们。妈妈说,也许,父亲的灵魂就在黑夜的海面上漂荡,于是哭得很厉害。但我安慰她说,哪颗子弹都不会伤到爸爸的,因为我把自己的铁十字架藏到了草原上的石像下面,而且单脚站着转了三次身,还说了三次:'神圣的梅科拉·米尔利基斯基,海员们的保护神,请保佑我的爸爸免于死亡。'"

"您也许认为,"娜塔尔卡惶恐不安地问我,"或者,您也许觉得,我是在说假话?一个字都不假!让上帝惩罚我吧,要是我说了半句假话。"

作为证明她画了个小小的十字,并把手指交叠成羊角状。小男孩们害怕地斜瞟着她,也悄悄把手指交叠成羊角状。

十月的一天,梅科拉爷爷从塔甘罗格的邮局一下子给我带回来三封信——妈妈的、罗曼宁的,第三封信的笔迹很陌生,看起来有些拙笨。

我好久也无法下定决心打开这些信。就像在敖德萨,我想要去"葡萄牙"号医院船上工作的时候一样,我感觉自己像个背叛者。战争仍在继续,一场未知的、并不遥远的暴风雨正在迫近,而我却给自己选择了一条轻松的道路。

"当然了,"我对自己说,"在沙嘴生活是最轻松不过的,可以钓钓鱼、晒晒太阳、强身健体,还可以读一些好书,就像周围什么事也没有，就像地球上仍然充满和平与幸福一样。不需要用这样的理由为自己开脱：他们不允许我返回前线，而且我这是在为我为之献身的伟大事业——写作——做准备，我需要多姿多彩的生活体验。"

不知为什么我想起了波隆斯基的话："如果作家是波浪，那么俄罗斯就是大海，当这个庞然大物开始发怒时，他不可能不怒火中烧。"[1]

波隆斯基说的当然没错。如果我想成为作家的话，那我就应该待在生活和它的各种事件的中心，而不应该追求这种草原上的宁静生活，不应该用哪怕是最绝妙的诗歌旋律来慰藉自己。

还没有读信，我就决定要返回莫斯科了。

我来到岸边的一艘渔船跟前。这艘船有一半已经被拖上了岸。我坐到船尾，拆开信，读了起来。

罗曼宁写道，卫生队已经转移到明斯克附近的莫洛杰奇诺，目前工作很清闲，但他并不打算离开，因为预见到重要的时刻就要来临（这句话在信中打了着重号），经过一番斟酌，他还是认为必须留在军队里。

"至于说到您，"罗曼宁写道，"好像现在又可以把您召回到救护队来了。您去莫斯科努把力吧，随后就过来。格隆斯基已经恢复了健康，现在又和我们在一起了。他变得非常安静。凯德林在明斯克的管理局，肯定是在那里闲扯淡。您在那边怎么样？在做什么？鬼知道您又会溜到什么地方去！"

妈妈写信说，她和加莉娅在科帕尼过得很好，围着地里和家里忙忙碌碌，要是我能去就太好了。

---

[1] 引自雅·彼·波隆斯基的诗《题 Ш. 的纪念册……》(1865)。

第三封信是哈尔科夫的柳芭写来的。

"抱着碰运气的心态给您往塔甘罗格寄了封留局待取的信——也许，这封信能到您手里。我从法伊娜·阿卜拉莫夫娜那里得知您在塔甘罗格。您的证词在法庭上被当庭宣读了。谢谢您，亲爱的。我被宣告无罪，只被判处去教堂强制忏悔一个月，但我是个什么样的修女，这点您清楚得很。格里沙叔叔已死于酒精中毒。他真可怜，我多同情他呀，简直难以接受。埋他的时候我不在场。现在我在哈尔科夫，在一家电影院当检票员。要是大致知道您现在在哪儿，我一定会去，哪怕待上一天也好，也能说说话——我一个人有点烦闷，不知该向谁倾诉。过去的事我都记得，不会忘记。要是您路过哈尔科夫，请写信告知。不管白天还是晚上，我都会跑去车站的。吻您，您永远的柳芭。"

我决定等"刻赤"号来，乘它去马里乌波尔，再从那儿坐火车去莫斯科。

我一直拖延着出发的日子，因为我相信自己再也不会来这片福地了。此外，正值十月末明媚和煦的天气，我很舍不得放弃这样的时光，舍不得失去这怡人秋季的每一寸光阴。

这种回响着嘹亮声音的秋日不是一下子就变得透明和明媚的。清晨通常是薄雾弥漫，随后开始变红、变亮，雾气逐渐被驱散，天空放射出华丽而略带清冷的光芒，一直到太阳落山。

所有的声音听起来都异常真切，因为大海上风平浪静。和夏天不同，秋天充满了各种慢悠悠的声响。脚下枯草咔嚓作响的声音，远处轮船鸣笛的声音，院子里女人们的声音——这些声音都不是一下消失的，而是像悠扬的钟声一样，慢慢回荡，渐渐隐去。

秋天的空气是一种容量很大的敏感的介质，它极力想要保存每时每刻的声响。

似乎秋天本身也很舍不得与这方土地、这里的居民分离，所以才留心倾听着他们的生活。

秋天发生的两件毫不相干的事情也坚定了我离开的决心。

第一件事发生在塔甘罗格。有一天，去集市卖鱼的女渔民们从塔甘罗格回来。她们说，塔甘罗格发生了骚乱，一群带着孩子的饥饿妇女捣毁了面包房和食品商店，但哥萨克却拒绝向人群开枪。

第二件事和第一件事相比显得微不足道。

有一次我正在给梅科拉爷爷修补渔网。身材细高的渔民伊万·叶戈罗维奇过来坐到我的身旁。我们抽起了烟，随后他说：

"我早就想代表我们村社过来和您谈一谈了。但一直下不了决心。您是一个文化人，——也许，您和我们这群渔民兄弟的想法不太一样。如果冒犯就请原谅。"

"有什么事吗？"我问。

"事情似乎有点不大对头。我们这里所有年轻的渔民都参军去了。他们在这儿，您知道，留下的都是老婆和孩子。他们的老婆就像地上的鱼一样苦苦挣扎，就是为了能活下去，有口饭吃。女人们自己下海捕鱼。这种事对女人来说不总是能胜任的。而您，一个年轻人，强壮有力，却去给梅科拉爷爷当助手。您哪怕去克里斯季娜的渔船上帮帮忙也行。这样看起来也公平些。大家当然都对您的做法有点吃惊。而梅科拉爷爷需要您的帮助，只是为了在存钱罐里多攒一些钱。"

我感觉到自己脸红了。这个老渔民说得对。我自己怎么就没有想到这一点呢！我对伊万·叶戈罗维奇说，我的确没有考虑到这些事情，但现在我就要走了,所以也不能再做什么。

"确实如此!"伊万·叶戈罗维奇同意道,"不过这里的人都很喜欢您。留在我们的沙嘴吧。"

"不行,必须要走了。"

"好吧,那就请您原谅我的打扰。"伊万·叶戈罗维奇站起身说,"去留当然是您自己的事情。祝您一切顺利。"

这次谈话之后我就对梅科拉爷爷和雅芙多哈奶奶失去了兴趣,我决定明天就去塔甘罗格,但幸运的是,傍晚"刻赤"号就开来了。它要去马里乌波尔。

沙嘴上所有的居民都在岸上迎接着"刻赤"号。

大家亲切地为我送行,祝愿我健康、幸福、事业有成。他们一个个先用手背擦擦嘴唇,再和我亲吻作别。

克里斯季娜带着娜塔尔卡,用自家的渔船把我送到了"刻赤"号跟前。船上还有那两个小男孩。关于我和伊万·叶戈罗维奇的那番谈话,我什么也没对克里斯季娜说。承认自己的疏忽对我来说很尴尬。

我登上"刻赤"号堆满干草包的甲板,来到船舷跟前。轮船发出猛烈而低沉的吼声,这声音和它那破旧的外表、渺小的身形非常不相称。

船轮搅起了绿色的浪花。娜塔尔卡站在渔船上。她的脸可怜兮兮地皱巴着,她用衣袖遮挡起来。她哭了,克里斯季娜向她俯下身去,扯扯她,笑了起来。

渔船和河岸一起向后退去。河岸上的妇女们挥动着白色的头巾,看起来就像一群海鸥在不停地绕着同一个地点盘旋,却下不了决心降落到沙滩上。泪痕满面的娜塔尔卡也挥动着自己那块褪色的小绿头巾。

轮船载着我离开了熟悉的陡岸。正如每次面临生活的轨迹发生改变时一样，我的心又开始痛苦地怦怦直跳。更令人觉得难受的是，生活的安排往往非常荒谬。它的各个阶段之间没有任何联系。那些突然出现在我生活中的人，又以同样的方式突然消失，有时也许是永远消失。

我从马里乌波尔给柳芭往哈尔科夫发了一封电报。发出去之后却开始后悔了。但后悔也晚了。

火车到哈尔科夫的时候是寒冷的清晨。柳芭正在月台上等着我。她穿了一件短外套，头上包着薄头巾。她在那儿一定很冷，连嘴唇都冻青了。

她向我扑过来。我们互相吻了吻。随后她端详了一下我的眼睛，拉起我的手，我们默默地走到了站台上一个用木板钉起来的售货亭后面。

"什么也别说。"柳芭说。

她抱着我的肩膀，把头贴在我的胸前，好像在寻求庇护。我没有说话。她越来越紧地依偎着我，她的头在颤抖。就这样过去了几分钟。第三遍铃响了。柳芭抬起头，飞快地为我画了个十字，然后转过身去，用头巾的一角紧紧捂住脸，沿着月台离开了。我走进车厢。火车开动了。

潮湿的二月

到莫斯科之后,我立即从火车站直接去了城市联合会。在那儿我见到的第一个人竟是凯德林。我们见到彼此都很高兴,甚至还互相亲吻了对方。凯德林是从明斯克过来出差的。我对他说,我想回到救护队去。

"这件事现在很微妙,"他说,"得去问清楚。"

于是他就去问这件事了,好久都没有回来。等他回来之后,却神秘地对我说,回救护队的事不可能了。目前军队里人心不稳,处于危险时刻,所以现在最好不要贸然往前线跑。这就是城市联合会领导的意见。

我有些茫然失措。

凯德林摘掉眼镜,擦了擦,重新戴上,然后认真地看了看我。他做完这些之后对我说:

"别灰心。工作总是能找到的。您擅长写东西。罗曼宁把您的那篇随笔《蓝色大衣》拿给我看了。您很有文采。"

他为我写了一封推荐信,给莫斯科一家报纸编辑部的熟人。

编辑部里接待我的是一个长得有点像一个老演员的秃顶男人。他坐在一间落满灰尘的房间里,趴在一张堆满校样的桌子上写东西。

在他桌子对面的软圈椅里坐着一个个子不高、身材敦实的男人,男人那有些狡黠的独眼充满笑意,留着两撇扎波罗热人式的灰白色唇髭,穿一件灰色的紧腰长外衣,戴着羊皮高帽。他很像塔拉斯·布尔巴[1]。

秃顶看了凯德林的信,说:"这个老烟鬼居然还活着!请稍候。"随后便把信塞到那堆校样下面,又开始写起了东西。

塔拉斯·布尔巴从长外衣的口袋里掏出一个银质的鼻烟盒,朝秃顶的方向使了个眼色,用一根手指在烟盒上弹了弹,打开烟盒,递给我说:

"请用!这个鼻烟盒是斯科别列夫将军[2]在普列夫纳会战[3]之后亲手送给我的。"

我谢过之后拒绝了。塔拉斯·布尔巴熟练地往大拇指指甲盖上撒了一点鼻烟,用一只鼻孔把鼻烟吸了进去,随后打出一个震耳欲聋的喷嚏,散发出一股干樱桃的味道。秃顶毫不理会塔拉斯·布尔巴的行为。

塔拉斯·布尔巴又一次诡秘地朝秃顶的方向使了个眼色,从桌上拿起一块马蹄铁——这是用来做镇纸压校样的,随后轻易就把它扳成了笔直的长条形。

这时秃顶抬起眼来。

"老一套!"他说,"您是收买不了我的。正在打仗——没有任何预支款!"

---

1 果戈理的中篇小说《塔拉斯·布尔巴》中的人物。
2 米·德·斯科别列夫(1843—1882),俄国步兵上将。
3 普列夫纳会战是1877—1878年第十次俄土战争中的一次会战。

"人家正等着您呢,"塔拉斯·布尔巴向秃顶指指我说,"我只想用这种方式提醒您这个。仅此而已。"

"好吧,"秃顶看了我一眼,懒散地说,"那咱们就来试试吧。向我们介绍介绍自己。顺便说一句,我叫米哈伊尔·亚历山大罗维奇。而这位,"他指着塔拉斯·布尔巴说,"莫斯科驻地记者的魁首,诗人,曾经的摔跤运动员和演员,莫斯科贫民窟的专家,契诃夫和库普林的挚友,有名的'吉利亚叔叔'——弗拉基米尔·阿列克谢耶维奇·吉利亚罗夫斯基。"

我有些发窘了。

"没什么,别吓着了!"吉利亚罗夫斯基安慰我说,同时使劲握了握我的手,捏得我的骨头咔嚓作响。

他向门那儿走去。在门口他回过身来,冲着我的方向点了一下头,说了句"我对他有信心",便哼着歌出去了。

秃顶接收我在报社工作了,他自己首先祝贺了我,随后说:

"现在是危急时期,潜藏着各种突发事件。看起来,我们将是罗斯大地上第二个混乱时期的见证者。从表面看,目前一切正常,但内部却在沸腾着。政府越是压紧锅盖,将来的爆发就会越猛烈。我们应该随时关注这种沸腾状态。必须知道莫斯科人在想些什么,说些什么。看看他们在剧院和家里、集市和工厂、澡堂和电车上都说些什么。弄清楚工人、车夫、鞋匠、牛奶场女工、演员、商人、工程师、大学生、教授、军人和作家们都在谈论些什么。这就是您要做的工作。开头先做这个。以后看看再说。"

当天我就在石榴巷租了一间小屋子,二十三年前我就降生在这条小巷子里。

我发现，俄国人在火车上和小酒馆里是最乐意聊天的。所以我的工作就从弥漫着马合烟的嘈杂的近郊列车开始。它们最远会开到距离莫斯科六十俄里的地方。我买一张终点站的票，坐过去再坐回来。就这样，在很短的时间内我到过很多莫斯科郊外的小城镇。我发现，首都莫斯科的四周竟是一个如此古老的罗斯，甚至连很多老莫斯科人对此都一无所知。

离开莫斯科五十俄里的地方就是一片荒凉——盗匪出没的森林，难以通行的道路，破败的镇子，表层脱落的古老教堂，毛上粘着粪便的驽马，酗酒斗殴，十字架东倒西歪的墓地，养在农舍里的绵羊，拖着鼻涕的小孩，森严的修道院，教堂门廊上的圣愚，扔满垃圾和碎屑的市场，市场上充斥着猪崽的尖叫和各种难听的骂人话，到处都是腐烂、赤贫和偷窃。

就在这片莫斯科郊外的广阔地带——风在白桦树光秃秃的枝杈间呼啸着，到处都能听到妇女们隐隐的刺耳的哭声。哭泣的是士兵的亲人们——母亲和妻子、姐妹和未婚妻。她们逆来顺受地、绝望地哭着。似乎欢乐已经永不会再来。

就这样，大地上冻了，临冬前落日的红光中，云杉木栅栏投下了一道道暗影，白砂糖似的刚刚上冻的薄冰发出清脆的咔嚓声，冻透的村庄冒出的炊烟遮盖了原野。勃洛克的诗句似乎带有预言性质：

> 我的罗斯，我的生命，我们要一起受尽煎熬？
> 沙皇、西伯利亚，还有叶尔马克和牢狱……[1]

1　引自勃洛克的诗《我的罗斯，我的生命》(1910)。

我倾听着人们的谈话——有醉醺醺的，也有清醒的，有胆怯的，也有无畏的，有顺天知命的，也有充满愤恨的——谈话各式各样。这些谈话中只有一点是共同的——希望"讲和"，希望战士们能从战场归来，希望能"减轻生活的压力"，除此之外，别无他法，只能等着被饿死。

似乎所有民众的怒火都集中到了那边，集中到了西方前线和军队里。乡村等待着，期望怒火能从那边喷涌过来，把这令人厌恶的生活砸碎，把穷苦不堪的生活清除干净，期望庄稼汉、手艺人、工厂工人能最终掌握这块土地上的政权。

那时候真正的生活才会开始！那时候人们才会主动去工作，整个国家都会响彻锯子、斧头和锤子的敲击声，即使所有的钟都敲响，也无法淹没这劳动的声音。

人真是一种奇怪的存在。我在莫斯科郊外各处看到了整个俄国苦难的缩影，但有一件事却让我暗暗欣喜——我能去感受形象生动、简单淳朴的美妙的民间语言。我还是第一次如此近距离地接触它。

屠格涅夫说，这种语言只有伟大的民族才会拥有。[1]他的话没有丝毫夸张，事实也的确如此。

而在莫斯科城里又是另一种氛围。有些人徒劳地为寻找出路而争论着，另一些人知道出路在哪儿，默默地做着准备，还有一些人则在趁机发财。出现了一批有气魄、有胆略的生意人。他们中首屈一指的大概当数西伯利亚的工业家弗托罗夫[2]了——一个比契诃夫《樱桃园》中的陆伯兴精明千百倍的人物。

---

1 参见屠格涅夫的散文诗《俄罗斯语言》(1882)。
2 尼·亚·弗托罗夫 (1866—1918)，俄国著名企业家。

在这惶惶不安的生活之上笼罩着拉斯普京的阴影。

纵观整个俄国历史，还从未出现过这种情形：一个大字不识的奸诈之徒、盗马贼和富农，来到彼得堡撞大运，在很短的时间内几乎成了国家的独裁者、俄国命运的主宰、国君的左膀右臂和宫廷美人们的主子。

皇家的、世袭贵族的和大臣们的彼得堡在他面前俯下了自己高傲的头颅，像一只挨了打的狗一样，等待着他从自己的盘子里扔一块已经被啃光的骨头。

整个国家还从未见识过这种堕落和耻辱。决定性的时刻就要来临。所有的人都在忍受煎熬，等待着收场的时刻。

时候到了。一切从拉斯普京被杀开始。他的尸体被抛到小涅夫卡河的冰层下。拉斯普京中了毒，中了弹，还溺了水。尽管如此，按照医生的说法，甚至在水下他的心脏仍然跳动了几分钟。他生命力顽强，就像一个典型的盗马贼。

在这件事之前，莫斯科已经陷入一片混乱。

成千上万名穿着绿色长袍的乌兹别克人被一群群地押着穿过大街。中亚的叛乱被镇压了，乌兹别克人被赶往摩尔曼——他们将在那里修建极地铁路，然后慢慢死去。初雪飘落在他们银线绣花的黑色小圆帽上。这些注定要死亡的队列持续了好几天。

波兰、波罗的海沿岸和白俄罗斯的难民们涌入了本地人占主体的莫斯科城。悦耳的莫斯科口音中越来越经常听到一些快速的带唏音的腔调。

一些像拉比一样的年迈的犹太人打着伞在飘雪的莫斯科大街上来来往往。

象征派的诗人们完全丧失了对现实的认知，继续歌唱着那些苍白的激情幻影和非人间的欲望之火。在各种思想和情绪的大混乱状态下，他们已经不再引人注意。没人顾得上他们了。

编辑部里的生活一刻也没有沉寂过——无论白天，还是夜晚。所有的空闲时间同事们都在编辑部里度过。他们争论着，吵嚷着，等待着大事的发生。

从彼得格勒传来了令人不安的消息。从那边过来的人讲述着买面包排起的可怕长队，大街上和广场上短暂而愤怒的群众集会，工厂里的骚乱。

拉斯普京被杀之后不久，秃顶把我叫去了。

"您瞧，"他说，"您的随笔挺受欢迎。您成功地捕捉到了某些……人民的心声。因此大家有一个想法——想派您去一个荒僻的县城，让您写写现在屠格涅夫的俄国都在想些什么。"

我同意了。于是我们开始考虑，应该去哪里，在莫斯科附近的什么地方能找到一个最荒僻的县城。

参与谈话的还有著名戏剧评论家、契诃夫专家——极为和气的尤里·索博列夫。无论当面还是背后，大家都叫他尤罗奇卡。

"契诃夫曾写过，"尤罗奇卡说，"对他来说，图拉省的小城叶夫列莫夫就是俄国穷乡僻壤的缩影。它在叶列茨附近的某个地方。顺便说一句，那也是屠格涅夫笔下曾出现过的地方。叶夫列莫夫坐落在美丽的梅恰河畔。记得那篇《美丽的梅恰河畔的卡西扬》[1]吧。您就去那里吧。"

我是夜里到达叶夫列莫夫的。车站上的小卖部被粉刷成脏兮兮的淡紫色，我在这个冷飕飕的小卖部里一直坐到天明。除冷茶之外，小卖部

---

[1] 屠格涅夫《猎人笔记》中的一篇小说。

里什么也没有。

煤油灯冒着黑烟。车站上一个大胡子宪兵几次经过我的身旁,严厉地望望我,把马刺弄得叮当作响。

天刚一亮,我就立刻雇了一个马车夫,出发去叶夫列莫夫唯一的一家旅馆。

在冬日清晨破晓的灰白色光线下,这座小城显得出奇地渺小和破败。砖砌的监狱,伸出一根细长铁烟囱的酿酒厂,森严阴郁的教堂,一栋栋下部为石基、上部为木结构、仿佛孪生子一样相似的小房子——这一切在尚未熄灭的朦胧路灯的照射下,都让人觉得很沮丧。唯一有点意思的建筑大概就是集市里的一排排货摊了。有一些类似圆柱和拱形的结构点缀着它们,诉说着它们古老的往日岁月。

潮湿寒冷的天空中,寒鸦在不断盘旋。大街上散发着一股刺鼻的马粪味。

"这哪里是个城市嘛!"我对马车夫说,"简直没啥可看的。"

"干吗要来看它呢!"马车夫漠然地回答,"要是看的话,谁也不会到这里来。这儿可不是莫斯科。"

"那人们为什么过来?"

"来买粮食,还有苹果。我们这里曾是粮食最充足的粮站。买卖人都拿着成千上万的钱来买粮。而苹果,对了,即使眼下我们这里的苹果也是极好的。安东诺夫卡苹果。要是您有兴趣买,可以去一趟郊区的小村博戈沃。我可以把您送到那里去。就算在冬天,那里的苹果也是想买多少有多少。"

旅馆里很昏暗,也很安静。我的房间虽然窗户朝向街道,但也很昏暗,不过倒是挺暖和。从下面的饭馆里飘上来一股酸菜汤味和茶炊的烟气。

值班服务员是个脸上长着雀斑的人，嘴巴好像永远吃惊地半张着，他一直不肯离开我的房间，站在那儿瞧着我。也许他是想弄清楚我是什么人，究竟为什么要来叶夫列莫夫。

我把他往外撵。他并不生气，临走时还说：

"您想不到吧，我们旅馆前几天还住过一位上校。眼下有一位莫斯科来的女占卜师住在这里。特罗玛夫人！瘦得像只猫。一天要抽三盒'伊拉牌'香烟。手指头上——全是钻石戒指。清一色的钻石。我们这儿挺快活的。今晚下面会有舞会。这都是我们老板安排的。为了多赚钱。他可是我们这儿的雄鹰。"

服务员走了。我在火车上整晚未睡，所以就脱了衣服，很享受地躺到了床上。

这么长时间以来我是第一次感到疲惫。我觉得很冷，浑身打着寒战，既不想动，也不想跟人说话。

"就差在这个穷乡僻壤生场病了。"我想。

生病的念头提醒我想起了竭力回避的东西——孤独。妈妈和加莉娅离得很远，罗曼宁在前线，廖莉娅已经不在了。没有人能够在我落难或生病的时候来帮助我。没有一个人！在这段短暂的时间里有数百人从我的生活中匆匆而过，却没有一个人停留。这让人觉得很委屈，很不公平。

我一边这样想着，一边还竭力安慰自己。

我睡着了。我不断做着一个同样的梦：一片雪原，上面立着一根根像稀疏的栅栏似的电线杆。随后我醒过来，但只要一闭上眼睛，眼前就又会出现那片单调的平原，那些不知为何出现、不知要延伸向何处的电线杆。在梦里我清楚地知道，它们不会伸向任何地方——因为前面既没有城市，也没有村庄，只有连绵的白雪和令人厌烦的冬天的严寒。

恍惚间我感觉好像有人在轻轻地把我从床上不断往上抛，于是我醒了过来。我睁开眼睛，还没有完全清醒，就听见阵阵响亮、急促而又节奏感很强的乐队演奏声。

窗户上的玻璃在颤动。土耳其鼓不知疲倦地、铿锵有力地敲打着。

下面的舞会开始了。

我穿上衣服，下了楼。这是一个观察叶夫列莫夫居民的合适的机会。

低矮昏暗的大厅里，一股股潮湿的水汽顺着墙壁往下沉降。乐队狂热地演奏着。面孔紧张的姑娘们坐在吱嘎作响的椅子上，不时用小手帕扇着风。

空荡荡的大厅中央有一个穿着破旧长礼服的瘦弱的人在跳舞。花白的头发像猪鬃一样支棱在他那香瓜似的长脑袋上。他显然已经醉了，但是舞却跳得灵活而敏捷，不时蹲下身跳着伸腿的舞步，还不停地大声喊着："哎哟，纽尔卡，别伤心，跳上两圈开开心！"

男人们都挤在大厅门口。几乎没有什么年轻人，如果不算那几个病病歪歪、细长脖子、眼睛暗淡的年轻人的话。看来，他们都是些不够资格服兵役的人。

在大厅显眼的位置坐着一个仿佛浑身贴着黑玻璃珠的干瘦女人（我猜这就是那个女占卜师），她旁边坐着一个大大咧咧架着二郎腿的男人，他长着一个翘鼻子，留着棕红色的山羊胡子，头上戴一顶宽边黑礼帽，长长的头发垂到插肩袖格子大衣的领子上。一根银镶头的手杖放在他的膝盖上，镶头雕着一个躺在浪尖上的裸女。他把玩着这根手杖，带着百无聊赖的微笑透过夹鼻眼镜不时朝四周张望。

看到我之后，他便在椅子上坐不住了，站起身来，很乖巧谦逊地避开那个跳舞的男人，来到我面前。

"请多多原谅！"他用舞台上那种矫揉造作的动作摘下礼帽对我说，"从旅馆的登记簿上看，您是一位文学家，是这个穷乡僻壤的稀客。所以我，作为笔中同道，斗胆向您做个自我介绍：我就是'梦幻公主'。"

我一时不知所措。戴礼帽的人满意地微笑了一下。

"您没想到吧，"他问，"会在这样的荒僻角落里遇到我。我妈妈就住在这里。我常常会从莫斯科过来修养一下身心。"

"梦幻公主"！我经常在一些供女性阅读的廉价杂志中"回复女性读者"一栏里看到这个签名。

"梦幻公主"在自己的领域几乎无所不知，文风浮华且多愁善感，他经常为女性读者解答一些最微妙、最隐秘的问题：如何让金发男子爱上自己，如果丈夫出轨了该怎么办，什么是柏拉图式的爱情，如何去除粉刺和萎黄病。

"我的真名，"戴礼帽的人说，"米古埃尔·拉钦斯基。请允许我把我们城里的客人，著名的女占卜师阿杰莱达·塔拉索夫娜·特罗玛夫人介绍给您。"

他把我介绍给了那个骨瘦如柴的女人。她向我伸出一只瘦骨嶙峋的手，手上的假钻石熠熠闪光，她冷淡地看了看我的脸，用有些嘶哑的声音说：

"噢，一个多么幸福的年轻人呀！噢！您会有美好的前途。您生来就有好福气。"

她还想说点什么，但突然却咳嗽得喘不过气来，赶忙用一块镶花边的黑手帕捂住了嘴。她的整个身体都在抖动，透过连衣裙的开口，我看到她那尖尖的锁骨和干瘪的胸脯也在颤抖。

特罗玛夫人怎么也咳不出痰来，于是就走出了大厅。

米古埃尔·拉钦斯基邀请我去小卖部喝上一瓶葡萄酒。

在喝酒的时候他把这座城市的底细都告诉了我。

首先他告诉我说，那个在大厅跳舞的醉酒的人，是当地的棺材匠，一个在舞蹈方面很出色的表演者。旅馆老板"用一顿免费的招待"雇他来跳舞，为的是给来客们暖场。否则姑娘们只是干坐着，像一个个木墩子似的，整晚用手帕扇着风，满脸通红。而男人们则犹犹豫豫地挤缩在门口，转悠一会儿，便腼腆地走开了。只有为数不多的几个人会转移到小卖部来，开怀"痛饮"，一直喝到早上。

按照拉钦斯基的说法，"精神意义上的知识阶层"在这个小城并不存在，如果不算他拉钦斯基本人，不算在女子初级中学教俄国文学的年轻教师奥西片科和著名作家的哥哥、消费税务局的税吏布宁的话。但布宁是个不爱交际的人，只专注于研究巫医术——各种符咒和咒语。

自从第一次相识之后我每天都能碰到拉钦斯基，我渐渐明白，他主要的不幸就在于对庸俗、吹牛和装腔作势有一种病态的偏好。

他当然并不聪明，更确切地说，他很天真，不过本质上很善良，容易轻信别人。他很可怜那个女占卜师——一个被丈夫抛弃、患有结核病的女人。她在拉钦斯基的母亲家里搭伙吃饭，他要求母亲单独为她做一些油腻的食物，因为不知在哪儿读到过，患结核病时应该"让肺部浸满油脂"。

他的庸俗习气难以克服。甚至在谈到政治和俄国的形势时，他也喜欢卖弄一些模棱两可的词汇。有一天，针对拉斯普京的行为他说，这是"优雅的犬儒主义"。粗俗的诗歌和乏味的格言经常从他嘴里冒出来，就像换毛的猫身上掉下的毛一样多。

但在自己家里他却是一个殷勤的主人。我越是仔细地观察他，就越发地可怜他这个误入歧途的人。

拉钦斯基也建议我到他母亲家里搭伙吃饭,这个建议救了我,因为城里旅馆下属的那家唯一的饭馆简直就是一个充满臭气的小吃摊。

于是我同意了。第一次去拉钦斯基家时,他的母亲让我很吃惊,她是一位非常讨人喜欢的、聪明的老太太,以前是一位中学教师。她对待儿子,对待自己的米沙(在家里,米古埃尔这个名字是不存在的),就像对待一个明显不正常的人一样,她对他的外表打扮感到难受,但仍然很温柔地对待他。这是一种母亲对有缺陷的儿子才表现出的充满怜悯的温柔。

每天拉钦斯基家的午餐桌上都会像他说的那样,聚集着他的"共同进餐者"——女占卜师、奥西片科和我。

中学教师原来是一位非常热情、机智和活跃的人。他喜欢辩论,痴迷文学,不轻易放过拉钦斯基的任何一个"美学的怪癖行为"。被揭穿的拉钦斯基也只是不好意思地笑笑,擦擦夹鼻眼镜。反对中学教师——他还没有这个决心。

女占卜师怕冷地把自己裹在披肩里,一直不说话。她只愿意跟拉钦斯基的母亲瓦尔瓦拉·彼得罗夫娜交谈,而且还是在男人们听不到她说话的时候。

看起来她对自己的职业很难为情,来吃饭的时候眼睛常常是红的,明显是刚刚哭过。我只知道她是彼得堡人,抛弃她的丈夫是一个律师。

不去占卜的空余时间里她在医院为伤员们服务,协助护士和医生。医院设在教会学校里面。

我决定去一趟郊区的博戈沃村,去打听一下当地的农民靠什么过活,他们有些什么愿望。

博戈沃坐落在屠格涅夫笔下那条著名的美丽的梅恰河畔。河上覆盖着积雪，但在水磨坊附近的排水沟里却哗哗流淌着黑色的水。融化的冰锥掉在水里，发出响亮的咕咚声。

二月里最初的解冻天气已经到来，到处都是雾气和融雪的水滴，时而有一阵风吹过，带来一股烟味。

在博戈沃我遇到了一个人。最初我把这次相遇归为荒诞事件，但几天之后我却发现这次相遇几乎是具有象征意义的。

博戈沃的农民和莫斯科郊区的农民一样，都在等待着一件事——战争结束。随后会怎样，谁也不知道。但所有的人都相信，战争不是白白经历的，战争之后必将恢复公平和正义。

"主要的是，没有公道！"村里的鞋匠———一个身体瘦弱、胸部凹陷的农民对我说，"任你走遍俄国，问问所有的居民，你会看到，每个人都有自己对公道的看法。各地有各地的看法。要是把各地的看法都收集起来，那就会得到一种唯一的，这样说吧，就是全俄国的公道。"

"那么，你们这里的公道是什么样的呢？"我问。

"瞧，它就站在那儿呢，我们的公道！"鞋匠指着河岸上的一座小丘回答。在那儿的一座高低不平的苹果园里可以看到一座半倒塌的地主的房子。房子不是很大，但却保留着亚历山大一世时期曾盛行的、具有帝国风格的庄园特征——带圆柱的三角门楣（但圆柱的外层已经剥落），顶部呈半圆形的又高又窄的窗户，两座半拱形的低矮的厢房，异常漂亮（但已多处损毁）的铁栅栏。

"请您给我解释一下，"我请求道，"这座老房子和你们这里的公道有什么关系。"

"您可以到这个房子里去一趟，去见见它的主人，到时候您就明白了。既然谈到公道,您自己做结论吧,看看这座房子、这片园子和周围的土地——那里有两俄亩地——都应该属于谁。只不过那里的主人有点古怪。地主舒伊斯基。一个让人难以想象的破败户。他未必会让您进屋。要编个理由去找他才行。"

"编个什么理由呢?"

"比如您想夏天去他那儿住住,租个别墅之类的。您是去了解情况的。"

沿着一条被雪覆盖的隐约可见的小路,我走向了那座房子。它的窗户都被朽烂的旧木板钉死了。正门的台阶处堆满了积雪。

我绕着房子转了转,看到一扇包着破毡子的窄门,于是使劲敲起门来。没有人应声,也没有人开门。我侧耳倾听了一会儿。房子里一片死寂。"算了吧,"我想,"这里大概没人住。"

这时门却突然打开了。门口站着一个小老头儿,穿一件磨破了洞的黑色旧棉袍,腰上扎着一条毛巾。他的头上戴着一顶丝绸小帽。脸上包着肮脏的绷带。绷带下露出一团团染了碘酒的褐色棉絮。

老头儿用一双孩子般湛蓝的眼睛生气地瞧了我一眼,高声问道:

"请问阁下,有何贵干?"

我按照鞋匠所教的内容做出回答。

"您是布宁家的人吗?"老头儿狐疑地问。

"不,当然不是啦!"

"那就进来吧。"

他把我领进了这座房子里可能是唯一一间住人的房间。房间里堆满了各种破烂和垃圾。屋子中央的一个小铁炉烧得很热。每刮一阵风,炉子里就会冒出一股股的烟来。

在房间的角落里我看到了一个华美的圆形瓷砖壁炉,面砖都是带花纹的。但几乎有一半的面砖都被扒掉了，扒掉后的小凹槽里立着几个落满灰尘的小药瓶，胡乱放着一些发黄的纸袋子，还有几个干瘪、生虫的苹果。

木床上铺着一张掉光了毛的熟羊皮，床上方挂着一幅装在沉重的金色画框里的妇女肖像，她穿一件浅蓝色的薄纱连衣裙，高高耸起的头发上扑着粉，长着一双跟老头儿一模一样的蓝眼睛。

我觉得自己好像来到了十九世纪初，来到了果戈理笔下的泼留希金家。在这之前我无法想象，罗斯大地上还保留着这样的宅子和这样的人。

"您是贵族吗？"老头儿问我。

为了以防万一，我回答说，是的，是贵族。

"您现在从事什么行业，"老头儿说，"我一点都不感兴趣。如今出现了一些让人想破脑袋也弄不明白的职业。不知您注意到没有，甚至还出现了什么估价员！简直是胡扯！罗曼诺夫[1]式的胡扯！房子夏天我可以租给您，但有一个必须遵守的条件，您不能养山羊。三年前布宁曾在我这儿住过。一位不体面的先生！一个犹大！他养了山羊，山羊高兴得很——所有的苹果都被啃坏了。"

"是作家布宁吗？"我问。

"不是。是他的哥哥，一个消费税务局的税吏。作家当然也来了。比他那位官僚哥哥稍微懂点儿礼貌，但是，对您这么说吧，我不明白他有什么值得炫耀的。不过都是些小地主罢了。"

我决定顺着老头儿的逻辑为布宁辩护一下。

---

[1] 指沙皇家族。

"看您说的，"我说，"要知道布宁也是出身于古老的贵族家庭。"

"古老？"老头儿嘲讽地反问道，他看着我，就像看一个十足的笨蛋一样，随后摇了摇头，"古老！那我还古老得多呢！我还载入了皇室天鹅绒族谱呢。要是您好好研究过俄国历史的话，您就应该知道我们的家族有多么古老了。"

这时我才想起来，鞋匠向我提到过这个老头儿的姓氏——舒伊斯基。难道站在我面前的就是皇族舒伊斯基家最后一代后裔吗？简直太不可思议了！

"我将收您，"与此同时老头儿说，"一夏天五十卢布。这个钱，当然不算少。但我的开支也不小。去年我和自己的夫人离了婚。她这个老妖婆现在就住在叶夫列莫夫城里，我时不时还要施舍给她五个卢布，有时甚至是十个卢布。只是这毫无益处。她把钱都花在情夫们身上了。真希望有棵好杨树，能在上面吊死她。"

"她有多大年纪了？"我问。

"这个坏东西已经七十多岁了，"舒伊斯基生气地回答，"关于您在我这儿租住的事，咱们还要一项一项写个协议书。否则可不成。"

我同意了。我有种感觉，似乎我面前正在上演着一出极为罕见的戏剧。

舒伊斯基从一个破公文夹里抽出一张带纹章的黄纸，上面有双头鹰的印痕，他又拿出一支鹅毛笔来，用一把已经折断的小刀刮了刮，在碘酒瓶里蘸了一下。

"真该死！"他说，"这一切都是为什么？就因为那个十足的傻瓜瓦西丽萨从来都不把东西放到该放的位置。"

从接下来的谈话中我得知，瓦西丽萨年纪很大，从前是个烤圣饼的，现在每周从博戈沃到舒伊斯基这里来两次，凑合着帮老头收拾收拾屋子，劈劈柴，给他煮点粥。

舒伊斯基找到了"蜕变牌"雪花膏瓶装着的墨水，便写起字来。与此同时，他嘴里还不断低声埋怨着新时代：

"现如今不论说话还是写字都按鞑靼人的方式来。周围净是罗曼诺夫式的胡扯！又是估价员，又是土壤改良技师！据说，尼古拉什卡[1]让一个荒淫无耻的乡巴佬和自己坐在一张桌上。他也算是个——沙皇！他是个兔崽子，不是什么沙皇！"

"您脸上为什么裹着棉花？"我问。

"我往脸上抹了点儿碘酒，然后，就这样，包上了棉花。"

"为什么抹碘酒？"

"因为神经问题，"舒伊斯基简短地回答，"好了，您看看，签上字吧。"

他递给我一张写满了清晰的古老字体的纸。纸上逐条列举了住在这座破房子里的各项条件。其中一条我印象尤其深刻：

"我，即上述帕乌斯托夫斯基保证，鉴于该果园已完全租给叶夫列莫夫的独院农户加夫留什卡·西特尼科夫，我将不占用该果园中所产果实。"

我在这份奇怪的、自己完全不需要的纸上签了名，随后问了问定金。我明白，为了一处根本不会来住的房子付钱是愚蠢的，但必须要把角色扮演到底。

"哪里需要什么定金！"舒伊斯基生气地回答，"如果您真的是贵族，

---

[1] "尼古拉"名字的俗称，这里指俄国末代沙皇尼古拉二世。

您怎么会提到这样的事呢！您来的时候，咱们再算钱。向您鞠躬道别。恕不远送——因为伤风了。请把门关严实点儿。"

我是走路回叶夫列莫夫的，距离博戈沃越远，我越发觉得这次会面令人难以置信。

在叶夫列莫夫，瓦尔瓦拉·彼得罗夫娜向我证实，这个老头儿的确是最后一位舒伊斯基公爵。事实上，他曾有过一个儿子，但大约四十年前，为了一万卢布，舒伊斯基把他卖给了一个没有子嗣的波兰大封建主。这个封建主需要一个继承人，为了在他死后使巨大的家产——限定长子继承的地产——不至于被亲戚们瓜分，而是能保留在一个人的手中。贵族机构那些机敏的秘书为封建主找到了一个具有高贵血统的男孩——舒伊斯基，于是封建主就把他买下了，收他为义子。

一个安静的落雪的夜晚。挂式煤油灯不时发出轻微的嗡嗡声。

午饭之后我留在拉钦斯基家没走，痴迷于阅读谢尔盖耶夫-岑斯基[1]的《原野的忧伤》。

拉钦斯基坐在饭桌旁给女性读者写建议。每写上几个字之后，他就仰靠在椅背上，读着这些字，得意地微笑——显然，他对所写的东西很是喜欢。

瓦尔瓦拉·彼得罗夫娜在编织，而女占卜师则缩在圈椅里想心事，眼睛望着自己那双叠放在膝盖上的戴着钻石戒指的手。

突然有人使劲敲窗户。所有人都吓了一跳。那人敲得又快又急，根据这点我预感到：肯定是出什么事了。

---

[1] 谢·尼·谢尔盖耶夫-岑斯基（1875—1958），俄苏作家，历史小说家。

拉钦斯基去开门。瓦尔瓦拉·彼得罗夫娜画了个十字。只有那个女占卜师一动没动。

奥西片科闯进了饭厅——穿着大衣、戴着帽子,甚至连套鞋都没有脱。"彼得堡闹革命了!"他喊道,"政府被推翻了!"[1]

他的声音突然中断了,他跌坐在椅子上,号啕痛哭起来。

房间里瞬间一片寂静,只听见奥西片科使劲张着大嘴吸气,完全像个孩子一样哭泣着。

我的心脏猛烈地狂跳起来。我喘不过气来,感觉眼泪顺着脸颊在不断流淌。拉钦斯基一把抓住奥西片科的肩膀,大声喊道:

"什么时候?怎么发生的?快说啊!"

"这里……这里……"奥西片科喃喃地说,同时从大衣口袋里拽出一条又长又窄的电报纸带,"我刚从电报局来……瞧这里都写着……都写着……"

我从他手里拿过纸带,大声读起了临时政府的呼吁书。

终于发生了!我的手在颤抖。尽管最近这几个月整个国家都在等待着大事的发生,但这个刺激还是太过突然。

这里,这个死气沉沉、到处是垃圾和畜粪的叶夫列莫夫,是非常闭塞的。莫斯科的报纸要第三天才能送到这里,而且报纸本身也很少。每天傍晚,城镇里的狗都要嗥叫一番,而打更人则不情愿地敲着梆子。看起来,似乎从十六世纪起这座城市就一成未变,铁路、电报局、战争、莫斯科与它毫不相干,这里没有任何事件发生。

---

[1] 这里指的是1917年3月15日尼古拉二世被迫发布逊位诏书的事件,即二月革命后沙皇政权倒台,由杜马推举的临时政府掌管国家。

突然之间——革命来了！我脑子里乱作一团，只有一个想法是清晰的——发生了一件大事，发生了一件任何人和任何举动都无法阻止的大事。就是现在，就在这个看似最平凡的日子里，发生了人们期盼百年之久的事件。

"怎么办？"奥西片科抽噎着问，"应该立刻有所行动。"

这时拉钦斯基发话了，凭这些话，他以往的所有过错都可以被谅解：

"应该把呼吁书印出来，把它张贴到城里各处，还应该和莫斯科取得联系。咱们走。"

于是我们三个人走出了家门——奥西片科、拉钦斯基和我。家里只剩下瓦尔瓦拉·彼得罗夫娜和那个女占卜师。瓦尔瓦拉·彼得罗夫娜站在神龛前，不断迅速地画着十字，嘴里小声念叨着："上帝啊，等到了！上帝啊，终于等到了！"而女占卜师仍旧一动不动地坐在圈椅里。

空荡荡的街道上有一个人朝我们迎面跑过来。借着微弱的路灯光，我看到他没戴帽子，只穿了一件斜领男衬衫，而且光着脚。他手里拿着一个鞋楦头。

他朝我们跑过来。

"可亲的人啊！"他喊道，一把抓住了我的手，"听说没有？沙皇没了！只有俄国还在。"

他紧紧地拥抱、亲吻了我们三个，随后继续向前跑去，一路哽咽着，喃喃自语。

"那咱们呢，"奥西片科说，"不互相祝贺一下吗？"

我们停下脚步，也互相紧紧地拥抱、亲吻了对方。

拉钦斯基去了电报局，盯着从彼得格勒和莫斯科发来的所有消息，而我和奥西片科则找到一家印海报、公告和军事长官命令的偏僻的小印刷所。

印刷所锁着门。当我们试图砸开锁的时候，一个拿着钥匙的人匆匆忙忙地跑过来，他打开印刷所，点亮灯。原来他是叶夫列莫夫唯一的一名排字工人和印刷工人。为什么他会刚巧出现在印刷所附近，我们当时并没有深问。

"请站到排字盘那儿去，排版吧！"我说。

我开始给排字工人念呼吁书。他排着版，不时停下来，用袖子擦去眼里涌出的泪水。

很快我们又得到了新消息：临时政府的交通运输部长涅克拉索夫的命令——致所有人，所有人，所有人！——关于截停沙皇专列的通告，无论在哪里，发现列车，即刻执行。

一个又一个事件如雪崩一般砸在俄国大地上。

我读着印出的第一份呼吁书，那些字母不断跳跃着，在我的眼中渐渐变模糊了。

印刷所里已经挤满了人，不知他们是怎么知道这里在印刷关于革命的消息的。他们拿起一沓沓呼吁书，跑到街上去，把它们分别粘贴在墙上、栅栏上和路灯的柱子上。

已经深夜一点了，通常在这个时候叶夫列莫夫都在酣睡之中。

突然，在这个不该有声响的时间传来了一声响亮而短促的教堂钟声。随后是第二声，第三声。钟声越来越频繁。紧促的叮当声弥漫在小城上空，很快，周边教堂的钟声也加入了这个行列。

所有的屋子都亮起了灯。大街上挤满了人。很多房屋的大门都随意敞开着，无人看管。素不相识的人们哭泣着，互相拥抱。

从火车站方向传来了火车头激昂而欢腾的吼叫声。

大街深处有人在低声地歌唱，随后这歌声越来越响亮：

我们要与旧世界一刀两断，
我们要从脚上抖掉它的灰烬。

在人们的合唱声中又加入了清脆嘹亮的乐队演奏声：

我们要走向受苦受难的兄弟，
我们向着饥饿的人群前进……

奥西片科在被印刷油墨弄脏的桌子上写下了叶夫列莫夫临时革命委员会的第一份命令书。谁也没有成立这么一个委员会。谁也不知道，而且也不可能知道它的组成成员是谁，因为根本就没有成员。这份命令书是奥西片科的即兴之作。

"在解放了的俄国政府为叶夫列莫夫市和叶夫列莫夫县任命新政权的政府人员之前，"奥西片科写道，"叶夫列莫夫临时革命委员会号召所有公民保持冷静，并发布下列命令：

"把市县的行政管理权委托给县地方自治局及其主席库舍列夫公民。

"在特别指示下达之前，暂时任命库舍列夫公民为政府委员。

"警察局和宪兵队要立即将武器送交县地方自治局。

"各街道要成立人民警察队伍。

"所有机构和商业团体的工作一律照常进行。

"驻叶夫列莫夫卫戍部队（后备连）要仿效彼得格勒、莫斯科和俄国其他城市的卫戍部队，向新政府宣誓效忠。"

黎明时分拉钦斯基出现在印刷所里，他的脸色疲惫而苍白，但神情坚决。他的大衣上别着一个巨大的红色花结。

他进来之后,用演戏式的动作砰的一声把一把宪兵军刀和一支装在枪套里的纳甘式转轮手枪扔到桌上。原来,铁路工人们已经解除了车站上那个大胡子宪兵的武装,当时也在场的拉钦斯基就把这些武器作为第一批战利品带到革命委员会来了。

随后印刷所进来一位头发花白的高个子男人,善良的脸上带着些不知所措的神情——他就是临时政府的新委员库舍列夫。他甚至都没有问一声,自己是怎么被任命到这样一个高位上去的。

在他的签署下立刻发放了一道新命令:向全市居民祝贺俄国从长期压迫下获得解放。下午一点将召开各阶层市民代表会议,商讨与最近发生的事件相关的各项重要事宜。

那些天我看到了那么多幸福的泪水,这是我一生中从未有过的。库舍列夫签署命令时也在不停地哭泣。

和他一起来的还有他的女儿——一个腼腆的高个子姑娘,戴着头巾,穿一件短皮袄。在父亲签署命令的时候,女儿则抚摸着他花白的头发,用颤抖的声音说:

"别太激动,爸爸。"

年轻时库舍列夫曾在北方度过了十年流放生涯。他是由于参加大学生革命团体而被判刑的。

喧闹、忙乱而又幸福的日子开始了。

地方自治局的大厅里昼夜不停地在开全民会议。人们把地方自治局叫作"议会"。"议会"大厅由于数百人的呼吸而变得雾气腾腾。

一面面红旗迎着二月的风在空中飘扬。

农村居民蜂拥到城里打探新消息和新指示。"好快点知道关于土地的事儿……"农民们如是说。自治局附近的所有街道上都停满了无座雪橇,地上撒落着干草。到处都在吵吵嚷嚷,争论着关于土地、赎金、和平的问题。

十字路口站着一些袖子上套着红袖章、腰里别着手枪的上了年纪的人——这是新组建的人民警察队伍。

令人震惊的消息接连不断。尼古拉在普斯科夫火车站宣布退位。国内的客运交通中断了。

叶夫列莫夫的各个教堂都在为新政府举行祈祷仪式。监狱里的犯人几乎全被释放。学校也停课了,女中学生们狂热地在城里跑来跑去,到处分发着政府委员发布的命令和公告。

革命发生后的第五天或第六天,我在"议会"碰到了那个博戈沃村的鞋匠。他告诉我说,舒伊斯基听说关于革命的消息后,准备来城里。来之前他搬了一把梯子靠在镶瓷砖的炉子上,顺着梯子爬上去,从最上层的一块瓷砖下面搜出了一小袋金币,但不小心一脚踩空,摔了下来,傍晚就死了。鞋匠这次来城里,就是为了把舒伊斯基的钱交给临时政府的委员。

这座城市和城里的人似乎都变了个样子。俄国开口说话了。在不善言辞的叶夫列莫夫不知打哪儿冒出来一些激情洋溢的演说家。他们主要是铁路机车段的工人。女人们一边听着他们的演说,一边不住地流泪。

叶夫列莫夫人不久前所惯有的那副沮丧愁苦的模样如今消失了。他们的脸庞变得年轻,他们的眼睛闪烁着思想和善意的光芒。

普通市民不见了。如今只有公民,公民一词使他们有了责任感。

好像是老天有意为之,连天气都是阳光明媚的,融雪水滴晶莹剔透,暖风舞动着旗帜,吹卷着城市上空快乐的云朵。在蓝色的浓荫中,在人声喧嚣的潮湿的夜里——处处可以感觉到早春的气息。

我沉醉在狂热的状态中。我完全不清楚以后的事态会怎样发展。我想回莫斯科去,但火车却还没有开通。

"等一下吧,"奥西片科对我说,"这只是席卷俄国的伟大事件的开端而已。因此要努力保持清醒的头脑、热情的心灵。别随便浪费精力。"

我乘坐第一班开来的火车返回莫斯科,随身携带着临时政府委员库舍列夫开具的通行证。

谁也没来给我送行。大家根本顾不上送行。

火车开得很慢。我一直没有睡。

我逐月逐月地回忆着自己的生活,竭力想要从中找出这些年来一直指引着我前进的贯穿始终的方向标。但怎么也确定不了。

我只是坚定地认识到一点,那就是这些年来我一次也没有想到过自己的富足安乐,没有考虑过如何安排好自己的生活。我身上只燃烧着一种激情——成为作家。如今,在火车上,我有了一种感觉,我觉得已经能够向周围人传达自己对美好和正义的理解,对世界的感触,对人类幸福、尊严和自由的认识了,这之中就包含着我生活中的那个方向标,那个直到此刻我还无法完全明了的方向标。

以后会发生什么,我不知道。我只知道一点——我将倾尽心灵的力量去追求写作事业。我追求这一事业的目的是为了服务于自己的人民,为了表达对神奇的俄罗斯语言和非凡的俄国大地的爱。我将一直工作下去,直到我的手指无法握笔,直到我那满溢着生活感触的心灵停止跳动。

在雾蒙蒙的三月的一个黎明,我最终到达了欢快、激动而又面临严峻形势的莫斯科。

在本书的开头我曾经写道:"我相信,生活中有无数美好的诱惑在等待着我,有各种相会、爱和忧伤,还有欢乐和波折,我青春时代的巨大幸福恰恰就包含在这预感之中。这种幸福能否实现,只等将来作答。"

现在时间已经证明,这种幸福正在实现。

一九五四年